1980년
/
5월 18일

1980년

5월 18일

민주시민 편

송금호 장편소설

북치는마을

조작되고 왜곡된 역사를 바로잡는 것.

우리는 기억해야 합니다.

1980년 5월 18일

진실을 밝히는 것은 당사자들의 고백과 관련자들의 양심선언이 없으면 불가능에 가깝다. 증언이 없는 상태에서 기록에 의존해야 하는 경우에는 더욱 그렇다. 역사기록물은 대부분 권력을 가진 자의 기록이고, 권력자들은 자신들의 불법과 비열함을 감추기 위해 기록을 은폐하고, 삭제하고, 왜곡하기 때문이다. 한국 현대사에서 있었던 수많은 사건, 그중에서도 민주화를 부르짖던 시민들이 군인들에 의해 학살을 당했던 5·18 광주민주화운동은 더욱 그렇다.

전두환을 비롯한 신군부는 12·12 쿠데타를 일으켜 군 권력을 장악한 뒤, 집권계획을 실행하면서 5·17 쿠데타를 일으켜 사실상 행정, 사법권까지 장악했다. 이후에는 광주를 불순분자와 간첩이 개입된 폭동과 내란의 도시로 조작했고, 이를 이용해 국민들의 직선제 개헌 요구를 뭉개버렸다. 집권 이후에는 광주학살행위를 비롯한 수많은 범죄행위를 숨기거나 없애버렸다.

영구집권을 획책하던 전두환 일당은 10년 집권을 겨우 넘기고 국민들의 여망에 따라 수사와 재판을 통해 단죄됐지만 실체적 진실을 밝히는 데는 한계가 있었다. 게다가 그들은 화합이라는 명분으로 사면을 받고부터는 뻔한 사실까지 정면 부정하면서 고개를 빳빳이 쳐들고 있다. 진실을 명확히 밝히지 않고 사면을 해줬기 때문이다.

이렇다보니 아직도 우리 국민 상당수는 5·18 광주민주화운동을 북한군이 개입된 폭동과 내란으로 인식하고 있고, 이를 공개적으로 주장하는 어처구니없는 사람들도 있다.

5·18 광주민주화운동은 법률적으로는 정리가 됐지만 일부 극우세력들이 폄훼를 일삼으면서 안타깝게도 국론 분열의 한 원인이기도 하다. 한국의 일부 지역에서는 아쉽게도 5·18을 빨갱이들의 폭동으로 인식하고 있는 사람들의 숫자가 더 많다. 이는 분명 잘못됐지만 명백히 그 지역 사람들의 잘못은 아니다. 전두환 일당이 5·18을 '북한을 추종하는 불순분자들이 일으킨 폭동과 내란'으로 조작해서 국민들에게 각인시켰기 때문이다. 40년이 흐른 지금까지 많은 사람들이 5·18 진상규명을 위해 애쓰고 있지만 아직도 미진한 것 역시 전두환 일당의 철저한 은폐와 조작 때문이다.

숨겨진 역사의 진실을 밝히는 데는 다큐멘터리 형태의 보도나 출판이 효과적이다. 그러나 명확한 사실관계에 대한 내부자 및 실행자의 증언, 이를 뒷받침해 줄 증거들이 부족한 상황에서는 그런 방법을 쓰기에는 어려움이 있다.

그래서 저자는 팩션 소설의 형태로 역사적 진실을 밝히는 방법을 썼다. 5·18 광주항쟁 당시 신군부의 핵심인 보안사의 집권 공작에 참여한 몇몇 실행자의 고백과 증언, 그리고 이를 뒷받침하는 당시 군 작전 사실, 5·18 단체에서 수집한 증거, 국방부와 국정원의 자료를 수집해 분석했다. 5·18 때 미국 정보부가 본국에 보고한 내용도 살펴봤다.

필자는 이런 많은 자료들을 토대로 당시 12·12, 5·17 쿠데타의 속 내용과 신군부의 핵심인 보안사령부 관계자들의 공작과 학살행위를 추적하는 작업을 했다. 그래서 밝혀진 사실을 뼈대삼아 작가의 합리적 상상력으로 보안사가 중심이 되어 실행한 당시 신군부의 집권공작 시나리오를 적나라하게 재구성했다.

이 작업은 수백 년, 수천 년 된 무덤에서 나온 출토품과 DNA 등으로 그 당시 인간 삶의 모습과 역사를 그려내는 고고학 및 역사학자들의 작업과 다를 바 없다고 생각한다.

조작되고 왜곡된 역사를 바로잡는 것이 궁극적으로 분열된 국론을 통합으로 이끄는 지름길이라고 확신한다. 진실이 밝혀지고, 대다수의 국민들이 고개를 끄덕이며 동의했을 때 비로소 화합의 싹이 틀 것이다.

이 책이 비록 소설의 형태이지만 무고한 광주시민들을 학살해서 권력을 잡은 전두환 일당의 숨겨진 추악한 공작의 모습을 밝혀내는데 작은 보탬이라도 됐으면 한다. 망월동에 묻혀있는 5·18 민주영령과 많은 5·18 부상자, 그리고 아직도 가족들이 애타고 찾고 있는 수백 명의 광주항쟁 행방불명자들에게 바친다.

저 자

차례/

5월 17일 토요일 조짐

최규하 대통령은 지난 6일 최근 일부에서 민주화의 전망에 대해 불투명하다고 말하는 것은 오해이며 정부의 의도를 잘못 인식한 것이라고 밝히고 정부는 이미 국민 앞에 공표한대로 착실한 민주발전을 계획대로 진전시켜 나가고 있으며 앞으로도 이 같은 방침에는 아무런 변동도 없을 것이라고 강조하였습니다.

거실의 라디오에서는 아침 뉴스가 나오고 있다. 이완의 교수는 들려오는 뉴스를 잠시 귀담아 듣다, 목에 수건을 걸고 화장실로 들어간다. 아직 동이 트기 전이지만, 밤부터 내리던 봄비는 그칠 줄 모르고 쏟아졌다. 빗소리와 샤워기의 물소리가 합쳐져 하수구로 쓸려 내려갔다. 오늘은 아침부터 수술이 있는 날이다.

아내는 새벽부터 아침 준비를 마치고, 누구와 통화를 하는지 수화기만 잡고 있다. 화장실에서 나온 이완의 교수는 젖은 머리를 수건으로 털고는 식탁 의자에 수건을 걸쳐놓고 2층으로 올라갔다. 딸의 방 앞에서 두어 번 서성이다 짧게 노크하고는, 낮은 목소리로 신애를 깨운다. 올해 여고에 들어간 신애는 한창 사춘기를 지나고 있어, 부쩍 예민해졌다. 아직 해도 뜨지 않은 시간에 아빠의 방문을 허락할 리 없다는 뜻이다. 이완의 교수는 목적을 달성하지 못하고 이내 아쉬운 걸음으로 다시 내려와, 아직도 통화 중인 아내에게 퉁명스럽게 말을 건넨다.

"여보! 나 빨리 나가야 된다니까. 양말 좀 찾아줘?"

"네, 사모님. 저 죄송하지만 제가 나중에 전화 드릴게요. 지금 애들 아빠가 아침부터 야단이네요. 금방 전화 드릴게요."

이완의 교수는 식탁 의자에 앉아, 안방 장롱으로 향하는 아내의 뒷모습을 바라 본다. 그가 찾을 때는 이상하게도 없던 양말이, 아내의 손길이 닿자 금방 모습을 드러낸다.

"당신은 매일 신는 양말이 어디 있는지도 몰라요? 중요한 통화인데 좀 도와주지!"

"내가 찾을 때는 분명 없었다니까. 근데 새벽부터 무슨 전화야?"

"태수 녀석 면회나 가보려고 그러는 거죠. 당신이 아무것도 안 하니까 내가 지금 이러고 있는 거 아니에요. 아 참, 신애는 깨웠어요? 오늘 일찍 가야 하는데…."

이완의 교수는 갑자기 가슴이 답답해 왔다. 태수의 가출과 군 입대가 마음속에 도사리고 있는 원죄에서 출발한 것이 아닌가 하는 생각이 들어서

이다. 미간을 찌푸린 이완의 교수는 아내가 있는 쪽을 바라보니 아내는 어느새 2층으로 올라가 딸을 데리고 내려왔다.

"신애야, 냉장고에서 밑반찬 좀 꺼내줄래. 국그릇도 가져가고."

아침부터 반찬 꺼내는 일이 못마땅했는지 냉장고 문을 열어 반찬을 꺼내고는 쾅 하고 큰 소리를 내며 냉장고 문이 닫았다. 밥솥에서 밥을 담던 아내가 미간을 찌푸리며 신애의 팔뚝을 찰싹 때렸다.

"이 기지배가 냉장고 문 닫을 때 조심하라고 했지! 이거 망가지면 돈이 얼만데. 어휴, 진짜. 내가 말해봐야 아무 소용 없지."

얻어맞은 곳을 문지르며 얼굴을 찌푸린 신애는 발을 쿵쿵 구르며 요란한 발소리를 내며 방으로 올라갔다. 신경질이 난 모양이다.

"하여간 저 기지배. 망아지가 따로 없어."

아내의 툴툴거리는 소리가 식탁 위를 채운다. 신애가 꺼내둔 반찬은 분명 이완의 교수가 좋아하는 데친 미역이었지만, 젓가락을 가져다대기엔 어쩐지 자리에 없는 딸의 눈치가 보였다.

"아직 앤데, 그럴 수도 있지. 아침부터 너무 기 죽이지 말아."

"고등학교 들어갔으면 다 컸지, 무슨 애예요? 아무튼 다 드시고 싱크대에 그릇이나 담궈 놔요. 난 태수 어디 있는지 다시 물어봐야겠어요."

"근데 누구한테 물어보는 거길래 그래? 군에 아는 사람 있었나?"

"있긴 누가 있어요. 낙찰계에서 알게 된 사모님 중에 바깥양반이 보안사에 있다고 했잖아요. 그분에게 지난번 태수 배치 부대도 물어보고 그랬으니까. 다시 한번 부탁해 보는 거예요."

아내가 다시 거실 소파에 앉아 전화기를 들었다. 해가 떴다지만 아직도 밖은 어두웠고, 여전히 빗소리는 거셌다. 아무런 말 없이 군에 간 첫째 아들을 생각하기만 해도 밥맛이 뚝 떨어지는 기분이다. 이완의 교수는 결국 수저를 내려놓고 겉옷을 챙겼다. 현관으로 가 신을 신으려는데 아내의 목소리가 들린다. 아내는 수화기를 손으로 가리며 이완의 교수에게 속삭이듯 말한다.

"아, 여보. 비 많이 오는데 신애 정류장까지만 데려다주고 병원 가면 안 돼요? 아직 7시니까 좀 여유 있을 것 같은데….."

"알았어. 그러지, 뭐. 밖에서 기다리고 있을게. 신애보고 내려오라고 해."

신애는 얼마 전부터 소질도 없는 바이올린 레슨을 받기 시작했다. 아내는 아들 둘을 의대에 보내면서 자신감이 생겼는지 딸도 시집을 잘 보내려면 악기로 대학에 들어가야 한다고 남편을 설득했다. 집 대출금을 모두 갚은 지 2달 만에 다시 집 담보로 돈을 빌려 바이올린을 사고 말았다.

조금 지나자 현관문을 열고 신애가 나왔다. 신애는 작은 키에 바이올린이 무거운 것인지 아니면 아직 기분이 풀리지 않았는지 인상을 잔뜩 찌푸리고 바이올린 가방을 낑낑거리며 내려오고 있다. 대문가에서 지켜보던 이완의 교수는 딸의 모습이 안돼 보였던지 우산을 받쳐 들고 딸 손에 들려있던 바이올린 가방을 자신의 손으로 옮기며 딸과 같이 우산을 쓰고 대문밖으로 나왔다.

"토요일인데 오늘 레슨있니? 악기가 보기엔 작은데 무겁네. 신애야 비가 이리 많이 오는데 안 젖게 잘 들고 갈 수 있겠어?"

"…."

이완의 교수는 아침의 일이 미안했는지 딸에게 넌지시 말을 걸어본다. 신애는 뾰로통 한 표정으로 아빠의 모습은 보지도 않고 빨리 가자고 재촉한다. 아침부터 일이 잘 풀리지 않은 토요일이다.

학교 입구에 들어서자 빗속에서 학생으로 보이는 젊은이 두 명이 건물에다가 벽보를 붙이고 있는 모습이 이완의 교수의 눈에 들어온다. 두리번거리면서 작업을 하던 학생들은 빨간색 매직펜으로 쓴 벽보를 붙이고는 뒷걸음으로 도망을 친다. 내용을 얼핏 보니 전두환을 비난하는 글이다. 이 교수는 애써 못 본 척 고개를 돌린다. 그러고는 오늘 있을 수술을 위해 수술복으로 갈아 입으러 자신의 연구실로 걸음을 재촉한다. 잠시 후, 수술 스케줄을 확인하고 수술실로 들어가려다 시간이 아직 이른거 같아 수술 차트를 확인할 겸 간호사실로 발걸음을 옮긴다. 수술 차트만 가져가려고 서류를 집었는데 안쪽 간호사 실에서 나직한 말소리가 들린다.

"아니에요 글쎄, 전두환 보안사령관이 대통령 되려는 거 맞다니까요. 내가 군대에 있는 친구한테 직접 들었어요. 신군부가 집권 시나리오가 있데요. 뭘 꾸미고 있는지는 모르겠지만 분명 뭔가 있는 거 같은데…."

"에이, 설마 그러겠어요. 국민들이 보고 있는데."

"김 선생은 참 순진하네요. 역대 군인들 몰라요. 그놈들이 정권 잡으면 생기는게 얼마인데 그리 쉽게 포기 할거 같아요? 지금 부분 계엄령을 어떻게 해서든 전국 계엄령으로 확대시킬라고 대학생 애들부터 잡아가고 공작하고 그러는 거라니까요?"

"그럼 박 선생님은 전두환 보안사령관이 대통령 된다고 보는 거예요?"

"된다고 보는 게 아니고 된다니까요!"

"하긴 우리 학교부터 학생이나 선생이나 다들 데모를 하는 거 보면 보통 일은 아닌 것 같던데. 아무튼 걱정이네요."

"그러면 혹시 계엄을 철회하면 시위가 조금 잠잠해지지 않을까요?"

"그렇긴 한데 그러진 않겠죠. 근데 이상한 건 데모하는 사람들 중에 재야인사는 안 잡아가고 일반 사람들만 잡아간다는 거예요. 재야인사를 잡아야 잠잠해 진다는 걸 신군부도 잘 알고 있을 텐데 뭔가 이상하게 찜찜하단 말이에요? 아니면 다른 꿍꿍이가 있는 건지."

"아무튼 전두환이가 문제라니까요. 군인들이 다시 쿠데타로 정권을 잡으려니까 애들도 저리 날뛰는 거고 국민들도 참지 못하는 거죠. 그리고 참, 계엄이 전국적으로 확대될 거라는 소문이 있다고 하던데 알고 계세요?"

더 말을 잇지 못하고 이완의 교수가 밖에 서있는 것을 확인한 박 선생은 자세를 고쳐잡고 이완의 교수에게 인사를 깍듯이 한다. 그러자 옆에 있던 간호사들도 목례를 하며 인사한다. 이완의 교수는 목례로 답하고 몇마디 한다.

"아침부터 헛소리들 하는거 보니 수술방 준비는 끝났나 보네요?"

그러고는 박 선생을 쏘아본다. 박 선생은 어쩔줄 몰라하며 차트를 확인하며 이완의 교수에게 설명한다.

"교수님, 수술 준비는 끝났습니만 그게 마취과 선생님 수술이 길어져서 언제 끝날지 모른다고 전갈이 와서 막 교수님께 보고 드리고 어떻게 해야 할지 기다리고 있던 중이었는데…."

"박 선생. 그럼 마취과 선생 올때까지 수술 딜레이 시키나? 환자한테 뭐라고 설명할건데? 그렇게 서 있지 말고 얼른 달려가서 마취과 다른 선생 있는지 확인하고 수술실로 데리고 와요!"

그렇게 말하고 간호사들에게도 한마디 한다.

"선생님들 지금 시국이 어떤 시국입니까? 서울은 계엄이에요. 예? 나라가 이리 어수선한데 선생님들까지 모여서 그런 말 하면 잡혀가요. 어디 숨어서라도 그런 소리 하지들 말고 병원 일에만 신경 씁시다. 총장님이나 병원장님도 말들 조심하라고 강령도 내려왔잖아요. 밥줄 끊길 수 있으니 조심들 해요."

이완의 교수는 씩씩거리며 훈계를 하고는 다시 자신의 연구실로 향한다. 돌아가는 이완의 교수를 보고는 수 간호사가 한마디 한다.

"이 교수님 재일교포라 하지 않았어? 그래서 그런가 한국에는 별 미련이 없나보네? 학생들은 매일 나가서 데모하고 민주화 한다고 애쓰는데 교수라는 사람이 어쩜 저리 무심하데니?"

옆에 있는 간호사 김 선생이 대답한다.

"수 간호사님 모르세요? 이 교수님 귀화하셨잖아요. 동경대 의대 수석으로 졸업하고 박정희 정부 때 해외교포 우수 장학생으로 선발돼서 미국도 다녀오시고 또 귀화 조건으로 군의관 복무하시고 그랬대요. 전역하시고는 전남대 의대에서 근무하시다가 육영수 여사 피살되셨을 때 우리 병원에 변변한 신경외과 의사 없다고 청와대에서 해외파 의사들 모집하라고 특별지시가 내려와 총장님이 특채로 채용하셨잖아요?"

"어머 그랬어? 몰랐네. 동경대 의대 출신이야? 난 말수가 없고 과묵해서 그런 사연이 있는줄 몰랐네…."

"수술도 곧잘 하시고 능력 있으신 분이에요. 가끔 다정하실 때도 있으시고요. 그런데 정치 이야기만 나오시면 저리 각을 세우세요."

"정부에 혜택을 많이 받아서 그러신가? 듣기 싫어서 그러신가? 그 속내를 누가 알까 모르겠다. 아참 김 간호사 수술 있다고 했지? 토요일에 무슨 수술이라니? 고생이 많아 어서 가서 준비해요."

"네 선생님 이따 뵙겠습니다."

*

토요일에는 대부분 응급환자가 아니면 수술이 없지만 신군부가 들어서면서 원래 일정에도 없는 수술이 늘어나 이완의 교수는 주말에도 출근을 하고 있다. 총장의 거듭 부탁도 있지만 나라를 위한 일이거니 생각하고 묵묵히 자기 자리를 지키고 있다.

5시간의 예상 수술이 7시간까지 늘어난 대수술을 마치고 긴장된 심신을 달래기 위해 연구실 창문을 조금 열었다. 창문을 열자 5월의 따뜻한 봄바람이 문틈을 비집고 들어온다. 엊저녁 밤부터 내렸던 비는 언제 그랬냐는 듯 옹글몽글 물방울에 인사하듯 석양이 더해져 찬란한 빛을 발하고 있다. 정신이 좀 들자 의자를 뒤로 젖히고 심호흡을 하면서 기지개를 켜는데 문득 문밖의 노크 소리가 들린다.

'똑똑똑'

"들어와요"

"교수님. 고생하셨습니다."

김 간호사가 생글 웃으며 인사한다.

"주말인데 쉬지도 못하고 늦게까지 수고했어요. 그런데 무슨 일?"

"아, 환자는 중환자실로 옮겼습니다. 그리고 사모님께서 전화하셨답니다. 연구실은 전화를 안 받으신다고 간호사실로 연락하신것 같습니다. 급하다고 하셨다는데요."

"아, 그래요? 알았어요. 김 간호사는 그만 퇴근해요.'"

이완의 교수는 책상 앞 전화기로 손을 옮겨 전화 다이얼을 돌린다. 신호음이 한 번 울리고는 흥분된 아내의 목소리가 들린다.

"당신이에요? 여보, 태수는 면회가 일절 안 된데요. 어떡하면 좋아요?"

수화기 너머 들려오는 아내의 흐느낌에 이완의 교수는 전화선을 꼬으며 불안감을 표출하고 있다.

"왜 군인들 면회를 금지하나?"

이 교수는 그렇게 말해놓고도 불길한 예감이 엄습하는 것을 느낀다. 군인들 면회를 금지하는 것은 전투를 대비한 비상사태이기 때문이다. 전쟁이 일어나는 조짐이 있다는 얘기는 들어 본적이 없는 그는 가슴이 먹먹해지는 느낌이 오자 자신도 모르게 심호흡을 한다.

"여보, 그래도 태수가 3공수에 있는 건 알고 있잖아. 너무 걱정하지 말아요."

이 교수의 말이 건너갔지만 아직도 수화기에서는 아내의 흐느끼는 소리가 들리고 있다. 평소 자신의 감정을 크게 노출하지 않는 아내는 큰아들 태수의 일에는 감정이 복받치는지 자주 눈물을 쏟아낸다. 몇 달 전 큰아들 태수는 잘 다니던 대학을 갑자기 휴학하고 자원입대를 했다. 훈련소에서 입대할 때 입던 신발과 옷가지 몇 개를 받고서 아들이 군대에 갔다는 소식을 접할 수 있었다. 자식 문제라면 유난을 떨던 아내는 소포를 전해 받은 날 어쩔 줄 몰라 안절부절하며 자리에 누웠다.

자라면서도 한 번도 부모 속 썩이는 일 없이 착하게만 자라오던 태수는 남들도 들어가기 어렵던 의대. 그것도 서울대 의대를 잘 다니다가 아무런 말도 없이 집을 나가, 얼마 후 입대를 한 것이었다.

충격을 받은 아내는 자리보전을 했지만 차츰 아들이 군에 있다는 현실을 받아들이며 편지가 올 날만 손꼽아 기다렸다. 그러나 몇 개월이 지나도 연락이 없어 노심초사하다 태수가 속한 부대가 공수부대라는 사실을 알아내고부터는 날마다 면회 갈 생각만 하고 있다. 오늘도 면회 부탁을 했다가 거절을 당한 모양이다.

"여보, 공수부대가 힘들긴 해도 태수는 별 탈 없이 잘 있다가 집으로 올 거야. 그리고 다들 가는 군대인데, 우리 태수만 무슨 별일이 있겠어? 면회야 나중 가면 되지, 안 그래요?"

"아니! 공수부대가 얼마나 힘든 곳인지 몰라요? 비행기 타고 가다가 하늘에서 낙하산인가 뭔가 타고 내려오면서 사고도 많이 난다는데…."

아내의 잔소리가 수화기 너머 카랑카랑한 목소리로 바뀌어 귓전을 두드린다. 이제 울음은 그쳤으니 평정을 찾고 아내를 달랜다.

"알았어요. 조만간 면회 금지가 풀리겠지. 너무 애달 캐달 하지 말아. 아, 그건 그렇고 현수한테 전화 넣어서 밖에 돌아다니지 말라고 해요. 내가 신 박사한테도 단단히 일러놓을 테니 당신도 현수한테 신경 좀 써. 요즘 시국이 어수선해서 계엄이 전국으로 확대될 거 같다고 하더라고…."

"당신은 지금 태수 이야기 하다가 현수가 왜 나와요? 현수야 신 박사님도 계시고 지방에 있는데 무슨 걱정을 해요. 그보다 태수가…."

"아무튼 여보! 현수한테 전화해! 나 지금 퇴근하니까 집에 가서 나머지 이야기 합시다. 이만 전화 끊어요."

"……."

이 교수는 아내의 넋두리를 더 들으면 괜스레 큰아들 태수에게 미안한 마음이 커진다. 가슴이 답답해 온다.

*

현수가 지내고 있는 광주의 하숙집은 이완의 교수의 20년 지기 친구이자 전남대 의대 심장내과 의사로 근무하고 있는 신 박사 집이다. 신 박사는 외동아들 윤호가 있다. 윤호는 현수와 동갑내기로 아버지들의 우정처럼 어릴적부터 가깝게 지내오던 개구쟁이 친구이다.

라디오에서 나오는 뉴스 소식에 윤호 엄마는 한숨을 내쉬며 앞으로 어떻게 될지 걱정스러운 얼굴을 하고 있다. 정각을 알리는 라디오 소리와 전화벨 소리가 동시에 울린다.

"현수야! 이현수! 서울 집이야. 전화받아라."

새벽에 일어나 목욕탕을 갔다 온 뒤 하루 종일 거울 앞에 서서 얼굴을 요쪽 조쪽 비춰보면서 여드름을 짜고 있던 현수에게 신 박사 사모님의 목소리가 들린다.

현수는 전화받으라는 소리에 부리나케 2층에서 서둘러 내려가자 아래층에서 위층으로 연결된 나무계단 입구에 서 계시던 사모님이 수화기를 들고 웃음 띤 얼굴로 현수에게 천천히 오라고 손짓한다.

"아이구, 다칠라. 천천히 내려와."

"네! 엄마가 워낙 성격이 급해서 가지고…."

현수는 거실 탁자 위에 놓인 전화기로 쪼르르 달려가 수화기를 들었다. 아니나 다를까 성격 급하신 김지윤 여사께서 이미 어투가 삐뚤거린다.

"응 엄마? 집에 무슨 일 있어?"

"왜 이렇게 전화를 늦게 받아? 무슨 일은 무슨 일! 오늘부터 밖에 나가지 마라."

"왜? 갑자기 무슨 일인데?"

"이 녀석아 신문도 안 보니? 시국도 어수선하고 계엄령이 전국으로 확대될 거라고 아빠가 밖에 돌아다니지 말라 신다. 서울에 있는 대학교 말고도 전국 대학에 휴교령이 내려질지 모른대. 꼼짝 말고 집에서 공부나 하고 있어. 괜히 돌아다니다가 경찰들하고 시비 걸려서 좋을 것도 없고 아무튼 아빠가 절대 밖에 나가지 말라는 말씀이야. 신신당부하셨어."

"에이, 난 또 뭐라고! 엄마. 내가 애야? 그리고 여기 광주야! 서울하고는 달라요. 어제까지도 아무 일도 없었어. 전대 앞에서 며칠 전에 데모가 크게 벌어지긴 했었는데 며칠 있으니 잠잠해졌어. 나는 엄마 때문에 데모도 안 하고 공부만 하는 착한 아들이옵니다. 걱정 붙들어 매세요."

"거짓말 아니지? 니 형 그렇게 아무런 말도 없이 군대 가고 나서 엄마속병 생긴 거 알지? 그러니까 너라도 엄마 속 태우지 말고 열심히 공부만해 알았어? 괜히 저번처럼 공부 안 하고 여자 꽁무니나 쫓아다니면 이번에는 엄마가 당장 내려갈 거야?"

"알았어요. 근데 형한테는 연락 왔어요?"

"아 참, 내 정신 좀 봐! 니 형 공수부대에 있는 걸 알고서 면회를 가려고 하는데 그게 잘 안되는구나. 엄마는 형 걱정으로 잠이 안 온단다."

"엄마, 형은 괜찮을 거예요. 형은 태권도도 잘하고 자기 앞가림도 잘 하잖아요. 너무 걱정하지 마세요. 곧 면회 가서 보면 되지 뭐가 걱정이에요?"

"그랬으면 오죽 좋겠니! 그래도 요즘 시국이 시끌시끌하니 더 걱정이다. 의사 될 녀석이 손이라도 다치면 어쩐다니!"

"엄마. 형은 강하잖아요. 그리고 자기 앞가림은 잘하는 사람이니 너무 걱정하지 마세요. 그래서 면회는 언제 갈 건데요. 아빠 뭐라셔요?"

"아빠랑 엄마는 있는 곳 알았으니 당장 가고 싶은데 계엄이라 갈 수 있을지 모르겠다. 아는 분께 연락해서 어렵지만 면회 갈 수 있게 해달라고 부탁이라도 해봐야지. 아무튼 니 형은 엄마 속을 왜 이리 태운다니?"

수화기 너머로 엄마의 한숨이 넘쳐 흘러온다. 이어지는 엄마의 한탄에 현수는 언제쯤 그만하실까 기다리다 엄마의 말을 자른다.

"김지윤 여사님! 걱정이 많으면 병 생겨요. 예비 의사 말 잘 들으셔야 합니다요."

"이 녀석이 넉살은. 알았다. 전화요금 많이 나오겠다. 끊자 현수야, 다시 말하지만 절대로 밖으로 나다니지 말고 당분간 집에서 공부만 하고 있어. 알았지?"

"어머니 한번 더 말하시면 백번쨉니다요. 알았어요."

"그래 사모님 말씀 잘 듣고 무슨일 있으면 전화하고 알겠지?"

"네 분부대로 하겠습니다요. 들어가요 엄마!"

전화를 끊자 주변을 돌아본 현수는 창피했다. 옆에서 윤호와 윤호 엄마가 현수의 수화기 너머로 들리는 엄마와의 대화를 들으며 서로 마주 보고 키득거리고 있다. 그러더니 윤호가 놀리듯 한마디 날린다.

"네 엄마! 네 엄마! 친구야 서울 가서 엄마 젖 더 먹고 와야 쓰것다."

"이 자식이 너 이리 와!"

현수는 윤호의 머리를 겨드랑이에 끼고는 씩씩거리며 윤호 방으로 끌고 갔다. 윤호 엄마는 올라가는 현수와 윤호의 뒷자락에 조금 이따가 저녁 먹으러 다시 내려오라고 소리친다. 현수는 윤호를 방 침대에 패대기치더니 한마디 한다.

"그러지 말라고 했잖아! 창피하다고 인마!"

"아야 엄마랑 떨어져 사니께 보고자파서 그런건디 뭐시가 부끄럽다 그 랬쌌냐!"

현수는 엄마의 모진 공부 전략에도 불구하고 형처럼 서울대 의대는 들어가지 못했다. 하지만 아빠가 오랫동안 근무했던 전남대 의대에 합격했다. 13살 때 아빠가 서울대 교수로 임용되면서 윤호와는 헤어졌지만 둘 다 전남대 의대를 합격하면서 다시 만났다. 친한 친구 윤호와의 만남도 좋았지만 현수에게 광주는 어려서부터 자란 곳이라 낯설지 않은 고향이다. 어쩌면 현수는 이곳으로 돌아오고 싶어 형보다 조금 덜 공부했는지 모르겠다.

5월 18일 습격

며칠 전에 대학생들의 대규모 시위가 있었는데 5월 18일 갑자기 계엄이 전국으로 확대됐다는 소식이 들렸다. 밤새 여기저기서 학생들이 붙들려 갔다는 얘기도 들린다. 홍남순 변호사는 새벽부터 일어나 라디오에서 들려오는 소식에 불안한 모습으로 집 안팎을 서성거린다.

홍남순 변호사는 반독재 투쟁을 하는 정치인과 학생운동으로 기소된 대학생들을 위해 무료변론을 하고 있는 변호사이다. 그들에게 중요한 메시지를 전달할 때면 늘 아들인 기섭을 불렀다.

아들인 기섭은 성격이 급하면서 배짱도 두둑한 것이 어머니를 닮았다. 그는 아버지의 심부름을 하면서 요즘 세상 돌아가는 모양새를 조금이나마 알아가고 있는 중이다.

"기섭아!"

"아부지 찾으셨어라."

"시내 가서 어떤지 상황 좀 보고 오너라."

홍 변호사는 광주 시내 상황을 궁금해한다. 이제 내년이면 칠순인 아버지가 아침 식사도 제대로 못하면서 불안해하는 모습에 기섭은 그렇지 않아도 사람들을 만나 돌아가는 상황을 알아봐 아버지께 말씀드려야겠다고 생각했다.

"야, 안 그려도 금남로서 친구들 만나기로 했어라."

"그래 친구들만 보고 오지 말고 여러 사람들 만나서 자세히 이야기도 좀 들어보고."

"야 그람 댕겨 오께요."

기섭은 아버지를 안심시키고 궁동 집을 나와 전남여고 앞에서 버스를 탔다. 전남도청 앞에서 버스를 내려 약속 장소인 기린제과점으로 들어갔다. 단골집이다. 친구들은 아직 안 왔다. 제과점 안에 있는 괘종시계를 보니 10시 30분이 넘어가고 있다. 약속시간이 다 됐는데도 아직 한 놈도 오지 않는다. 아침밥을 먹었지만 구수한 빵 냄새에 자꾸만 진열대로 눈길이 간다. 밥 두 그릇을 먹어도 부족한 판에 아버지와 어머니가 식사를 제대로 못 하셔서 눈치가 보여 겨우 몇 술만 뜨고 나왔다. 먼저 빵을 먹고 기다릴까 궁리하면서 망설이고 있는데, 누가 뒤에서 어깨를 두드린다.

"야, 기섭아. 오랜만이다."

고개를 돌아보니 고등학교 동문 1년 선배 준호 형이다. 고등학교 1학년 때부터 문학 서클에서 만나 항상 귀여워해 준 선배라 기섭이는 반가운 마음에 벌떡 일어나서 인사를 한다.

"엇! 성 잘 지내셨어라. 별일 없으시지라?"

"그래, 잘 지낸다. 군대 제대하고 이번 학기 복학했다."

"성, 오랜만이라 솔찬히 반갑소. 근디 여긴 우짠 일로….""

"아, 여기서 여동생 친구들 만나기로 했어. 여동생이 친구들 불러서 날 벗겨먹겠다 이거지 뭐. 빵 사달라고 말이야."

"아따 그란디 성은 사투리 싹 고쳐 부렀어라 서울 사람 같네요이"

"군대에서 전라도 사투리 썼다가는 하루가 천 년 같이 고생한다."

준호는 군 생활 이야기를 하며 기섭과 웃으며 안부를 묻는다. 그러고는 구석을 쳐다보면서 손짓한다. 기섭은 뒤를 돌아보며 준호가 손짓한 쪽을 바라본다. 단정한 옷차림의 여학생이 다가온다. 머리는 두 갈래로 따서 뒤로 묶고, 예쁘장하게 생긴 여학생이 빙긋이 웃으면서 이쪽으로 다가온다. 준호의 옆자리에 앉더니 그녀가 기섭이를 바라본다. 기섭도 여학생을 천천히 눈으로 보다 서로의 눈이 마주치더니 여학생은 갑자기 고개를 돌려 버린다. 처음 본 남자를 보자 부끄러움이 일었던 모양이다.

여학생은 잠시 화장실 다녀오겠노라 준호에게 조용히 말하고 일어서서 걸어가는 뒷모습을 기섭이 쳐다보자 의심의 눈초리로 준호의 말이 엉뚱한 방향으로 틀어진다.

"왜, 관심 있냐?"

준호 형의 직격탄이다. 군대를 갔다 와서 그런가, 바로 쏘아댄다. 기섭은 속으로 찔끔했지만 겉으로는 얼버무린다. 얼굴이 벌겋게 오른 기섭은 어쩔 줄 몰라 하는데 여학생이 다시 와 준호 옆에 앉는다.

"현숙아! 기섭이가 너한테 관심이 있나 보다."

"오빠는! 사람 민망허게."

기섭은 다시 얼굴이 붉어져 손사래를 친다. 민망했는지 얼른 그녀에게서 시선을 돌려 준호를 응시한다.

기섭과 대각선으로 다소곳이 앉아있는 현숙은 몸을 움츠리는 것 같더니 눈길을 한곳에 두지 못하고 이리저리 헤맨다. 청바지에 들어간 두 다리는 가지런히 모아 빵집 탁자 밑으로 숨었고, 하얀 운동화는 조금씩 들썩이면서 들뜨고 순진한 소녀의 마음이 엿보인다.

잠시후 주문을 받으러 아가씨가 다가온다. 몇 달째 아르바이트 중인 미선이다. 기섭은 미선을 보자 오늘 빵집에 고운 아가씨들이 많다고 생각했다. 준호와 현숙의 눈치가 보였는지 기섭은 서둘러 주문을 했다. 주문을 받은 미선이 막 돌아서는데 빵집 문이 다급하게 열리는 소리가 들린다. 급히 들어온 사람은 고개를 이리저리 돌리다가 기섭을 발견하고는 부리나케 다가온다. 그러고는 기섭과 앞에 앉아있는 사람들을 번갈아 바라보더니 말한다.

"야. 기섭아, 일 나부렀다."

"일? 밑도 끝도 없이 시방 뭔 소리여?"

친구가 헐떡이는 숨을 고르면서 흥분된 목소리로 약간의 떨림이 있는 어투로 다시 말한다.

"시방 전대 앞에 공수부대들이 나타나서 사람들을 곤봉으로 대굴빡 깨버리고 개머리판으로 쥐패고 난리가 나부렀다니께. 군홧발로도 사람을 짓이기고 말이여."

"뭐시여?"

기섭은 아직도 믿기지가 않는지 헐떡이는 친구와 준호의 얼굴을 차례로 바라보더니 이해가 안가는 말투로 친구에게 말한다.

"야야, 공수부대가 여글 왜 온다냐? 니 시방 잘못 본거 아니여?"

"아침에 전대 다니는 내 동상이 도서관엘 간다고 나섰는디, 피떡이 돼부렀어야. 시방 병원에 실려 갔다는 소리를 듣고 거서 오는 길이여."

"워메, 이런 육시럴 놈들이 있다냐. 아니 그래서 동생은 괜찮은거여?"

"응 다행이 괴안탄다."

"시방도 전대 앞에서 그라고 지랄을 하고 있다냐?"

"나도 모르겠다. 그 짝으로 안가봤으니께"

기섭이 어느 정도 상황이 이해가 됐는지 흥분을 가라앉히지 못하고 씩씩대고 있고, 준호는 그런 기섭과 친구를 안타까운 눈으로 바라본다.

그러는 사이 현숙의 친구들도 왔다. 사람들이 갑작스럽게 모이고 엉켜서 정리가 안 되고, 서로 건성건성 인사를 하면서 탁자 두 개를 모아 한자리를 만든다. 사람들의 만남으로 수선거리는 시간이 지나면서 기섭의 친구도 마음을 가라앉히고, 기섭도 욱하는 마음을 누그러뜨리는데 예상치 않게 현숙이 친구 숙희가 조심스럽게 말을 꺼낸다.

"준호 오빠, 우리도 시방 전대 앞쪽으로 오다가 길이 맥혀 돌아와서 좀 늦었는디요. 전대 앞에서 데모대가 군인들한테 맞아서 많이들 상한 모양이던디, 알고 있어요?"

순간 조용해진다. 방금 전까지 그 문제로 속이 뒤집어지고 있는 판인데 다시 얘기가 나오자 다들 마음이 착잡해진다.

"그렇지 않아도 지금 그 얘기 하고 있었어. 전대 앞에서 공수부대가 학교로 들어가려는 학생들을 잡아서 곤봉으로 때리고 개머리판으로 치고, 군홧발로 밟고 그랬다는구나. 여기 이 분, 기섭이 친구 동생이 전대 다니는데 아침에 공수부대 애들한테 맞아서 병원에 실려 갔단다."

모두가 숨소리도 내지 않고 준호 오빠의 얘기를 듣고 있다. 현숙의 또 다른 친구는 말하는 준호 형의 입술과 표정을 하나도 빼놓지 않고 조목조목 눈에 새기고 있다. 얘기 내용을 귀에 담으려는 것이 아니라 말하는 모습을 더 소중하게 여기는 듯 하다.

기섭이 헛기침을 한 번 하더니 말한다.

"성, 이거 보통 문제가 아닌 것 같은디요. 아침에 아부지가 말씀하신 건디, 전두환이가 오늘 새벽부터 계엄령을 전국으로 확대시켜 놓고 본격적으로 대통령이 되려는 짓을 헌다고 걱정하셨어라. 시방 광주에 공수부대가 온 것도 아마 고것하고 관련이 있을 것 같으요."

"그런 것 같다. 그런데 변호사님은 공수부대가 온다는 사실을 알고 계셨냐?”

“아니요. 까맣게 모르고 계셨는디요. 아침 식사 드실 때까정 공수부대 야그는 한 마디도 안 하셨어라.”

“그러면 이놈들이 아마 새벽에 몰래 온 모양이다. 공수부대는 원래 밤에만 이동한다고 그러던데…. 근데, 적 후방에 침투하는 특수작전만 하는 애들이 뭔 일로 광주에 왔지? 어쨌든 분위기 안 좋으니까 각자 몸조심들 하고 이왕 왔으니까 오늘 빵 값은 내가 낼게 많이들 먹어.”

기섭은 공수부대의 만행이 진짜인지 확인하고 싶었다. 입으로는 빵을 오물거리고 있었지만 머릿속에서는 진짜 공수부대의 모습이 궁금했다. 놈들이 하는 짓을 눈으로 보고 싶은 생각이 가득 차서 입맛은 한 쪽으로 밀려가 있다. 갑자기 기섭이 일어나면서 전대 앞으로 가봐야겠다고 말한다. 기섭의 친구도 자기 동생이 공수부대에게 당한 현장이 궁금하다며 같이 일어섰다. 아버지에게 시내 상황을 말씀드리려면 현장을 가보고 또 많은 사람을 만나서 상황파악을 해야만 한다. 기섭이 준호를 보고 말한다.

“성, 지는 가봐야 쓰것는디요. 김갑제라는 친구가 있는디, 걔가 오면 일어나야 쓰겄어요.”

“그래. 변호사님께 가 보려고?”

“야, 우선 시내 돌아가는 것을 좀 알아봐서 아부지헌티 말씀 드려야지라. 글고 공수부대 놈들이 여그까정 온거 보믄 예삿일은 아니지라. 어떻게 돌아가고 있는지, 것도 좀 자세하게 알아봐야 쓰것어라.”

"그래. 아까도 얘기했지만 몸조심 해가면서 돌아다녀라. 데모는 하지 말고. 군대 갔다 와서 복학해보니 알겠더라. 열심히 공부해서 취직을 해야 부모님께 효도하는 길이라는 생각이 들더라. 예전처럼 친구들과 어울려서 데모하고 그러고는 싶지 않아. 부모님께 마음이 좀 그렇더라고."

군대 갔다 오면 철이 든다고 하더니만 예전 사고뭉치 준호 형이 아니었다. 진중해지고, 어른스러워 보이고, 솔직한 마음도 털어놓는 것을 보니 예전처럼 기섭도 준호 형 앞에서 철없이 구는 것은 자신부터 어색할 것 같은 생각이 들었다.

"알았어라. 그나저나 성 전화번호 좀 가르쳐 주면 좋것는디. 아직도 계림동에 사시지라?"

"응. 광주역이 가까워서 좋지. 아직도 그 집에서 살아. 참, 우리 집에는 한 번도 안 와봤겠구나?"

"야, 안 가봤지라. 언제 한 번 불러주셔요."

기섭은 갑제라는 친구가 빵집 문을 열고 들어오자 일어나면서 현숙이에게 말을 건넨다.

"현숙이라고 혔지? 오늘 반가웠다. 나중에 오빠가 빵 사줄게. 또 보자."

기섭은 제과점에서 나와 친구들과 시내버스를 타고 전남대 정문 앞으로 나갔다. 도착해 보니 정문에는 공수부대 대원들이 바리케이트를 치고 지키고 있었고, 도로에는 보도블록을 깨서 만든 돌멩이들이 여기저기 흩어져 있다.

지나는 시민들은 모두 공수부대가 있는 정문 쪽을 힐끗거리며 발걸음을 재촉했고, 도로 옆으로 난 골목에서는 한 아주머니가 양동이에 물을 담아가지고 땅바닥에 있는 무엇인가를 씻어내고 있다. 다가가보니 핏물이 홍건했고, 아주머니는 인상을 써 가면서 빗자루에 물을 적셔 쓸고 물을 뿌리고 있다. 기섭이 다가가 아주머니에게 묻는다.

"아줌니? 뭔 피당가요?"

아주머니가 하던 일을 멈추고 고개를 들어 기섭 일행을 쳐다본다. 웬 청년들이 세 명이나 와서 물어보니 뭐라고 대답할 말이 떠오르지 않는지 멀뚱거리고 있다. 이 사람들이 누군지도 모르는 판에 자칫 잘 못 얘기했다가는 아침에 본 그 끔찍한 일을 당하지 말라는 법이 없다는 생각을 하는 것 같다.

"뉘신지 모르겠소만 가던 길 가씨오. 난 잘 몰라라우."

아주머니가 그렇게 대답하자 눈치가 빠른 기섭은 얼른 아주머니를 안심시킨다.

"아줌니, 우리는 학생들이어라. 여그서 아침에 난리가 나부렀다는디 뭔 일인가 궁금해서 왔어라. 이 여그 이 사람 동상도 전대에 들어가려다가 공수부대원들한테 맞어서 시방 병원에 있구만이라."

기섭의 소리를 들은 아주머니는 다시 기섭 일행을 위아래로 훑어본다. 그리고는 한숨을 쉬면서 나직이 말한다.

"말도 마씨요. 아침에 난리가 나부렀는디, 공수부대 놈들이 얼매나 학생들을 패고 뭉개버렸는지, 이게 다 공수부대 놈들 한티 맞은 학생들 피요. 시상에나 난 태어나서 그런 숭악한 놈들은 첨 본당께."

그렇게 말하면서도 아주머니는 힐끗힐끗 전남대 정문 쪽을 보면서 물로 핏물을 씻어내는 작업을 계속한다. 알만 했다. 저 공수부대 놈들이 학교로 들어기려는 학생들을 무참히 두들겨 패고 짓밟은 것이다. 피를 이정도 흘렀으면 자칫 죽을 수도 있는데, 어쩌면 이리도 무작스럽게 학생들을 때렸는지 이해가 안 갔다. 그것도 나라와 국민을 지키는 군인이 제 나라와 제 백성들을 안 지키고 대학교 정문을 떡하니 가로막고 학교로 공부하러 가겠다는 학생을 곤봉과 개머리판으로 때리고, 군홧발로 짓이겼다고 생각하니 가슴에서 불이 일었다. 기섭은 마음을 좀 가라앉히면서 다시 아주머니에게 묻는다.

"아줌니, 여그서 다친 학생들은 다 어디로 갔어라?"

아주머니가 이제는 하던 일을 멈추고는 기섭의 얼굴을 올려다보며 말한다.

"공수부대 놈들이 다 잡어갔당께. 죽은 짐승 질질 끌고 가듯이 그렇게 끌고 가부렀당께. 안 잽힌 학상들이야 도망가서 각자 병원으로 갔는지 집으로 갔는지 모르겠지만."

"그라믄 이곳에서 데모하던 학생들은 시방 어디로 갔어라?"

"아마 수백 명은 넘게 모였을꺼여. 여그서 공수부대허고 한바탕 어우르다가 다른 곳으로 갔당께. 아까 소리 지르는 것을 들어본께 광주역전으로 모이자고 허는 갑든디."

기섭 일행은 고맙다고 반절을 하고는 광주역 쪽으로 갔다. 가보니 이미 학생들이 충장로와 금남로 쪽으로 이동하기 시작한다. 선두에 선 학생들 몇 명이 '비상계엄 해제하라, 전두환은 물러가라, 휴교령 철폐하라'는 선창을 하고, 뒤따르는 수백 명의 학생들이 따라서 구호를 외치고 있었다. 기섭이 일행도 무리 속으로 들어갔다.

*

현수는 부모에게 독립하듯 내려온 광주가 너무도 좋았다. 입학하자마자 여러 동아리 방을 기웃거리며 풋풋한 소년의 티를 벗고 연애를 해보고 싶었다. 그러던 현수의 눈에 들어온 그녀가 바로 신방과 2학년 동년배인 강미선이었다.

빨간 입술과 하얗게 햇빛을 반사시키는 피부, 오똑한 콧날, 사슴처럼 순한 눈망울을 가지고 있고 긴 검정치마에 하얀 브라우스를 즐겨 입으며 늘 발터 벤야민의 서적을 가지고 다니는 그녀. 현수에게 그녀는 전남대 퀸이었다.

그러나 마음과는 다르게 풋풋한 마마보이 현수에게 나타난 이상형은 도도한 성격의 소유자였고, 웬만한 남자들의 구애에도 불구하고 곁을 주지 않는 찬바람이 쌩하고 부는 서울에서 유학 온 도시 여자였다. 그런 그녀가 좋았지만 용기를 내지 못한 현수는 고백도 못 하고, 늘 근처에서 배회하다 지나가던 그녀에게 눈인사를 건네곤 집으로 돌아왔다.

그렇게 몇 달을 따라다니다 미선이 학교 수업을 마치고 저녁 7시까지 빵

집의 아르바이트를 하는 것을 알았고 아르바이트를 마치면 다시 야학을 가르치러 근처 학교로 가는 것을 알았다. 현수는 아르바이트를 마치고 야학을 가는 그녀를 기다렸다가 눈인사라도 한번 건네고 싶어 몇 달째 같은 걸음이었다. 그러다 미선의 발걸음에 뒷걸음으로 따른적도 종종 있었다.

미선도 현수가 자기에게 관심이 있어 따라오는 것을 알고 있었다. 현수의 인상이 나쁘지 않았고 호감이 있었으나 여자인 본인이 먼저 관심을 주는 것은 자존심이 허락하지 않았다. 처음에 호기심으로 몇 번 따라오다가 마려니 했는데, 장장 넉 달을 훌쩍 넘기니 바보같은 놈이라는 생각도 들었다. 오늘은 고백을 하려나 해도 어정쩡하게 서 있다가 휙 가버리기 일쑤인 현수였다.

봄바람이 나풀대는 저녁, 오늘도 어김없이 빵집에서 아르바이트를 끝내고 야학을 가는 미선을 현수는 기다렸다. 늘 그랬듯 미선은 현수가 뒤따라오는 것을 알아차렸다. 미선은 바보같은 녀석에게 오늘은 선심을 써야겠다고 마음을 먹고 먼저 말을 걸었다.

"너 전남대 의예과 2학년 이현수 맞지?"

"아…어 안…녕하세…요?"

"치 진작 인사하지? 매일 서있지만 말고! 그리고 동갑끼리 무슨 존댓말이야?"

현수는 직접적인 미선의 말에 얼굴이 화끈거리고 손발이 떨렸다. 식은 땀도 등줄기를 따라 흐르는거 같았고, 얼굴은 비오듯 조금씩 땀방울이 떨어지고 있었다.

"어디 아프니?"

"아뇨, 어디 아픈게 아니고 그냥 긴장이 돼서!"

미선은 그런 현수가 귀여운지 입꼬리를 살짝올리는 미소를 짓고는 다시 현수에게 말을 건다.

"이현수 하루이틀 따라다닌 것도 아닌데 긴장이 되니? 이번에 말 건게 처음이라 그런가? 그리고 같은 학년끼리 자꾸 왜 존댓말이야?"

"…."

현수는 다시 미선의 거침없는 말에 시선을 잃고 땅만 쳐다보고 있다. 그러자 미선은 그만 다그치고 현수의 어깨를 툭 친다.

"아무튼 잘 왔어 이현수. 혹시 시간되면 나 야학 가르치러 가는데 데려다 줄래? 내가 가르치는 학생들도 너 궁금해 하거든. 전부터 나 따라다니는 의대생 보여준다고 했거든!"

"네? 오…늘?"

"왜? 싫어?"

"아니, 갈께."

현수는 내키지 않았지만 미선과 단둘이 처음으로 대화를 나눌수 있다는 생각에 기쁜 나머지 무슨일로 가는지 생각하지도 않고 허락해 버렸다. 미선의 발걸음은 가벼웠지만 현수는 조금 긴장한 듯 거리를 좁히지 않고 서로 마주보며 걸어가고 있었다. 빵집에서 야학을 가르치는 곳까지 어림

잠아도 30분은 걸어야 하는데 그 길을 같이 걸을 수 있다는 생각에 현수는 꿈만 같다고 생각했다. 서로에 대해 정보를 주고 받다가 미선이 트로트에 관심이 있다는 것을 현수는 알게 되었다. 미선이 먼저 말했다.

"너는 가수 누구 좋아해?"

"나는 연예인은 잘 몰라."

"너 진짜 재미없는 애구나! 별론데….""

"아, 남진하고 나훈아는 알아!"

"치 모른다더니 유명한 가수 2명은 알고 있네!"

"…"

"그럼 그 둘중에 누구 노래가 좋은데?"

"너는?"

"나는… 남진은 해병대 출신답게 목소리도 멋있고 박력있어. 나훈아는 목소리가 너무 감미로워!"

"아 그럼 누가 더 좋다는 거야….""

미선은 씽긋 웃으며 현수를 바라본다. 그러면서 가위 손가락 두개를 펴면서 말한다.

"둘 다 바보야! 너는 엄마가 좋아? 아빠가 좋아? 그럼 어떻게 말하니?"

"그런걸 뭐하러 물어?"

현수는 아리송한 미선의 말을 이해하지 못했다. 그래서 둘다 좋다는 건지 아니면 둘다 싫다는 건지 되내이고 있다. 미선은 이후에도 연예인들을 이야기를 신나게 했다. 신방과라 그런지 아는게 많은 미선은 현수가 듣고 있건 말건 라디오에 나오는 연예인 이야기를 하고 있다. 야학 근처에 오자 미선은 다음 날 빵집에서 다시 보자고 데이트를 약속했다. 현수는 기분이 좋아 혼자 미소를 짓고 있다. 미선은 손을 흔들며 야학교로 들어갔다. 현수는 야학교를 한참 바라보다 미선을 줄 선물이라도 사야겠다고 마음을 먹었다.

다음 날 현수와 윤호는 미선이에게 선물할 레코드판을 사러 충장로에 있는 '은하수'에 들어가 이것저것 구경하면서 나훈아 특집판을 고르고 있다. 충장로에 들어설 때부터 매캐한 최루가스로 눈물을 흘렸지만 기뻐할 미선의 얼굴을 그릴때마다 걸음을 멈출 수 없었다.

가게 내 앰프에서 흘러나오는 노래를 들으며 함께 흥얼거리고 장난을 치면서 한 20여 분 지났을까, 밖에 시위대와 공수부대 간에 대치 상황이 벌어졌다. 가게 내에 있었지만 레코드 사장과 손님들은 불안감을 떨칠 수가 없었다. 그러고는 가게 사장이 여점원을 보고 입을 열었다.

"저그 7공수 애들 아녀?"

"7공수가 뭐 당가요?"

"뭐긴 뭐여 공수부대 군인들이지 나가 소싯적에 저 부대에서 근무했으니께 잘 알제."

"아따 사장님 공수부대 출신이어라?"

"응 그란디 짜들이 여그까정 내려오면 안되는디 여글왔네."

"왜요? 군인들이 뭐 지역이 있어라?"

"응 저짝 공수부대 애들은 적 후방 그라니께 북한군 후방이나 치는 부대란 말일씨."

"아따 그람 숭악한 놈들이 왔나보네요이."

"그라게 김양아 일찍 가게문 접어불자"

"야!"

가게 문을 닫으려 셔터를 내리려 하자 공수부대와 시위대 간 무력 진압이 벌어졌고 얼마 안 되어 갑자기 한 학생이 가게 안으로 들어오면서 소리친다.

"사장님, 빨리 셔터 내려요. 군인들이 쫓아옵니다. 아저씨 급해요. 빨리요!"

숨이 턱까지 차오른 학생의 외침에 잠시 머뭇거리던 중년의 가게 사장은 밖으로 고개를 내밀고 두리번거리더니 안에서 셔터를 다시 내리기 시작한다. 셔터가 거의 내려지는 순간 밖에서 시커먼 손 네 개가 셔터를 붙들고 다시 올리고 있다. 사장이 힘에 부치어 손을 놓자 '샤라락' 하는 소리와 함께 셔터가 다시 활짝 올려지고, 얼룩무늬 군복 차림의 군인 세 명이 들이닥친다.

"방금 들어온 새끼 어딨어?"

군인들은 가게 안을 헤집고 다닌다. 출입문 뒤쪽에 숨어있던 학생이 순식간에 문을 열고 밖으로 달아나자 학생을 놓친 공수부대원들이 소리를 지르면서 다짜고짜 들고 있던 곤봉으로 가게 안에 있는 사람들을 패기 시작했다. 잡으려고 했던 학생을 놓친 분풀이인지 공수부대원들의 곤봉은 그칠줄을 모른다. 가게 안에는 곤봉을 맞는 사람들의 비명소리와 곤봉을 내리치는 공수부대원들의 기합소리로 가득해지면서 상황은 순식간에 아수라장으로 변한다.

공수부대원은 도망친 청년과 현수를 헷갈리는지 곤봉을 들고 현수에게 다가온다. 순간 현수는 들고 있던 레코드판으로 얼굴을 가린다. 공수부대원은 머리를 들라고 현수에게 소리친다. 현수는 눈을 질끔 감고 공수부대원이 지나가길 빌었지만 그렇지 못하고 레코드판 위로 곤봉을 내리친다.

그러자 얼굴을 감싸고 있던 레코드판은 깨지고 곤봉이 현수 얼굴을 비껴나가 어깨를 강타한다. '윽' 소리를 지르며 현수가 비틀거리자 옆에 있던 윤호가 현수 앞으로 나가면서 공수부대원을 막아선다.

"아저씨들 누군디 이라요? 군인들이 이라고 막 사람들 패불고 그려도 되는거여? 집에 부모도 없어라? 어른이고 애들이고 막 패불믄⋯."

윤호가 공수부대원에 대들고 몇 마디 하자 순간 공수부대원의 눈이 희번덕거린다. 그러고는 손에 든 곤봉이 허공을 가르며 윤호의 머리를 사정없이 강타한다. 엉겁결에 두 손으로 곤봉을 막아내던 윤호의 입에서 비명이 터져 나온다. 윤호가 고통에 못 이겨 두 손을 아래로 내리자 공수부대원의 곤봉이 다시 윤호의 정수리에 '퍽'하고 박히듯 내리쳐 온다. 윤호가 비명소리도 없이 그대로 고꾸라졌다. 초동의 낫에 베이는 풀잎처럼 그 자리에서 허물어져 내린다. 쓰러진 윤호를 잡아 일으키려는 현수의 등짝으로 공수부대원의 곤봉이 내려쳐진다. 현수가 윤호 위로 쓰러진다.

이들 옆에 있던 레코드 가게 여점원도 다른 공수부대원의 곤봉을 어깨에 맞아 쓰러진 뒤 머리채를 잡혀 끌려 나가고, 현수와 윤호도 공수부대원들이 밖으로 끌고 나가려고 머리를 잡아채고 있다.

군인들의 난동에 혼비백산했던 가게 안 8~9명의 사람들이 정신을 차리고는 모두가 약속이나 한 듯 눈으로 의견을 교환하고 군인들에게 덤비려는 태세로 다가선다. 밖에서는 데모 군중의 함성소리들이 다시 들리기 시작한다. 좁은 가게 안에서 수적으로 불리하다는 것을 느낀 공수부대원들은 끌고 가던 세 사람을 놓고 그대로 뒷걸음질 치면서 밖으로 나가버린다.

밖에서 웅성거리는 소리들이 커지면서 시위대들이 가게 앞을 몰려 지나가고, 마침 정신을 차린 현수가 겨우 몸을 가누면서 일어나 쓰러져 있는 윤호를 살펴본다. 윤호는 머리에서 피가 낭자하게 흐르고 신음소리도 내지 않고 있다. 정신을 잃은 모양이다. 어깨를 잡아보니 힘이 하나도 들어가 있지 않고, 두 팔이 축 늘어진다. 곤봉으로 맞은 손등도 부러졌는지 금방 부어오르면서 덜렁거린다.

"윤호야! 윤호야!"

현수는 더럭 겁이 났고, 가슴이 방망이질 쳐오면서 몸이 떨려온다. 가게 안에 있던 사람들이 다가와서 윤호를 살펴보고, 그중 한 사람이 밖으로 뛰어나가면서 외쳤다.

"목숨이 위험한 것 같으니 빨리 택시나 승용차를 태워서 병원으로 갑시다. 내가 차를 잡을 테니 옮길 준비들 하고 있어요."

현수를 비롯해 가게 안에 있던 사람들은 어쩔 줄 몰라 허둥대고 있다. 그틈에 곤봉을 맞고 쓰러져 있는 여점원을 돌보고 있던 가게 사장이 윤호에게 다가오더니 웃옷을 벗는다. 그러고는 다른 두 사람의 웃옷을 벗겨서 서로 묶어 들것을 만든다. 그 위로 윤호의 몸을 들어서 올려놓고는 밖을 내다본다. 조금 있으니 차를 잡기 위해 나갔던 사람이 들어와서 외친다.

"택시가 왔으니 빨리 옮깁시다. 빨리요."

급하게 만든 들것에 옮겨진 윤호가 택시 뒷좌석에 태워지고 현수는 축늘어진 윤호를 안고 발을 동동 구르면서 병원으로 향한다.

"기사 아저씨, 애 아버지가 전대 병원 의사니까 거기로 가 주시면 안 될까요?"

경황 중에도 현수는 가급적 신 박사님이 계시는 전대 병원으로 가는 것이 윤호에게 좋을 것 같다는 생각이 들었다.

기사는 고개를 끄덕이고는 능숙한 운전 솜씨로 골목길을 빠져나와 장애물들을 피해 최대한 빨리 가고 있다. 하지만 현수에게는 너무 느리게만 느껴진다. 머리에서 흐르는 피는 이제 그친 것 같았지만 윤호는 아직도 정신을 차리지 못하고 있다.

*

‘따르릉 따르릉 따르릉’

전화벨이 연이어 울어댄다. 김지윤 여사는 저녁밥을 짓기 위해 쌀을 씻다가 안방에서 들리는 전화벨 소리에 치맛자락에 손을 닦으면서 방문 쪽으로 향한다.

오늘따라 전화벨 소리가 요란하다. 김 여사는 전화를 받으러 가는 짧은 시간 동안 남편이 늦는다고 전화를 했을 거라는 생각이 들기도 했지만 한편으로는 시끄럽고 수선스럽게 들리는 전화벨 소리가 마음에 거슬렸다.

“여보세요? 전화를 걸었으면 말을 하세요?”

다시 묻는 김 여사의 말이 채 끝나기도 전에 수화기에서 울음이 섞인 둘째 아들 현수의 목소리가 들린다.

“엄마! 엄마!”

“현수니…. 현수야! 무슨 일이야? 무슨일 있구나?”

그녀는 직감적으로 무슨 사달이 난 것을 알아차린다. 그러면서 그녀 특유의 냉정한 평정심이 살아난다. 전쟁고아인 그녀는 자신에게 위기가 닥쳐 올 때마다 스스로 문제를 풀어가는 일에 익숙해졌다. 어려운 일이 있을수록 그녀는 자신 아니면 누구도 해결해 주지 않는다는 생각으로 담담하게 대처하면서 살아왔다. 남들은 베짱이 좋은 여자라고 하지만 홀로 살아온 세월 동안 꿋꿋이 살 수밖에 없던 탓에 그렇게 보일 뿐이다.

김 여사는 아들에게서 무슨 일이 생겼다는 것을 직감했지만 다그쳐서는 안 된다고 생각한다.

"현수야, 왜 그래? 엄마한테 울지 말고 얘기해 봐. 무슨 일인데?"

그래도 현수는 울고만 있다. 짧은 순간이지만 엄마의 가슴도 타서 같이 녹아내린다. 그래도 그녀는 다시 차분하게 아들을 부른다.

"현수야, 엄마에게 얘기해봐. 응? 무슨일인데?"

엄마의 다독거림에 다소 진정이 됐는지 현수가 말을 내놓는다.

"엄마, 윤호가 많이 다쳤어. 윤호가….지금 병원 응급실에 왔는데, 머리를 다쳤어.여기 전대 병원으로 왔어."

"뭐? 어쩌다가? 상태는 어떤데?"

"몰라 윤호가 많이 다쳤는데 아직은 모르겠어. 먼저 사진도 찍고 하면서 상태를 봐야 하니까 나보고 잠깐 나가 있으래."

"그럼 신 박사님은 어디가셨어? 거기 전대 병원이라며?"

"응. 신 박사님이 지금 응급실에서 윤호랑 같이 있어."

"너는? 어떤데?"

"나 뭐? 윤호가 많이 다쳤다니까!"

"너는 괜찮냐고? 우리 아들은 어디 다친데 없냐고?"

"어 나는 괜찮아 엄마. 어깨 조금 다쳤는데 괜찮아졌어."

"어쩌다 그랬어? 너 혹시 데모하는데 갔어?"

현수가 머뭇거리면서 대답을 하지 못한다. 엄마가 차분하면서도 단호한 목소리로 묻는다. 현수가 훌쩍거리면서 조근조근 대답한다.

"아니야, 오늘 윤호하고 레코드판 사려고 충장로에 나갔다가 갑자기 가게에 공수부대원들이 들이닥쳐서 사람들을 마구 때리고 난리가 났었어. 윤호가 그놈들 말리려다가 휘두르는 몽둥이에 머리를 맞았어."

"뭐? 엄마가 집에 꼼짝 말고 있으라고 했잖아 이 녀석이! 거길 왜 가? 근데 공수부대가 왜 어린 학생들을 때린다니? 미친놈들 아니야?"

"엄마, 여기 광주 지금 난리가 났어. 사방에 공수부대원들이 쫙 깔려서 보이는 젊은 사람들은 무조건 두들겨 패서 잡아가고 있어요."

"현수 너는 병원에 꼼짝말고 있어. 엄마가 아빠한테 전화해볼게. 그나저나 윤호가 괜찮아야 할 텐데 걱정이다. 윤호 엄마는 알고 계시니?"

"아니, 아직 모르고 계실 거야…."

"엄마가 윤호 엄마한테 전화드릴게. 넌 거기 꼼짝말고 있어! 응급실 앞에 있다가 윤호 소식 좀 나오거든 알려주고, 신 박사님에게 얘기해서 함께 집으로 가든지 병원에 있던지 그래. 절대 혼자 다니지 말고 알았지?"

"알았어, 엄마. 잔돈없어 또 전화할게."

"어 그래, 어디 나가지 말고 꼭 병원에 있어라."

엄마의 당부 어린 한숨소리가 들리면서 전화가 끊긴다. 현수가 공중전화박스를 나와 보니 뒤에서 기다리고 있는 사람 예닐곱 명이 줄지어 있다. 발을 동동 구르는 사람도 있고, 얼굴에 붕대를 감고 있는 사람도 있고, 어깨가 아픈지 손으로 어깻죽지를 어루만지고 있는 사람도 있다.

미안한 마음에 얼른 공중전화를 벗어난다. 문득 시계를 봤다. 6시가 넘어가고 있다. 오늘 만나기로 미선이가 생각이 났다. 빵집에서 나를 기다리고 있을 미선이의 얼굴이 아른거린다. 그러나 오늘은 아쉽지만 다 틀렸다. 윤호가 걱정이다. 현수는 이 생각 저 생각으로 먹먹해진 머리를 흔들며 멍하니 서 있다. 어깨와 등짝이 아파진다. 얼굴을 찡그리면서 그 자리에 주저앉았다.

*

"여보, 윤호가 머리를 많이 다쳤다는데요?"

이완의 교수는 수화기에서 들려오는 아내의 말에 가슴이 철렁거린다. 멀쩡한 아이가 다쳤다면 교통사고를 당했거나 아니면 계엄이 전국으로 확대되면서 군인들이 전국 대도시 대학에 쫙 깔렸다는데 혹시 군인들한테 맞은 것인가?

"윤호가 머리를 많이 다쳤다는게 갑자기 무슨 소리야?"

"금방 현수한테 전화가 왔어요. 레코드판 가게에 있는데 공수부대원들이 가게에 들이닥쳐서 몽둥이로 마구 두들겨 팼답디다. 윤호가 그놈들 말리려다가 머리를 맞아서 전대 병원 응급실에 있다는데 정신을 못 차리고 있데요."

"그럼 신 박사도 알고 있데?"

"네. 현수 말로는 신 박사님이 응급실에서 응급처치를 하고 있는 모양이에요."

"현수는? 현수는 괜찮은 거야?"

"현수는 괜찮데요."

이완의 교수는 자신의 아들은 무사하다는 말을 듣고는 혼잣말로 탄식을 한다. 그러고는 신 박사 내외가 걱정스럽겠다는 생각이 들었다.

"내가 신 박사에게 전화해볼게. 상심이 크겠구만 외아들인데."

"그러게 말이에요. 저는 윤호 엄마한테 전화도 못하겠어요."

"여보! 전화는 나중에 합시다. 신 박사한테 전화가 올 거 같으니까 좀 기다려 보다가 안 오면 내가 전화해 봐야겠어."

"네, 알겠어요."

아내에게서 걸려온 전화를 끊고 이 교수는 의자에 털썩 앉았다. 군인들이 학생들을 상대로 몽둥이를 휘두를 정도라면 사태가 심상치 않다. 레코드판 가게까지 군인들이 들어와서 그랬다면 보통 문제가 아니다. 그는 요즘 돌아가는 국내 정세가 심히 걱정이다. 박정희 대통령이 중앙정보부장의 총에 맞아 죽은 지 불과 몇 달 만에 군인들이 쿠데타를 일으켜 총격전이 벌어지고 많은 군인들이 죽었다는 소문이 공공연히 나돌았다. 교수들은 서로 말은 하고 있지 않았지만 대충 돌아가는 상황을 알 수 있었다. 일부 교수들은 '군인들이 쿠데타에 이어서 박정희 대통령 같은 독재정권을 만들려고 하는데 결연히 반대한다'라는 성명서를 만들어 은밀히 교수들의 동조 서명을 받으러 다닌다는 얘기도 들렸다.

정치에는 무관심인 이 교수지만 그는 각별히 조심을 해야 하는 처지이다. 얼마 전까지만 해도 그는 관계 기관의 감시와 사찰을 받았다. 혹시 조총련에 포섭된 간첩이 아닌지, 또는 조총련 소속 간첩들이 그에게 접근하는지를 수시로 파악하는 검은 그림자들이 따라다니고 있었다. 그래서 그는 정치에 가담하는 교수는 아니지만 한국의 정치판 돌아가는 상황과 소식을 일부러라도 귀동냥으로 듣고 있다.

그런데 몰락한 박정희 정권에 이어 새롭게 등장한 군인들이 다시 군부 통치를 위한 전주곡을 틀고 있는 것이다. 불길한 생각이 든다. 대학에서 학생들을 가르치고 병원에서 진료와 수술을 하는 것으로 매일 바쁘지만 자신의 주변에까지 군사독재의 폐해가 덮쳐오고 있다는 생각에 마음이 편하지가 않다.

그나저나 윤호가 많이 다치지나 않았어야 할 텐데 걱정이다. 신 박사가 하나밖에 없는 아들이 머리를 다쳤으니 얼마나 상심이 클 것인가를 생각하니 이 교수는 마음이 착잡하다.

그는 수화기를 들고 전남대학교 의과대학으로 전화를 걸어서 신 박사를 찾았지만 자리에 없다. 오늘이 일요일이니 학교에 나가지 않았을 것이라는 생각이 들었다.

이 교수는 시계를 쳐다보고는 수술실로 가야 한다는 생각에 자리에서 일어난다. 갑자기 의욕이 없어진다. 수술실에 들어가서는 항상 담담한 마음으로 최선을 다하겠다는 의지를 다지면서 한 번도 힘들거나 귀찮다는 생각을 하지 않았다. 그런데 지금 이 순간만큼은 의욕이 떨어지고 있다.

군인들이 세상을 뒤집어 놓고 그 군인들로 인해 신 박사 아들이 머리를 많이 다쳤다는 소식은 이 교수의 단단한 의지마저 흔들어놓고 있다.

이 교수가 3시간에 걸친 수술을 마치고 방으로 들어오자 간호사가 전남대에 계신다는 신 박사로부터 전화가 왔었다고 전해준다.

서둘러 신 박사에게 전화를 걸려고 하는데 책상에 있는 전화벨 소리가 먼저 울린다. 수화기를 들자 신 박사의 목소리가 흘러나온다.

"이 교수, 날세."

목소리는 차분하지만 조금 흔들리고 있다. 이 교수는 윤호의 상태가 좋지 않다는 것을 직감한다.

"어, 신 교수. 윤호가 많이 다쳤다고 들었는데 지금 상태는 어때?"

"어, 그게. 별로 좋지 않아. 상태를 계속 지켜보고는 있는데 아직 혼수 상태야. 아마도 수술을 해야 하지 싶다."

"그럼 빨리 신경외과 콜해서 수술 잡아야지 뭐하고 있어?"

"이 교수. 그러고 싶네만 여기 의사들이 수술하기 꺼려해. 일요일이라 교수들 콜하기도 쉬운 상황도 아니고 무엇보다 윤호 상태가 좋지 못해 다들 부담을 느끼는거 같아. 서울로 옮겼으면 좋겠는데 이송하는 것도 윤호한테 부담이 가는 상황이야. 그래서 말인데 자네가 좀 와 줄 수 없겠나? 자네가 우리 병원을 떠났지만 그래도 신경외과는 이 교수가 우리나라 탑이잖아 자네가 와서 우리 윤호 수술 좀 해주게나."

신 박사는 신경외과 의사로 저명한 이 교수에게 보여보고 싶은 것이다.

"그래 알았네. 스케줄 확인하고 가급적 빨리 내려가도록 하겠네."

"고맙네 이 교수. 사실 윤호가 많이 위중한 상황이야. 자네가 거절하면 어떻게 하나 하고 마음을 졸였네. 고마우이."

눈물이 나오는 것을 참고 부탁하는 신 박사의 떨림이 가득한 목소리는 수화기를 통해서도 느껴졌다. 신 박사와의 전화를 끊고 난 이 교수는 윤호에 대한 걱정으로 한동안 방안을 서성거렸다.

*

이 교수가 현관에 들어서자 신발을 벗기도 전에 근심에 쌓여있던 아내가 질문을 한다.

"여보, 신 박사님하고 통화해 보셨어요? 윤호는 좀 어떻데요?"

"통화했는데 상황이 심각하다나봐. 아직 의식도 없고 심정지가 올 가능성이 있어서 예의주시하고 있다고 하네."

"이를 어쩌면 좋아요? 큰일이 나지 않아야 할 텐데…."

"그래서 말인데 여보. 신 박사가 나보고 광주에 내려와 수술해 달라고 하네. 휴교령이라 수업도 없고 내일 낮 수술만 하면 며칠은 여유가 있을 거 같아서 병원에다 휴가 낸다고 했어. 내일 낮에는 중요한 수술일정이라 마치고 돌아와 밤기차라도 타고 광주엘 가야겠어."

"아, 그래요? 그럼 당신 혼자 가지 말고 나도 같이 가요. 내가 가서 윤호 엄마 위로도 해드려야지요. 우리 현수도 데려와야 하구요. 대학들이 다

휴교령을 내렸으니 집으로 데려와야 안심이 될 것 같아요."

"그러면 좋은데 신애는 어쩌고?"

"그 기집애야 이제 다 컸고 앞집에 영숙이 엄마한테 며칠 봐달라고 하면 돼요."

"그래, 그럼 그렇게 합시다. "

*

기섭은 친구 세 명과 함께 최초의 공수부대 유혈 진압 현장인 전남대 정문을 찾았다가 시위대들이 광주역 앞으로 집결한다는 소식에 그쪽으로 갔다가 다시 충장로를 거쳐 금남로로 들어갔다. 동생이 공수부대원들에게 맞아서 부상을 당했다는 친구는 병원에 입원해 있는 동생에게로 간다고 갔다.

시위를 하는 수백 명의 사람들은 대부분 대학생들이다. 이들은 '전두환 물러가라'와 '계엄령 해제하라, 휴교령 철폐'를 외친다. 당연한 주장이고, 기섭도 앞장서서 구호를 외친다.

그런데 공수부대의 시위 진압은 들었던 대로 유혈 방식이다. 놈들은 경고방송도 거의 없이 달려든다. 큰 곤봉을 휘두르는데 어른 팔 크기만 하다. 개머리판, 군홧발, 거기다가 대검까지 사용하고 있는 공수부대원들은 사실상 살상 무기를 가지고 있지만 시위 학생들은 겨우 보도블록을 깬 돌멩이가 전부여서 상대가 안 된다.

구호를 외치고 있는데, 최루탄이 터지고 이어서 공수부대원들이 함성을 지르며 달려든다. 시위를 벌이던 학생들이 뒤돌아 흩어지면서 도망친다. 그러나 공수부대원들의 공격은 매우 빠르다. 대한민국 최고의 전사인 공수부대원들은 순식간에 도망가는 학생들을 따라 잡아서 범처럼 덮친다. 간신히 공수부대원들을 피해 도망친 기섭은 빨리 아버지께 시내 상황을 알려드려야 한다는 생각에 발걸음을 서두른다. 곤봉에 맞은 등짝이 제법 뻐근하다.

집으로 돌아와 보니 운동권 학생 몇 명과 재야인사들이 와 있다. 이들은 공수부대가 설치고 있는 광주의 상황을 서로 얘기하면서, 어떻게 될지 모르는 불안한 마음에 아버지를 찾아 온 것 같다.

"아부지 지 왔어라."

기섭이가 아버지께 인사를 하면서 다가가자 홍남순 변호사는 아들을 힐끗 쳐다보더니, 시내 상황을 물으신다. 먼저 온 사람들의 정보 중에 혹시 다른 것이 있을까 해서 들으시려는 눈치이다.

"시방 공수부대들이 대학들을 다 점거하고 출입을 막고 있는디요."

"그건 들었다. 데모는 어쩌더냐?"

"아부지, 데모가 문제가 아니어라 공수부대 놈들이 문제여라. 아, 곤봉하고 총을 들고서 학생들을 무작스럽게 패고 있는디, 많은 학생들이 끌려가기도 혀고, 다쳐서 병원에 입원허고 있는 학생들도 많구만요."

"그것도 들어서는 알고 있다만, 그런 놈들의 행동이 어찌 계획적으로 보이더냐?, 아니면 우발적인 것으로 보이더냐?"

홍 변호사는 공수부대를 광주에 투입한 신군부의 의도를 알고 싶어 하는 것 같다.

"지가 보기에는 계획을 세우고 왔지 않겠어라? 계엄을 전국으로 넓혀놓고서 대학 휴교령을 발동허고, 김대중 선상님을 잡아불고, 공수부대를 광주로 보낸 것은 뭔 계획이 없이는 안했을 것 같은디요."

기섭이 나름대로 생각한 것을 말씀드린다. 그러자 홍 변호사 앞에 앉아 있던 초로의 신사분이 거든다.

"그라제. 전두환이랑 그놈들이 숭악한 놈들이여. 아마 정권 찬탈을 혀서 대통령이 되고 싶은가 본디, 광주에서 강하게 나올 것 같으니께 공수부대를 투입혀서 초장에 잡아불라고 하는 것이랑게요."

"의원님 말씀도 맞는 말입니다만 그것이 전부는 아닐 것입니다. 사람들을 무조건 때려 잡는다고 대통령이 되는 것도 아닌데, 그놈들이 무슨 공작을 꾸미고 있는 것 같아서 영 꺼림칙 합니다.

아, 기섭아 어젯밤 예비 검속으로 전대와 조대 학생회 간부들이 다수 잡혀갔다고 연락이 왔었는데. 앞으로 2차 예비 검속이 더 있을것이니까. 어찌됐던 시내에 나가면 경거망동 하지 말고 진중하게 행동하거라."

"야, 알것서라 염려 마십시오. 그럼 지는 들어가 보겠습니다."

"그래, 쉬거라."

홍남순 변호사는 고개를 끄덕인다. 어머니는 벌써 저녁 식사 준비에 한

창이시다. 언제나 손님이 끊이지 않은 집이라서 어머니는 한시도 쉴 틈이 없으시다. 궁금해 하시는 어머니에게 대충 시내 상황을 말씀드리고는 방으로 들어가 라디오를 켰다. 그러나 라디오 채널 어디에서도 광주에서의 공수부대 얘기는 나오지 않는다.

5월 19일 조우

계엄사령부는 18일 비상계엄확대 실시를 계기로 그동안 국민의 지
탄을 받아온 김종필 공화당총재, 김치열 전 내무장관, 이후락·박종규
의원, 이세호 전 육군참모총장 등 권력층 부정축재 혐의자와 김대중
씨, 예춘호 의원, 김동길 교수 등 사회불안조성자 및 학생 노조 소요의
배후 조장혐의자 등 26명을 연행하여 조사중이라고 발표했습니다.

이완의 교수는 부인에게 전화를 걸어 광주로 가는 야간열차 표를 미리
구하라고 일렀다. 저녁 7시쯤 귀가한 이완의 교수를 보고 아내는 수화기
를 내려 놓으며 말한다.

"여보, 오늘 밤 광주행 열차는 없다는데요. 일반인들은 광주역으로 갈
수가 없다고 하네요. 호남선 기차는 가끔 있답니다. 어쩌지요?"

마음의 준비를 해 놓은 것은 물론, 혹시 며칠이 걸릴지도 모를 광주행
여정에 이완의 교수는 동료 교수들에게 자신이 해야 할 수술 일정 두 건

을 부탁까지 해 놓은 상태이다. 낭패라는 생각이 든다.

"여보, 다른 곳에다 부탁을 해볼까요? 전부터 우리 태수 어느 부대에 있는지 알려준 분 있잖아요. 그분이 보안사 높은 분인가봐요. 그래서 태수 면회도 좀 할 수 있도록 해 달라고 부탁해 놨는데."

"그래 맞다. 보안사 근무한다고 했었지?"

"부인 말로는 대공수사과장이라나 뭐라나. 아무튼 계급은 중령이라고 해요."

이 교수의 귀가 번쩍 뜨였다. 보안사령부 중령 정도면 광주에 가는 방법을 알려줄 수 있고, 잘 하면 주선까지 해 줄 수 있다는 생각이 든다. 현재 우리나라에서는 보안사가 최고의 권력기구이다.

"그래? 그러면 그 집으로 전화 좀 넣어 보구려."

이 교수의 말이 떨어지기가 무섭게 아내는 전화기 있는 곳으로 쪼르르 달려간다.

이 교수는 안방으로 들어와 옷을 갈아입고 화장실로 들어간다. 여름의 길목에 선 날씨라서인지 아직 겨울 양복이라 그런지 낮에는 제법 무덥다. 오늘은 수술이 두 건이지만 모두 힘든 시간이었다. 그는 화장실 거울에 비친 자신의 얼굴을 바라본다. 평소 거울을 유심히 보지는 않는다. 오늘따라 얼굴이 초췌해 보인다. 얼굴도 마음을 따라가는 것인가. 미지근한 물로 샤워를 하면 기분이 좋아질 것 같았다.

이 교수가 화장실에서 나오니 부인이 기다리고 있다가 말을 건넨다.

"여보, 오늘 밤 그 여자 집으로 가봐야 할 것 같아요. 자기가 얘기를 하는 것보다는 직접 와서 자기 남편한테 부탁을 해 보라고 하네요. 지난번 자기 남편한테 당신 얘기를 했었대요."

"그래? 집이 어디요?"

"아, 후암동이에요. 용산에 있는…. 서울역 하고 가깝지 않아요?"

"그럼 가깝지! 잘 됐소. 오늘 밤 찾아가서 사정 얘기를 좀 합시다."

"그럼 다시 전화해서 주소하고 몇 시쯤 찾아가는 것이 좋겠냐고 물어볼게요."

아내는 전화를 해서 받아 적은 쪽지를 들고 남편을 뒤따라 나선다. 밖은 어느새 밤이 찾아왔다. 하늘을 보니 아직 별들은 나서지 않았고, 불빛이 반영된 서울 도심 하늘이 희미하게 보인다. 길 눈이 더 밝은 아내가 앞장을 서고 이 교수는 뒤를 따른다. 부부로 같이 살며 자식을 셋이나 낳고 20년이 넘는 세월을 보냈지만 부인과 나란히 걷는 것은 아직도 어색한 모양이다. 이완의 교수는 앞서 가는 부인의 모습을 보며 광주에서 살았던 날들을 돌아본다.

광주는 그에게 새로운 삶을 시작한 곳이요, 반가운 친구가 있는 곳이요, 정감 있는 전라도 사투리가 귀에 익은 제2의 고향이나 다름없는 곳이다. 광주사람들은 주변에서 못된 행위를 하는 사람을 보면 자기 일처럼 덤벼서 나무란다. 먹고 입는 것은 각자의 것으로 간섭하지 않지만 옳고 그름은 니것 내것 없이 덤빈다. 그래서 저항의 도시라고 하는 건가? 정치적으로도 광주사람들은 똑똑하다. 어떤 정치인이 잘하고, 어떤 놈들이 못 된 정치를 하는지 나름대로 쫙 꿰고 있는 것 같다. 병원에서 만난 촌노들도 정치적 가름은 잘 탄다. 그만큼 정치에 관심이 많은 사람들이다. 그런 광주에 군인들이 투입돼서 학생들을 패고 있다면 이는 심각한 문제다. 광주 사람들이 그 꼴을 보고 그냥 넘어가지 않을 것이다. 그곳은 누르면 튀어 오르는 용수철 같은 곳이며, 때리면 몽둥이가 튕겨나가는 소나무 같은 곳이다. 많은 부상자가 발생했다면 이미 일은 나버린 것이다.

이 교수는 생각에 잠겨 아내의 뒤만 졸졸 따르고 있다. 아내는 앞에서 광주에 있는 자식 걱정을 하며 남편에게 말을 걸었지만 이 교수는 답이 없다.

어느새 아내는 쪽지와 문패를 번갈아 보더니 갑자기 이 교수를 보며 손짓한다. 이 교수는 눈치를 채고 옷매무새를 고쳐 초인종을 누르려니 안에서 먼저 인기척이 나며 누군가 걸어 나오고 있었다.

"어서 오세요! 사모님. 아, 교수님이시군요, 안녕하세요?"

보안사 중령의 부인 되는 사람이 문을 열어주면서 이 교수 부부를 맞는다. 이 교수 내외를 집 안으로 안내하며 친근한 목소리로 안부를 묻는다. 현관에 들어서자 남편 되는 차수일 중령이 거실 쇼파에서 일어나지 않고 이 교수 내외에게 인사를 한다.

부인끼리는 낙찰계도 하면서 서로 알고 지냈다지만 남편끼리는 처음이다. 근엄한 자세로 손님이 와도 일어나지 않고 인사를 하는 것 보면 보안사 중령이라서 그런 것인지 예의가 없는 것이 영 마음에 들지 않는다. 하지만 도리가 없다. 며칠 전 태수 부대 위치를 알려준 것에 대한 고마움도 있고, 겸사겸사 한 번은 만나봐야 할 것 같았다.

거실 탁자 앞에 앉아 커피를 대접받은 이 교수 내외는 얼굴에서 안광이 쏟아지는 차 중령의 첫인상에 주눅이 들다시피 한다. 그런 것보다는 부탁을 하러 온 처지이니 고분고분한 표정을 짓는 것도 나쁘지 않을 것 같다는 생각에 안팎에서 활달한 김지윤 여사도 다소곳한 모습으로 말없이 앉아있다.

"막상 오신다고 하셔서 일단 그렇게 하라고는 했는데 늦은밤에 무슨일이시죠?"

다소 가시가 있는 말투이다. 무소불위 권력의 중심인 신군부 보직을 갖고 있어서인지 어떤지는 모르지만 권위적인 냄새가 짙다.

"밤 늦게 찾아와 송구합니다. 저희 내외가 광주에 급히 갈일이 있는데 갈 수 있는 방법이 있을까 해서 이렇게 염치 불고하고 찾아왔습니다."

"광주? 음, 무슨 일로 가십니까?"

차 중령이 의아한 눈길로 이 교수를 바라본다.

"네. 실은 광주에 있는 제 친한 친구 아들이 머리를 다쳐서 제가 급히 수술을 하러 가야 합니다. 한시가 급한데 모든 교통 편이 막혔다고 해서 이렇게 결례를 무릅쓰고 찾아뵙습니다."

그 말을 듣고 아무런 대꾸가 없다. 그의 표정은 아무 생각을 하지 않는 듯 보였지만, 광주를 가야 한다는 이 교수의 말을 액면 그대로 믿지 않고 있는 것 같은 생각이 언뜻 든다.

"보안사 과장으로 근무하신다고 들어서 차 과장님은 분명 무슨 방편이 있을것 같아서 찾아왔습니다. 부탁 좀 드리겠습니다."

"그렇군요. 그런데 교수님. 지금 광주 시내는 불순분자들이 주동하는 폭도들이 난동을 부리고 있습니다. 그래서 요 며칠동안은 일반인은 물론 군인들도 함부로 광주에 갈 수 없습니다."

그래도 이완의 교수는 다시 정중히 부탁을 한다. 그러자 차 중령은 아무런 말을 하지 않고 앉아 있으면서 어색한 침묵이 이어지고 있다. 이 교수의 부탁은 사실상 거절인 셈이다. 그 사이 부인들은 부엌으로 옮겨서 무슨 얘기인가를 나누고 있다.

차 중령이 고개를 외로 돌리고 골똘히 뭔가를 생각하고 있는 듯하고 있는데 어디선가 부르는 소리가 희미하게 들린다. 그러고는 차 중령의 부인이 소리가 나는 방문을 열고 들어간다.

"예, 어머니. 잠깐 기다리세요."

차 중령이 어색했던지 침묵을 깨고 이 교수에게 먼저 말을 건넨다.

"아, 제 어머니이십니다. 몇 달 전 허리를 다쳐 한의원을 다니셨는데 차도가 보이지 않더니 요즘에는 오히려 한쪽 팔과 다리를 불편해하십니다."

"아, 그렇습니까? 언제부터 그런 증상이 있었습니까?"

"한 열흘 정도 됐습니다. 병원에 가보려고 했는데 어머니께서 병원을 워낙 싫어하셔서 우선 한의원에서 침을 맞고 있습니다."

"그렇군요. 과장님. 괜찮으면 제가 잠깐 살펴봐도 될까요? 제가 신경외과를 맡고 있습니다."

"허리도 신경외과에서 치료하는 곳인가요?"

"꼭 그렇지만은 않습니다만 이를테면 중풍이라든지, 머리, 즉 뇌에서 오는 질환과 척수, 말초신경의 질병도 치료를 하는 분야입니다."

"아, 그래요? 그럼 저희 어머니가 중풍이신가?"

"검사를 해봐야 알겠지만 지금 말씀을 들을때 증상은 그런 것 같습니다."

차 중령의 얼굴이 갑자기 펴진다.

"제가 진찰 좀 해봐도 될까요?"

이 교수가 자리에서 일어나자 차 중령도 일어나 어머니 방으로 들어간다. 잠시 후 이완의 교수가 진찰을 끝내고 거실로 나와서는 다시 차 중령 내외와 마주 앉는다.

"어머니는 중풍이 거의 확실합니다. 검사를 정확히 해서 치료하지 않으면 후유증이 심각하고 예후가 좋지 않을 수도 있습니다."

"그럼 앞으로 어떻게 해야 해요 교수님? 침으로는 치료가 안 됩니까?"

차 중령 부인이 옆에서 다급한 말투로 묻는다.

"네, 이 질병은 한방으로 치료하기가 쉽지 않을 것 같습니다. 이미 뇌신경 손상이 진행되고 있기 때문에 속히 약물이나 수술 요법을 통해서 치료를 해야 합니다. 서두르셔야 합니다."

이 교수의 단호한 말이다. 그는 항상 환자나 환자 가족들에게 확신과 결의에 찬 말투로 설명을 한다. 차 중령 부부 둘 다 걱정에 찬 눈초리를 하고 있다.

"병원에 오시면 보다 정확한 정밀 검사를 받고나서 치료 방법을 결정해야 할 겁니다."

이 교수는 이렇게 말하고 나서 눈치를 살피며, 광주에 다녀와서 어머니 치료를 맡아 보겠다고 말한다.

화색이 도는 남편의 얼굴을 보며 차 중령 부인은 조심스럽게 남편에게 눈짓을 보낸다. 잠시 침묵을 지키고 있던 차 중령이 입을 뗀다.

"교수님께서 저희 어머니를 치료해 주시면 감사할 따름입니다."

"네. 제가 광주를 다녀와서 병원에 예약을 잡아드리도록 하겠습니다."

이 교수는 어머니 진료는 광주 행보 다음이고, 그래서 당신이 나를 광주에 가게 해 달라는 압박을 하고 있는 것이다.

"아, 참, 그렇지요. 광주를 다녀오신다고 했지요. 그럼 교수님께서는 언제 광주를 가시렵니까?"

"아, 네. 저희는 오늘밤이라도 가야 됩니다만…."

이 교수가 차 중령의 얼굴 기색을 살피며 말 꼬리를 흐린다.

"그럼 잠시 기다려 보시지요. 제가 좀 알아보고 오겠습니다."

차 중령이 일어나서 안방으로 들어간다. 거실에 남은 세 사람은 서로 안도의 한숨을 쉬면서 조금 편안한 마음이 된다.

"아까 보니까 교수님께서 커피를 안 드시는 것 같아서 녹차를 가져왔습니다. 누가 선물로 준 건데 저는 쌉싸름해서 별로더라고요. 교수님께서 녹차 좋아하시면 드셔 보세요."

그러고는 주전자 물을 찻잔에 따른다. 찻잎이 서서히 풀어지면서 수증기 속에 녹차 향기가 담겨 위로 날아온다. 이 교수의 코끝에 녹차 향기가 감돈다. 찻잎이 풀어지는 모습을 바라보면서 옛적 일본에서 차를 마시던 아버지의 모습이 불현듯 떠오른다. 아버지는 조선에 있을 때부터 차 마시기를 좋아했고, 일본에 건너가서는 더 좋아했다. 한 십여 분 뒤, 차 중령이 거실로 나온다.

"교수님, 알아보니 오늘밤 광주로 가기는 어렵겠습니다. 제가 다른 방도를 알아봤는데 내일 아침에 출발하셔야 할 것 같습니다."

"그럼 내려갈 방도는 있다는 말씀이신가요?"

이 교수가 묻자 차 중령은 이 교수 부부에게 들으라는 듯 차례로 쳐다보면서 말한다.

"예 우선 고속버스로 가셔야 할 것 같습니다. 서울에서 정읍으로 가십시오. 지금 고속버스는 정읍까지 밖에 운행이 안 됩니다. 거기서 택시를 타고 국도를 이용해 장성까지 가십시오. 거기서 다시 광주까지 가는 택시를 알아보셔야 합니다. 이 길은 서울에서 언론사 기자들끼리 이용하는 비공식 통로입니다. 광주는 북구 동운동 쪽으로 통하는 도로가 있으니 그쪽으로 가시면 될 것 같습니다. 거기 검문소가 있는데 31사단 보안부대 박인수 대위를 찾으십시오. 제 소개로 찾아왔다고 하면 편의를 봐 줄 것입니다."

이 교수는 차 중령의 말을 하나도 흘리지 않으려 귀를 쫑긋하면서 듣고 있다. 속으로는 '31사단 보안부대 박인수 대위'를 여러 번 되뇌인다.

차 중령은 머리를 조아리면서 말을 듣고 있는 이완의 교수를 유심히 바라본다.

"이 교수님, 광주 여정이 힘들 텐데 대단한 우정이십니다."

차 중령이 살짝 미소를 띠면서 말한다.

"아닙니다. 막역지우이기도 하지만 제2의 고향인 광주에서 만나 저의 외로움을 덜어준 사람이라서 정이 더 갑니다. 제 자식 하나도 그 집에 있으면서 광주에서 대학을 다닙니다."

"그러십니까? 그럼 광주가 고향이 아니시군요. 이 교수님 고향은 어디십니까?"

차 중령이 고향을 묻자 이 교수가 멈칫한다. 차 중령은 그런 이 교수의 표정과 몸짓을 놓치지 않는다. 그의 눈빛이 순간 날카로워졌다가 이내 평상으로 돌아간다.

"제 고향은 서울입니다. 열다섯 살 때 일본으로 건너가 살다가 스물일곱에 다시 한국으로 왔습니다."

"아, 그렇군요. 일찌감치 일본 유학을 하신 거군요. 그래서 말투에 일본식 어투가 좀 남아 있습니다."

사실 많은 일본 유학생들이 조총련에 포섭이 돼서 한국에 들어와 간첩 활동을 하는 경우가 있다. 제일교포간첩단사건, 일본유학생간첩단사건 등은 심심찮게 터진다. 북괴는 직접 남파간첩 공작 뿐 아니라 제3국인 일본을 통해서도 많은 간첩을 보내고 있다.

차 중령은 여기까지 생각이 미치자 다시 한 번 이 교수의 얼굴을 살폈다. 얼굴에서 풍기는 느낌은 대공 용의자 같지는 않다. 한국에서 제일 가는 서울대 의과대학 교수까지 하고 있는 사람이 뭐가 아쉬워서 고정간첩 노릇을 하겠나? 하는 생각도 든다.

"이 교수님, 내일 아침 출발하시려면 준비도 해야 할 것 아닙니까? 잘 다녀오시고 만약 일이 여의치 않아 광주 시내로 들어가지 못하시거든 지체 없이 서울로 돌아오셔야 합니다. 광주 인근까지 폭동의 영향으로 자칫 위험할 수 있습니다."

차 중령은 그렇게 말하면서 이 교수의 안색을 살핀다. 그러나 이 교수의 얼굴에서는 꼭 광주를 가야겠다는 의지가 보인다.

"잘 알겠습니다, 과장님. 이 은혜는 꼭 갚겠습니다. 그리고 이것은 과장님께 드리는 저의 성의입니다. 적지만 받아주십시오."

이 교수가 일어서면서 양복 안주머니에서 두툼한 노란색 봉투를 꺼내 차 중령에게 건네려 한다. 차 중령이 손사래를 치면서 정색을 한다.

"아, 아닙니다. 힘드신 길 가시는데 제가 도움이 될지 안 될지도 모르는 상황에서 받기가 좀 그렇습니다."

"그래도 인사는 그게 아닙니다. 어려운 나라 일 하시는데 교통비라도 하십시오."

이 교수가 재차 말하고 봉투를 들고 있는데 이 교수의 아내가 봉투를 슬쩍 가로채서는 차 중령 부인 손에 쥐어준다. 그리고 차 중령에게 고개를 숙이고는 남편의 팔을 붙잡고 현관 쪽으로 나선다. 순식간의 일이다.

이 교수 부부가 돌아간 뒤 차 중령은 안방으로 들어와 생각에 잠긴다. 광주에 들어가게 해서는 안 되었다. 광주 시민들은 모두 폭동자로 몰아서 진압하고 처벌할 예정이다. 많은 사람들이 죽거나 다칠 예정이다. 또 이 교수가 광주에 들어가면 몸을 다치지 않더라도 당분간 서울에 돌아오기도 어렵다. 이미 군 병력으로 광주 외곽 봉쇄작전에 돌입하고 있고, '무등산' 공작이 최종 마무리되기까지는 최소 열흘 이상이 걸릴 것이기 때문이다. 그래서는 어머니 치료가 늦어진다. 차 중령은 전화기 다이얼을 돌렸다. 상황실 당직자가 전화를 받았다.

"충성, 중사 김용운입니다."

"아, 나, 차 과장이야. 조성윤 대위 있나?"

"네, 바꿔드리겠습니다."

잠시 후 수화기에서 조 대위의 목소리가 들렸다.

"충성, 조 대위입니다."

"그래, 조 대위. 아까 지시했던 사항 말이야. 거, 광주 31사단 보안부대에 다시 연락해서 아까 부탁한 것은 무리하게 진행하지는 말라고 전해."

"네, 알겠습니다."

"그래, 수고해라."

수화기에서 '충성'하는 소리가 들리고 있는데 차 중령이 갑자기 조 대위를 불렀다.

"아, 조 대위. 한 가지 알아볼 것이 있다."

"네, 말씀하십시오."

"서울대 의과대학 이완의 교수라는 사람에 대해서 내사해봐. 일본에서 유학을 하고 왔다는데, 하나부터 열까지 빠트리지 말고 다 알아보도록 해. 은밀히 진행하고, 결과는 나한테만 보고하도록. 알겠나?"

"네, 알겠습니다."

전화를 끊고 난 차 중령은 담배를 피워 물었다. 그 연기 속에 이상하게 이완의 교수의 얼굴이 숨어있다. 그는 뭔가 잡힐 것 같은 느낌이 들었다. 그의 촉이 곤두서고 있는 것이다.

5월 20일 귀도

　서울 반포 호남고속버스터미널 한 구석에 노부부가 서로의 얼굴은 외면한 채 앉아서 나직하면서도 팽팽한 말다툼을 벌이고 있다. 부인이 나직하면서도 또렷한 목소리로 말한다.

　"죽으려면 영감 혼자 죽지 왜 아이들까지 죽게 하려고 끝까지 고집을 부리십니까?"

　잠자코 듣고 있던 남편은 부인의 얼굴을 외면하고는 차분하면서도 낮은 목소리로 대답을 한다.

　"내가 언제 자식들을 죽이려 했다는 말이오? 녀석들이 따라나서겠다는 것이지."

　"그렇게 당신이 사지로 가겠다니까 자식들이 아버지가 걱정이 돼서 따라가겠다는 것 아니에요?"

　"여보, 내가 지금 광주에 가지 않으면 안 되오. 더 이상 광주 사람들이 죽지 않도록 내가 나서서 뭔가를 해야지 수많은 광주 시민이 고립된 채 학살되고 있는데 나만 생각해서 서울에 피신해 있으면 살아도 산 게 아니오. 그러니 제발 그냥 가게 해주오."

두 사람의 말다툼 아닌 말다툼을 옆에서 지켜보고 있는 젊은이 두 사람은 아무 말이 없이 두 손을 맞잡고 안타까운 표정을 하고 서있다.

부부 싸움을 하고 있는 사람은 다름 아닌 광주의 홍남순 변호사와 그의 부인 윤이정 여사이다.

홍 변호사는 지난 5월 17일 밤 9시경, 평소 안면이 없던 사람의 방문을 받는다. 홍 변호사의 자택은 전남 광주시 궁동 15번지의 허름한 단독주택이다. 뜰에는 은행나무가 있어서 사람들은 은행나무 집으로도 부르고 있고, 주택의 길가 쪽 방을 사무실로 꾸며 변호사 업무실로도 쓰고 있다.

그날 늦은 저녁식사를 막 끝내고 있는 참인데 현관문을 두드리는 소리가 들리고 처음 본 40대 중반의 남자가 현관으로 들어선다. 홍 변호사 집은 대문은 있지만 스물네 시간 잠그지 않고 열어놓는다. 급한 일로 찾아오는 사람들을 배려한 것이다.

"저, 홍 변호사님을 뵈러왔습니다요."

쭈뼛거리면서 거실로 들어서는 남자는 대뜸 홍 변호사를 찾는다. 식탁에서 막 일어서려던 홍 변호사는 자신을 찾는 사람의 목소리를 듣고는 거실로 향했다. 남자는 점퍼를 걸친 허름한 옷차림인데 연신 고개를 두리번거리면서 초조한 모습이다.

"내가 홍 변호사요. 무슨 일로 오셨소?"

"네, 저어 지인 부탁으로 이렇게 찾아뵙습니다요. 좀 조용한 곳에서 말씀드렸으면 합니다."

"아, 그럼 이쪽으로 오시오."

홍 변호사가 남자를 안내하여 안채로 들어가자 자리에 앉기도 전에 남자는 말문을 연다.

"변호사님, 지금 바로 광주를 떠나셔야 합니다."

그는 다짜고짜 홍 변호사에게 광주를 뜨라는 말부터 던진다. 홍 변호사는 의아한 표정을 짓고, 남자는 다급히 말을 잇는다.

"변호사님, 광주경찰서 정 형사님이 보냈습니다. 자기 대신 변호사님께 말씀을 전해달라고요."

홍 변호사는 그 남자의 입에서 정 부장이라 불리는 정 형사 얘기가 나오자 순간 긴장한다. 그는 자신을 감시하고 사찰하는 정보 형사인데, 미리 긴한 소식을 전해주는 것이다. 그는 그럴만한 사람이다. 평소 홍 변호사를 흠모하고 있다고 자주 말을 했었다. 그는 '전남 광주에서는 정치에 나서지 않고 박정희 정권 때부터 지금껏 오로지 반독재 투쟁을 해오고 있는 인권 변호사인 홍 변호사님이 사실상 광주 사람들의 정신적 지주'라고 거리낌 없이 얘기를 하곤 했다.

그런 그가 은밀히 사람을 보내서 광주를 뜨라고 하는 것이다. 전화는 도청이 되니 사람을 보낸 것이다. 홍 변호사는 순간 이번 예비 검속이 목숨과 관련된 심상치 않은 것은 물론 거대한 음모의 파도가 밀려오고 있다는 생각이 든다.

17일 오후 광주 대의동에 있는 YWCA에서 조아라 장로, 이애신 YWCA 총무, 무진교회 강신석 목사, 제헌국회 의원을 지낸 이성학 장로 등 광주의 재야 각계인사들이 모여서 시국 대책 모임을 개최했다. 전두환 신군부 세력의 권력 찬탈음모를 저지하기 위한 대책 회의를 가졌는데, 여기서도 예비 검속 이야기가 나왔었다. 그 사람이 돌아가고 홍 변호사는 아내와 아들 기섭을 부른다.

"아무래도 심상치가 않은것 같다. 곧 대대적인 예비 검속이 있다는데, 미리 피해서 후일을 도모해야 하는지 아니면 버티다가 잡혀 들어가 투쟁을 해야 하는지 모를 일이다."

"아부지, 지도 그런 야그를 들었습니다. 예비 검속이 곧 있을 것인디, 이번에 잡혀 가불믄 고초를 겪으실 거랍니다."

기섭의 말에 홍 변호사는 눈을 감고 아무 말이 없고, 윤이정 여사는 걱정스런 표정을 짓고 있다. 마침 전화기가 울린다. 9시가 훌쩍 늦은 밤에 누가 전화를 한단 말인가. 급한 일이 아니면 전화를 하지 않을 것이라는 생각을 하고 있는데 기섭이가 전화를 받았다. 수화기를 건네받는데 모르는 목소리다.

상대방은 빨리 피하라는 말만 하고는 전화를 끊어버린다. 홍 변호사의 눈썹이 파르르 떨리는 듯하다. 그러고는 침묵이 흐른다. 도로에서 들려오는 나직한 경적소리가 방안의 공기를 흔들고 있다.

홍 변호사는 버티고 싶었다. 피하느니 차라리 잡혀 들어가서 옥중투쟁을 하는 것이 나을 수도 있다. 그러나 전두환 일당은 지금 눈에 뵈는 것이 없을 정도로 악랄해서 자칫 고문으로 허망하게 목숨을 잃을 수도 있다는 생각도 든다.

밤새 뒤척이면서 잠을 이루지 못한 홍 변호사는 다음날 아침 일찍 라디오를 켰다. 뉴스를 듣기 위해서이다. 아니나 다를까 라디오에서는 18일 새벽 0시를 기해 전국으로 계엄을 확대한다는 소식을 전하고 있다. 지금까지는 제주도를 제외한 다른 모든 지역에 계엄령이 내려진 상태이다. 그러나 제주도를 포함한 전국에 계엄을 확대한다는 것은 사실상 군정을 의미한다. 전국 계엄이 아닌 경우에는 국방부 장관에게 계엄 업무의 지휘감독권이 있다. 그러나 전국비상계엄 아래에서는 국방장관의 지휘 감독권이 배제되고, 따라서 국무총리의 계엄에 관한 권한은 물론이고 국무회의의 심의마저 없어진다. 내각기능은 정지되고 모든 국정권한이 계엄사령관에게 집중되면서, 결과적으로 군 권력을 잡고 있는 전두환 일당이 권력을 쥐게 되는 것이다.

계엄사는 포고령 10호를 통해서 18일 새벽 0시를 기해 일체의 정치활동 및 집회와 시위를 금지하고, 대학에는 휴교령을 내렸다.

방안에 앉아 라디오에 귀를 기울이던 홍 변호사는 벌떡 일어나 밖으로 나갔다. 새벽 공기가 차갑게 느껴졌지만 마음속에서는 뜨거운 화가 치밀어 올라왔다. '이 못 된 놈들이 기어이 일을 저지르는구나.' 신군부를 향한 분노로 인해 가슴이 떨려온다. 18년 동안 박정희 정권과 맞서 싸워왔는데 이제 또 다른 놈들에 의한 군사독재의 시작이라니, 그는 조국 대한민국에 다시 암울함이 엄습하고 있다는 생각에 숨이 가빠지는 것 같다.

홍 변호사는 떠나지 않겠노라 다짐을 하고 5월 18일의 긴 하루를 집에서 보냈다. 하지만 밖에서 들려오는 소식은 삼엄했고, 살벌했고, 암담했다. 공수부대원들은 18일 새벽 0시부터 전남대와 조선대를 접수하고 나면서부터 학교 앞에서는 물론 시내에서도 대학생이라고 생각되는 사람들은 가게 점원이든 단순 노동자든 가리지 않고 곤봉으로 무차별 내리치고 끌고 간다는 것이다.

밤새 고민을 하던 홍 변호사는 탈출하라는 주변의 권유를 이기지 못하고 다음 날인 19일 아침 부인 윤이정 여사와 함께 광주를 떠났다. 일단 피신하기로 한 것이다. 홍 변호사는 서울에서 유학하는 둘째아들이 있는 곳으로 왔다. 아들의 자취방에서 여전히 광주 소식에 귀를 기울였다. 그런데 광주 상황이 갈수록 악화되고 있다. 시내에 공수부대가 더 많이 투입되고, 이들에게 어린 학생을 포함한 시민들이 학살당하고 있다는 소식이 들려온다. 물론 방송과 신문 어디에도 그런 내용은 없다. 어쩌다 광주로 연결되는 전화에서 들려오는 끔찍한 소식에 홍 변호사는 가슴이 철렁 내려앉았고 손이 떨린다. 어쩌면 이럴 수 있다는 말인가. 아무리 권력이 좋기로서니 공수부대를 동원해서 총칼로 시민들을 무차별 살상한다는 것이 믿기지가 않다.

밥맛도 없고, 밤 11시를 넘겨서 잠자리에 들었지만 잠을 이룰 수가 없다. 기훈이와 영욱이 두 아들은 신촌 대학가로 광주 소식을 들으러 나갔다가 아직까지 들어오지 않고 있다. 홍 변호사는 슬그머니 일어나 밖으로 나간다. 아들의 자취방을 나와 골목길을 서성이면서 그는 어두운 조국의 현실에 한숨만 내쉰다. 밤공기가 차갑지만 그의 마음에는 걱정과 울분이 가득해서 추운 줄도 모른다.

'어떻게 해야 하는가? 시민들은 죽어나가는데, 예비 검속을 피해서 광주를 탈출한 것이 결과적으로 비겁한 행동이 되고 만 것인가?'

홍 변호사는 광주에서 나온 자신의 행동이 부끄럽기도 하다. '지금이라도 광주로 가야한다. 그래서 통한으로 울부짖고 있는 광주시민들의 마음을 어루만지고, 더 이상의 살육이 발생하는 것을 막아야 한다. 필요하면 내 목숨을 던져서라도 전두환 일당의 폭거를 막아보자.'

마침내 귀도를 결심한 홍 변호사는 몸을 돌려 아들 자취방으로 돌아간다. 방 한구석에 모로 누워있던 부인이 서서히 몸을 일으키면서 돌아본다. 그녀는 남편의 얼굴을 보고는 심상치 않음을 느낀다. 짙은 눈썹이 돋보이는 남편의 얼굴에서는 무언가를 결행하려는 듯 결기가 보였기 때문이다. 그녀는 자세를 고쳐 바로 앉으면서 무슨 일이 있냐고 남편에게 묻는다. 홍 변호사는 입을 굳게 다물고는 대답이 없다가 자리에 앉으면서 말문을 연다.

"내일 광주에 내려가야겠소."

남편의 짧은 한 마디에 윤 여사는 가슴이 철렁했다. '이 양반이 죽으러 광주에 가겠다는 것이 아닌가 어쩌자고 그런 결심을 했다는 말인가. 이 양반의 고집은 아무도 꺾지를 못하는데….' 속으로 생각하니 윤 여사는 한숨이 절로 나온다.

"영감, 지금 광주는 공수부대가 사람들을 무자비하게 죽인다는데 그 속으로 들어가면 어쩌자는 거예요? 자식들 생각도 좀 해 보시구려."

탄식이 들어있는 아내의 말을 듣고도 홍 변호사는 아무런 말도 하지 않고 벽만 응시하고 있다. 벽에는 막내아들의 공부 시간표가 붙어있다. 재수를 하고 있는 막내아들은 동그라미를 그려놓고, 그 안을 기상시간부터 취침까지 구분해서 일과표를 적어놓았다.

"영감. 말씀 좀 해 보시구려. 그렇게 무작정 광주로 가시면 큰 일이 날 수도 있어요. 좀 찬찬히 생각 좀 해 봅시다. 네?"

대답을 재촉하는 아내를 힐끗 바라본 홍 변호사가 그제야 말을 한다.

"내가 당신하고 자식들한테는 걱정을 끼치는 것 같아 미안하오. 하지만 내가 지금껏 살아온 세상이 있는데 어찌 광주를 모른척한다는 말이오. 가서 죽을 수도 있지만 그것은 천명이고, 그 천명과 내가 할 도리는 따로 있는 것이오. 다른 말 맙시다."

빗장을 걸어버리는 남편의 단호한 말에 윤 여사는 할 말이 생각나지 않는다. 남편은 지금껏 살아온 대로, 자기 생각대로, 신념대로 행동할 것이다. 어떤 일이 있어도 굽히지 않을 사람이다. 옛날 박정희가 5·16 쿠데타를 일으킨 뒤 함께 정치를 하자고 사람을 보냈어도 끝내 가지 않던 사람이다. '저 고집을 누가 꺾을 것인가?' 윤 여사는 눈앞이 캄캄해진다.

남들은 남편이 유명한 변호사이니 근심 걱정 없는 생활을 하려나 생각하지만 돈 문제만큼은 빛 좋은 개살구나 다름없다. 맨날 인권을 구한다며 무료 변론을 일삼아 하면서 정작 돈벌이는 하지 않는 양반이다. 학생운동을 하다가 붙잡힌 아이들이나 박정희 독재 정권에 항거하다 구속된 민주인사들을 변호하다 보니 일반 형사사건이나 민사사건은 거의 손대지 못한다. 수임한 사건들도 검찰이나 법원에서 오히려 비협조적이어서 좋은 결과를 받아내지 못하는 경우가 많아 아예 수임을 하지 않는 양반이다.

그나저나 남편 혼자서는 보낼 수 없다고 생각한 윤 여사는 미동도 하지 않고 앉아있는 남편을 안타까운 눈길로 바라만 본다. 밤이 깊어지고, 기다리던 아들의 기척이 들린다.

"어떻더냐?"

"아버지. 광주에서는 공수부대원들이 사람들을 마구 칼로 찌르면서 죽이는 살육극이 벌어졌다고 합니다. 광주로 바로 가는 열차나 버스는 거의 끊어졌습니다."

기훈이 말에는 거의 반 울음이 섞여있다. 홍 변호사는 숨이 턱 막힌다. '전두환 일당들이 이렇게 악랄하게 할 줄이야' 그는 안절부절 못해 고개를 이리저리 돌린다. 갑자기 지켜보던 윤 여사가 말한다.

"기훈아, 이런데도 아버지가 광주로 가신다고 야단이시다. 죽으러 가시겠다니, 이 노릇을 어쩌면 좋으냐?"

"네? 어머니, 그게 무슨 말씀이세요?"

"아버지가 글쎄 지금 난리 판국인 광주에 내려가시겠다면서 저리 앉아계신다. 너희들이 말씀 좀 드려봐라. 응?"

"……."

기훈이도 놀라는 눈치이다. 그러면서 묵묵히 앉아계시는 아버지를 바라보면서 무슨 말인가를 하려다 만다. 아버지가 광주에 내려가겠다고 결심하셨다면 누구도 말릴 수 없다. 신념대로 사시는 분이니 절대로 번복하지 않을 것이다. 기훈은 어깨가 구부정해진 아버지의 앉아계신 모습이 오늘따라 왠지 작게만 느껴진다. 어느 때건 어느 장소이건 항시 단정하고 근엄한 모습으로 존재하셨고, 박정희 정권에서도 반독재 투쟁을 단 한 번도 굽히지 않은 대쪽 같은 분이다.

한참 동안 침묵이 흘렀다. 불과 몇 분이었지만 긴장하고 비장한 마음들이 꽉 채워진 방안의 분위기가 모두의 가슴을 짓누르고 있다. 홍 변호사가 무거운 침묵을 깬다.

"기훈아, 내일 아침 광주로 가는 차편을 알아봐야 쓰겠다. 기차나 고속버스가 다 끊겼다면 광주 가까운 곳으로 가서 걸어서라도 들어가야겠다."

바로 대답을 못하던 기훈이 몇 초간의 끊김을 잇겠다는 듯이 겨우 대답한다. 기훈은 제대로 된 반대 기색조차 못하고 순응한다. 기훈은 아버지의 말씀에 거역은 물론 아무런 의견조차 낼 수가 없다. 숙명처럼 느껴졌기 때문이다.

부자지간의 대화를 다소곳이 듣고 있던 윤 여사는 자리에서 일어나 눈물을 훔치면서 방문을 열고 나간다. 한참을 생각한 윤이정 여사는 남편을 따라 광주에 가기로 작정한다. 자식들 목숨이라도 건져야 했다. 남편의 뜻을 꺾지 못하는 것은 어쩔 수 없지만 자식들마저 절대로 죽음의 땅인 광주로 보내고 싶지는 않은 것이다.

5월 20일 투쟁

대법원 전원 합의체(재판장 이영섭 대법원장)은 20일 상오 10시 대법원 대법정에서 박정희 대통령 시해사건 상고심 선고 공판을 열고 피고인들의 상고를 기각함으로써 김재규 피고인 등 5명에게는 내란목적 살인죄와 내란수괴미수, 내란중요임무 종사미수죄 등을 적용, 사형을 선고한 육본계엄고등군법회의의 원심형형량이 확정됐으며, 전대통령 비서실장 김계원 피고인과 유석술 피고인에 대한 상고도 기각 김피고인에겐 살인죄를 적용, 무기징역을, 유피고인에겐 증거은닉 죄를 적용, 징역 3년을 선고한 원심이 확정됐다.

20일 아침이 밝았다.

홍 변호사는 굳이 고속버스터미널까지 전송을 한다는 부인과 둘째 아들 기훈, 막내 영욱이와 넷이서 택시를 잡아타고 호남고속버스터미널로 향한다. 서울에 온지 10시간 만에 다시 광주로 향하는 것이다.

반포에 있는 터미널에 도착해서 기훈이가 표를 끊어온다. 광주 위에 있는 전라북도 정읍으로 가는 버스표이다. 모두 넉 장이다.

"왜 표가 넉 장이나 되느냐?"

홍 변호사가 자식들을 바라보면서 말한다. 그의 눈빛에는 자애와 걱정이 함께 서려있다. 자식들이 대답하기 전에 윤 여사가 나선다.

"아버지가 사지로 가겠다는데 자식들이 모른 체 하겠어요?"

퉁명스런 소리이다. 이렇게 해서 홍 변호사 내외의 생사의 갈림길을 따지는 부부 싸움은 시작되고, 자식들은 이러지도 저러지도 못하고 서 있는 것이다. 아내를 잠깐 바라보던 홍 변호사가 자식들을 향해 말한다.

"너희들은 여기 남거라. 광주에 가면 목숨 부지하기가 그리 쉽지만 않을 것이다. 무차별로 사람을 죽인다는데 누구를 가리겠느냐. 나는 많이 살았고, 죽는 것은 하늘의 뜻이다. 난리 때는 가급적 흩어져 있어야 한다. 애비하고 운명을 같이 한다는 너희들의 뜻을 모르는 바는 아니지만 너희들은 살아남아서 다음을 기약해라. 광주에는 따로 살지만 첫째 기원이가 있고, 무엇보다 셋째 기섭이가 곁에 있으니 걱정하지 말거라."

기훈과 영욱은 유언과도 같은 아버지의 말씀에 가슴이 먹먹해지면서 눈물이 나온다. 남편의 광주행을 말려보려던 윤 여사는 자신의 눈가에 비치는 눈물을 자식들에게 보이지 않으려고 고개를 돌린다. 잠시 후 또렷한 소리로 말한다.

"걱정들 말고 서울에 있어. 내가 아버지 모시고 갈 것이니까. 밥 굶지 말고 잘 챙겨 먹어라. 막둥이도 정신 바짝 차리고 공부 열심히 해. 알겠지?"

윤 여사도 자식들에게 단호한 어조로 광주행 결심과 자식들을 향한 모정을 내보이고, 그런 아내를 바라보는 홍 변호사는 아무 말도 못한다. 말려야 소용없기 때문이다.

서울 반포동에 있는 호남고속버스터미널은 매우 북적이면서 혼란스럽다. 전라남도 광주행 고속버스 운행이 갑자기 중단된 것이다. 광주를 가려고 고속터미널을 찾은 사람들은 어찌할지를 몰라 허둥대고 있다. 고속버스 운행 중단 소식에 사람들은 걱정과 두려움으로 심란하다. 사람들은 버스로는 광주에 갈 수가 없다는 소식에 기차표를 구하려고 했지만 기차역시 막혀있다. 광주에서 불순분자들이 폭동을 일으켜 많은 광주시민들이 죽고 다쳤다는 TV와 신문보도를 보고는 발을 동동 굴렀다.

전화도 안 되고 광주에 직접 가 볼 수도 없는 사람들은 애타는 심정으로 호남고속터미널로 모여 들어 혹시나 광주의 소식을 듣고자 했다. 하지만 어디서도 광주의 목소리는 들리지 않았다. 다만, 어떤 이들은 광주행 고속버스가 끊긴 사실을 확인하고는 광주 인근지역으로라도 가서 걸어 들어가려는 생각인듯 해 보였다. 광주와 가까운 인근 도시의 표를 구하려는 행렬도 많아 보인다.

*

아침 일찍 여장을 꾸려 삼선교 집을 나선 이완의 교수 부부는 택시로 호남고속버스터미널에 도착한다. 고등학생인 딸 신애에게는 어젯밤 '광주에 급히 갔다 오겠다.'는 말을 했다. 매일 투정 부리고 어리광부리는 철부지 이지만 윤호가 다쳤다는 말에 겁을 먹었는지 눈물을 글썽이며 수술을 잘 하라고 한다. 신애는 원래부터 엄마를 닮은 야무진 구석이 있는 아이다. 심각한 표정의 엄마 아빠 얼굴을 바라보던 신애는 일부러 표정을 밝게 하면서 걱정하지 말고 다녀오란다. 어린애인줄만 알았는데 의외로 대견한 모습이다.

부부는 터미널에 도착하자 표를 알아보니 역시 광주행 버스는 없고, 정읍행 중앙고속버스 표 두 장을 사서 짐을 챙겨들고 대합실 구석진 곳에 자리를 잡았다. 출발하려면 1시간이나 더 기다려야 한다.

어젯밤 차 중령에게 광주행 방편을 알아보고 도움을 받은 것이 다행이라는 생각을 하면서도 마음 한구석에는 마치 호랑이 입으로 들어갔다가 나온 것 같은 찜찜한 생각이 자꾸 든다. 대화를 하는 도중에도 차 중령은 언뜻 중요한 생각을 하는 것 같았고, 그의 눈빛은 때로 번득였다가 때로는 차분해졌다가를 반복해 보였다. 직업 때문일 것이라고 생각하면서도 십 년이 넘게 경찰의 사찰을 받아 온 이 교수는 제일 무섭다는 보안사의 장교 집에서 자신이 일본에서 왔다는 사실을 이야기한 것이 못내 께름칙하다.

터미널에는 사람들이 많아서 웅성거리기는 했지만 왠지 분위기는 침울하고 웃음소리가 거의 나지 않는다. 고개를 이리 저리 돌려보는데 건너편 구석에서 반백의 노인과 부인되는 듯한 여성이 앉고, 젊은이 두 사람은 서서 얘기를 나누고 있다. 젊은이들은 등을 돌리고 있어서 누구인지 모르겠지만 노인은 분명히 아는 사람이다. 부인 곁에 작은 가방이 놓여있는 것을 보니 어디를 가는 모양이다. 이 교수는 자리에서 일어나 그 쪽으로 다가간다.

"혹시 홍남순 변호사님 아니십니까?"

이 교수가 홍 변호사 앞에 서서 머리를 숙이면서 여쭙고, 홍 변호사는 고개를 들고 사람을 찬찬히 뜯어본다.

"변호사님, 저는 전에 전남대 의대에서 교수로 있던 이완의라고 합니다."

"아, 그러시구면. 내가 몰라 뵀습니다."

"아닙니다. 저는 광주에 있을 때 변호사님을 가끔 뵀습니다만 변호사님은 저를 잘 모르실겁니다. 전대 의대에 있는 신재운 박사 아시지요?"

"아, 신 박사? 알지요. 그분이 우리 집사람 주치의로 혈압약도 처방해 주시고 그럽니다."

"저와는 막역지우입니다. 제가 전대 의대에 있을 때 가장 가까운 동료였고, 그래서 신 박사에게 변호사님 말씀을 많이 들었습니다."

"아이고, 그렇군요. 내가 나이가 들다 보니까 이제 기억력이 떨어지는 모양입니다. 아, 그래, 여기는 어쩐 일이십니까? 아, 참. 여보. 이 분이 신 박사와 전대에서 같이 계셨던 교수님이시라네요. 인사하시오. 너희들도 인사드려라."

홍 변호사는 부인과 두 아들에게도 인사를 시킨다. 윤 여사는 자신의 주치의인 신 박사와 동료였다는 말에 대번 친근해진다.

"교수님. 이리 좀 앉으세요."

윤이정 여사는 앉은 자리를 비켜서 이 교수를 앉게 하려한다.

"아닙니다. 저도 혼자가 아니고 아내와 함께 왔습니다. 광주에 급히 갈 일이 생겨서 부랴부랴 챙겨서 이렇게 나왔습니다."

이 교수의 말을 들은 홍 변호사는 그윽한 눈으로 이 교수를 바라본다. 걱정스런 눈빛으로 바라보는 홍 변호사를 이 교수는 사정이 있어 다급히 광주에 갈 일이 있다는 말을 잇는다.

"변호사님. 사실 신 박사 자제에게 일이 좀 생겼습니다. 사흘 전 광주 시내에서 군인들에게 머리를 맞아 많이 다쳤답니다. 제가 그 분야 전공이라서 급히 수술하러 내려가는 길입니다."

"아, 그렇군요 윤호가 상태가 많이 안 좋은 모양이지요?"

"가봐야 알겠지만 아직 깨어나지 못하고 있는 것 같습니다. 걱정이 많이 됩니다."

이 교수의 담담한 대답에 울상을 짓고 있는 윤 여사와 심각한 표정으로 듣고 있는 홍 변호사 모두 잠시 말을 잊고 있다. 군인들이 저렇게 분탕질을 치고 있으니 누군들 안전하겠는가. 하필 신 박사의 하나밖에 없는 아들이 머리를 많이 다쳤다니, 홍 변호사와 이 교수의 생각은 그 자리에서 똑같이 걱정이 컸다.

"그런데 변호사님은 여기 어떻게….."

"아, 저희도 어제 서울에 왔다가 다시 광주로 내려가려고 이렇게 버스를 기다리고 있습니다. 아마도 이 교수 내외를 만나려고 그랬나 봅니다 그려."

"그러시군요? 그런데 광주행 버스는 없는걸로 아는데 어떻게 가시려고요?"

"차가 없어서 정읍으로 가는 버스를 끊어놨습니다. 거기서 어떻게 광주로 들어가봐야지요. 이 교수는 어찌 광주로 가려고 했소?"

"저희도 그래서 일단 정읍 가는 표를 끊었습니다. 누구한테 들으니 정읍에서 장성으로 장성에서 광주로 택시를 대절해서 가야 한다고 들었습니다."

"나와 생각이 갔구려, 이왕지사 이렇게 되었으니 우리 동행해서 광주까지 같이 가는 것은 어떻겠소?"

"저희도 좋습니다. 그럼 같이 가시지요."

홍 변호사의 아내는 이 교수 내외가 같이 동행한다는 말에 조금이라도 안심이 되는 모양인지 옅은 미소를 짓는다.

*

정읍 행 고속버스는 사람들로 꽉 차 있었다. 중앙고속버스는 전라도 지역을 주로 많이 운영하고 있었다. 터미널의 사람들은 제각기 바쁜 모습이지만 사지로 내려가는 윤이정 여사의 마음에는 수심이 가득했다. 버스가 출발하기 전까지도 아내에게 서울에 남아 있으라는 홍 변호사의 권유를 마다한 윤 여사였다. 끝까지 완고하게 동행하겠노라 고집을 부려 결국 남편의 옆자리에 앉았다.

"당신 혼자서 광주를 가는데 마누라인 내가 따라가지 않으면 누가 따라간단 말이에요. 나도 살만큼 살았으니 함께 갑시다."

"도착지가 광주도 아니고 간간이 걸어서도 가야되는데 혈압도 있고 무릎도 안좋은 사람이 어찌 감당하려고 그래요? 당신이 같이 있으면 나도 부담이니 여기 그냥 있는 것이 좋겠소."

남편이 다시 설득한다. 남편은 광주를 간다면 아마도 큰 사달이 날 것이라는 예감이 들고, 본인은 신념대로 살아온 것에 대한 숙명으로 받아들일 수 있지만 평생 남편 뒷 바라지만을 해 온 아내까지 죽음의 길로 데려가고 싶지는 않는 것이리라. 그러나 윤 여사는 단호하게 말한다.

"기어이 광주를 가시려거든 날 데려가시고, 아니면 당신도 못갑니다."

홍 변호사는 그런 윤 여사를 애처로운 눈길로 바라보았다. 한참을 아무 말 없이 고개를 돌려 터미널 안을 휘 둘러보던 홍 변호사가 한숨을 한 번 내쉬더니 입을 뗐다.

"그려, 같이 갑시다."

그러고는 더는 말이 없이 차에 올랐다. 가난한 법조인의 아내로서 살아온 지가 벌써 40여 년이다. 변호사 집이라고 하지만 집에는 요즘 유행하는 텔레비전 하나 없다. 매일 드나드는 민주 인사나 학생들 대접하느라 쉴 틈이 없고, 때로는 쌀이 떨어져 곤혹스러운 때도 있었다. 윤 여사는 지나간 모든 세월이 엊그제 일 같다.

남편과는 1941년 일제 때 만나 결혼했다. 보통학교만 다니다가 가난으로 농사일을 하던 남편은 배워야 한다는 일념으로 17살에 일본으로 밀항을 해서 고학을 했다. 고철을 수집해 팔면서 갖은 고생을 하면서 공부를 했다. 귀국해서 등기소에서 일하던 그는 해방 후인 1948년에 어렵사리 공부를 해 조선 변호사 시험에 합격한 뒤 군 법무관과 판사 생활을 하다가 1963년에 광주에서 변호사 개업을 했다. 그런데 돈을 잘 번다는 변호사 노릇은 안 하고, 국제인권옹호 한국연맹 전남지부 지도 위원을 시작으로 민주화 투쟁과 인권 변호사 노릇에 앞장서 왔다. 3선 개헌 반대 등 박정희 정권에 맞서 싸우면서 장준하 선생과 함께 개헌청원 백만인 서명운동을 벌이다가 중앙정보부에 끌려가 조사를 받기도 했다. 남편은 민주 투사이면서 인권 변호사의 길을 걸었다. 1965년 전 국회의원 유옥우 씨를 위한 변론을 시작으로 대일굴욕외교 반대시위 혐의 사건에 연루된 전남대 학생 정동년 씨와 1976년 대통령 긴급조치법 9호 위반 사건(김대중, 문익환, 윤보선, 함석헌, 정일형 외 18명)등 지금까지 50건에 가까운 양심인 및 정치범 사건에 대한 무료 변론을 해왔다.

김대중 선생에 대해서는 각별한 관심과 애정을 쏟았다. 김대중 선생이 1973년 3·1 민주구국사건으로 진주 교도소에 수감됐을 때는 무려 39회나 면회를 다니면서 그를 변호했다. 돈도 못 버는 가난한 변호사가 자기 돈

들여 그 먼 길을 다니면서 변호인 노릇한다는 것은 단순한 변호인이라기보다는 김대중 선생의 삶과 정치 역정의 든든한 버팀목이라고 해도 과언이 아닐 것이다. 김대중 선생은 "내가 변호사님의 은혜를 갚으려면 머리로 짚신을 삼아 드려도 부족합니다"라고까지 했을 정도이다.

남편은 이제 내년이 칠순인 노인이다. 그런데도 광주가 군인들의 군홧발에 짓밟힌다는 소식을 듣고는 서울로 떠나온 지 만 하루도 안 되어서 다시 그 속으로 들어가는 것을 결행하고 있다. 탈출이 아니라 거꾸로 죽음 속으로 들어가고 있는 것이다. 능히 그러고도 남는 사람이다. 남편이 평생 살아온 삶이 바로 그것이기 때문이다. 그녀는 고개를 돌려 남편을 바라보았다. 눈을 감고 있는 남편은 아마도 광주에서의 행보를 구상하고 있으리라.

*

이 교수는 버스 창밖으로 지나가는 풍경을 눈에 담았지만 정작 아무것도 머릿속에 들어오지 않는다. 이상하게 마음이 심란하고 불안하다. 이번 광주행이 자신의 인생길을 바꾸어 놓는 것이 아닌가 하는 생각도 든다.

어젯밤에 들은 태수의 근황은 이 교수 내외를 놀라게 했다. 태수가 배속돼 있는 3공수부대도 금명간 광주에 투입된다는 것이다. 이 교수 부부가 다녀간 직후 차 중령 부인이 남편으로부터 들은 얘기를 몰래 전화를 해 준 것이다. 그렇다면 태수가 광주시민들 죽이는 일에 가담한다는 말인가.

아무리 군인의 몸으로 명령에 살고 죽는다지만, 총칼로 국민을 죽이는 일에 아들이 나서고 있다는 생각에 이 교수는 얼굴이 화끈거렸다.

윤호를 수술하고 나더라도, 들어가기도 어려운 광주를 빠져나오기도 쉽지 않을 것이라 예상했다. 많은 사람들이 다쳤다는데 신경외과 의사인 자신이 나 몰라라하고 떠나오기는 더 어려울 것이라는 생각이 든다.

일행들에게 상념과 졸음이 몇 번 반복되고, 고속도로 휴게소에서 한 번의 휴식을 취한 버스가 한 시간도 안돼서 갑자기 또 휴게소로 들어선다. 정읍 휴게소 안내 표지판이 보이고, 주차장에는 버스들이 가득하다.

이 교수 일행이 탄 고속버스는 정읍 시내로 들어가지 못하고 정읍 나들목 바로 못미쳐 정읍 휴게소로 들어왔다. 군인들이 총을 들고 고속도로를 막고 있기 때문이다.

차에서 내린 홍 변호사 일행은 정읍 시내로 들어가는 택시를 잡아탔다. 택시들이 고속도로 휴게소에서 발길이 멈춘 사람들을 시내로 실어 나르고 있다. 정읍 시외버스터미널에 도착하니 아니나 다를까 광주로 들어가려는 사람들이 꽤 있다. 젊은이들부터 노인들까지 광주로 가려다 길이 막힌 사람들이 버스터미널에서 갈팡질팡하고 있다.

30대 후반으로 보이는 어떤 택시 기사가 광주행 택시를 잡기 위해 허둥대는 홍 변호사를 보고는 전라도 사투리로 조심스럽게 말을 해준다.

"영감님, 지금 광주는 큰 난리가 나버렸습니다요. 아, 군인들꺼정 지키고 있는디 뚫고 들어갈 수가 없지라."

홍 변호사 뒤에서 그 모습을 본 이 교수가 조심스레 말한다.

"변호사님. 여기서 택시를 타고 광주에 바로 가기는 어려울 것 같습니다. 제가 출발할 때 말씀드린 것처럼 장성까지 택시를 타고 가서 거기서 다시 장성에서 광주로 들어가는 방도를 생각해 봐야 할 것 같습니다."

"아, 기사 양반. 그럼 광주 근처 장성까지라도 태워주실 수 있겠소?"

"그래봤자 장성에서 발이 묶일 거인디 뭣 허로 고생을 사서 하실랍니까?"

택시 기사는 고개를 갸웃하면서 홍 변호사를 다시 훑어본다. 옆에서 이 교수가 거든다.

"기사님, 저희들은 꼭 광주로 가야합니다. 우선 장성까지만 태워주시면 어떨까요?"

택시 기사의 눈동자가 흔들린다. 장성까지는 택시 요금이 꽤 나와서 수입이 괜찮을 것 같다는 생각을 하는 것인지, 아니면 애걸하다시피 하는 사람들의 사정을 봐주려는 것인지는 알 수 없다. 잠시 고민을 하던 택시 기사가 마침내 결정을 내렸다는 듯이 말한다.

"아따, 그렇게 허시오. 아, 그라고 고속도로는 못갑니다요. 군인들이 다 막고 있웅게요. 천상 국도로 가야 허는디 어젯밤 비가 쪼께 와서 길이 어쩔랑가 모르겠네요."

혼잣말을 섞어서 하는 택시 기사의 말에 홍 변호사는 얼른 고맙다는 인사를 한다. 그러고는 옆에 서있는 이 교수와 아내를 번갈아 바라본다. 아내는 거의 무표정으로 있다가 남편의 눈길이 건너오자 고개를 가볍게 끄덕인다. 잘 했다는 응원이다. 홍 변호사는 일단 장성으로 가면 어떤 수가 생길 것이라 생각했다. 차편이 없으면 걸어서라도 갈 작정이다. 여차하면 셋째에게 기별을 넣어 오라든가 어쩌든가 방책을 마련할 요량이다.

택시는 정읍 입암을 거쳐 장성으로 넘어가고 있다. 가는 동안 아무도 입을 열지 않는다. 찻길은 아침까지 내린 부슬비로 조금 젖어있고, 날씨는 이제 막 구름이 걷혀지고 있다. 얼굴을 내밀고 있는 햇살이 제법 따스했지만 어느덧 서편으로 기울고 있다. 한참을 달리던 택시가 고개를 오르면서 부르릉 소리를 크게 내며 속도가 줄자 택시 기사의 흥얼거림이 투덜거림으로 바뀌었다.

"아따, 요놈의 고개는 언제나 도로포장이 되어서 좀 수월하게 다니게 해 줄랑가 몰러. 염병헐 놈들이, 경상도는 웬만헌 도로는 다 포장을 했다던디 전라도는 시방도 국도 1호선도 포장을 안허고 있당게요."

홍 변호사는 택시 기사의 말을 되씹었다. 경상도 지역의 도로와 전라도 지역의 도로는 포장 사정부터가 많이 다르다. 경상도는 도로포장률이 높았지만 전라도는 호남고속도로 빼놓고는 국도도 아직 포장이 안 된 구간이 많다. 박정희가 18년 넘게 독재 권력을 행사하면서 호남인재 등용에는 인색한 반면 경상도 출신은 요직에 많이 등용했다. 농경사회에서 산업사회로 넘어가면서 경상도 지역은 산업화의 물결이 넘치고 있지만 전라도 지역은 그저 옛날의 농경사회가 그대로 계속되고 있다. 이러다 보니 농사를 지으면서 힘겹게 살고 있던 전라도 사람들은 다들 고향을 떠나 서울로 올라간다. 서울뿐 아니라 부산, 울산, 마산 등 경상도로도 많이 떠났다. 그쪽에 가면 공장에서 일자리를 쉽게 구할 수 있기 때문이다. 나라를 운영한다는 작자들이 자기들 고향 쪽만 발전시키고 다른 지역은 소홀히 한다면 이것이 어디 제대로 된 나라라고 할 수 있는 것인가?

홍 변호사는 정치적 민주화만큼 중요한 것이 국가의 균형 발전이라는 생각이다. 고른 인재 등용부터 산업화 과정에서 소외되는 지역이 있어서는 안 된다. 이런 문제들이 누적되면 같은 국민들끼리 부러움과 멸시를 넘어 분열로 이어지고, 사회의 신뢰 붕괴로 치달아 결국에는 화합과 통합의 걸림돌로 작용하는 것이다. 남북 간에도 이어지기 힘든 분단의 선이 만들어졌는데 동서 간에도 이런 깊은 골이 만들어진다면 후세의 큰 부담으로 작용할 것이다.

힘겨워하던 자동차가 다시 힘을 내기 시작했다. 택시 기사의 가벼워진 목소리가 들린다.

"아따 이제 골치 아픈 갈재는 다 넘었응께. 여그서부터는 그리 힘들지는 않겠습니다."

택시 창문으로 들어오는 바람에 실려 온 숲 냄새가 시원하면서도 싱그럽다. 앞자리에 앉은 이 교수는 창을 내리고 밖으로 손을 조금 내밀어 상쾌한 숲속의 바람을 느낀다.

택시는 이제 내리막길을 달린다. 홍 변호사는 옆에 앉은 아내를 바라본다. 아내는 눈을 감고 조는 듯했지만 눈꺼풀이 흔들리는 것을 보니 자는 게 아니라 무슨 생각에 빠져있는 것 같다. 홍 변호사는 마음이 아려왔다. 가난한 집안에 시집을 와서 호강 한 번 못 해본 아내의 모습이 오늘따라 측은해 보인다. 이제 광주에 가면 무슨 일이 벌어질지 모른다고 생각하니 무슨 수를 쓰더라고 아내를 서울에 떨쳐놓고 왔어야 했다는 후회가 다시 밀려온다. 홍 변호사는 아내의 손을 가만히 잡았다. 순간 그녀의 손이 조금 움츠리는가 싶더니 그대로 있다. 이어 누구 손에서 나왔는지 모를 온기가 두 손을 감싸 돌더니 두 사람의 가슴께로 와서는 애틋함으로 바뀌고, 어느새 얼굴 쪽으로 가서는 부부의 눈가를 촉촉이 적신다. 30년 넘게 결발부부로 살아왔으면서도 남편의 은근한 손을 마주잡지도 못하는 수줍은 부인은 자신의 손을 잡아주는 남편을 볼 엄두가 나지 않는지 아예 고개를 왼편 창가로 돌린다. 차창 밖 울창한 숲속에는 연한 녹색에 푸른색을 더해가는 나뭇잎들이 5월의 햇살을 받아 반짝이고 있다.

*

계엄사령부는 광주에 공수특전사 부대를 축차 투입했다. 명령 형식은 계엄사령부의 지시지만 사실상 모든 군 권력을 쥐고 있는 보안사령부의 결정에 따른 것이다.

지난 18일 새벽에는 하나회 소속인 신우식 준장이 여단장인 7공수여단 2개 대대가 광주에 투입되어 곧바로 유혈 진압을 시작했다. 곧이어 11공수여단 5개 대대 병력을 투입되어 바둑판 분할점거방식의 시위 진압을 폈다. 많은 시민들이 공수부대원들로부터 쇠뭉치 같은 박달나무 곤봉에 맞고, 대검에 찔리고, 군홧발에 짓이겨졌으며, 광주 시내 도로와 골목길은 시민들의 피로 얼룩졌다.

이것도 부족했던지 20일에는 1,392명이나 되는 3공수여단 병력 전체를 투입했다. 이로서 광주에는 모두 3,280명이나 되는 대규모 병력이 투입됐다. 적 후방에서 게릴라전을 주 임무로 하는 대한민국 특전사 부대는 총 7개 여단인데, 이중 3개 여단이 광주에 온 것이다. 광주지역을 전쟁 중인 적의 후방으로 간주해서 벌인 작전이나 다름없다.

3공수가 광주에 투입되면서 이제 광주는 공수부대의 사냥터나 다름없어졌다. 곤봉과 착검이 된 총으로 무장한 공수부대원들은 진압과정에서 붙잡힌 시민들을 짐승처럼 다룬다. 인권은 없었다. 공수부대원들은 20대나 30대로 보이는 사람들은 붙잡아서 우선 옷을 벗긴다. 여성들도 팬티와 브래지어만 남기고 옷을 벗겨버린다. 땅바닥에 엎드리게 하고는 옆으로 구르게 하고, 오리걸음을 시키고 젊은 남녀들은 총을 메고 곤봉을 든 공수부대원들에게 둘러싸여 있어서 보는 이의 분통을 터트리게 한다.

시민들은 분노의 단계를 넘어 이제는 살길을 찾아야 한다는 절박한 심정으로 변해가며, 살육을 벌이는 공수부대원들을 광주 시내에서 쫓아내야 한다는 목표를 가졌다. 대학생을 비롯한 젊은이뿐만 아니라 고교생, 중학생들까지 분노의 돌멩이를 쥐었다. 여자들도 나섰다. 치맛자락은 시위하기가 거추장스러워서 바지를 입는다. 노인들도 나섰고, 꼬마들도 호기심어린 눈을 이리저리 굴리며 할머니의 손을 잡고 거리로 나왔다. 넥타이를 맨 회사원, 가정주부들과 요식업소에서 일하는 남녀들도 나선다. 사람이라고 생긴 거의 모두가 나와서 항전의지를 다지고 있다.

20일, 시내 곳곳에서 공수부대와 시위대간의 밀고 밀리는 공방전이 계속된다. 오전에는 다소 소강상태를 이루었으나 오후가 되면서 시민들의 분노가 다시 터져 나오기 시작한다.

변두리에서 산발적인 시위를 벌이던 시민들은 오후 3시가 넘어서면서 금남로에 모여든다. 경찰들이 최루탄을 쏘아댄다. 최루가스에 흰 범벅이 된 시위대들이 이리저리 흩어지다가 다시 모이고를 반복하면서 순식간에 시위군중이 수만 명으로 불어난다. 말 그대로 인산인해다. 인도와 도로에 퍼질러 앉아 태극기를 흔들면서 절규한다. "전두환은 물러가라" "계엄령을 해제하라"고 목청껏 소리친다. 대학생들과 젊은이들이 유인물을 나눠준다. '우리는 왜 싸우는가?' 표어를 내건 유인물에는 '이 땅의 민주주의를 말살하려는 전두환 신군부의 폭거에 대항하자', '우리 광주시민들이 목숨을 바쳐서 민주주의를 지켜내자'라는 등의 문구가 적혀있다. 이미 김대중 선생을 비롯한 많은 민주인사들이 붙잡혀 갔다는 내용도 들어있고, 공수부대에 의에 의해 많은 광주시민들이 살육을 당하고 있다는 얘기도 들어있다.

가두방송을 위한 시위용품 구매와 유인물 제작에 필요한 모금이 현장에서 이루어진다. 순식간에 40여만 원이나 모였다. 유인물을 낭독하면서 '투사의 노래', '정의가', '우리의 소원은 통일'이라는 노래를 부르면서 시민들의 서로 서로 투쟁 의지를 북돋우고 격려한다. 투쟁가 노래를 처음 접하는 시민들은 음률만 흥얼거리다가 금방 배워서 함께 불렀고, 민족의 노래인 '아리랑'을 부를 때는 시민 모두가 눈물을 흘리면서 한스런 곡조를 타넘고 있다.

확성기로 귀가를 종용하던 공수부대 진영에서 갑자기 '와!' 하는 함성이 들리면서 곤봉을 쳐든 공수부대원들이 벌떼처럼 시위대쪽으로 짓쳐들어온다. 시위대 앞쪽에 있던 사람들은 공수부대원들이 휘두른 곤봉에 머리고 어깨고 할 것 없이 무차별 구타를 당한다. 순식간에 아수라장이 된다. 여기저기서 피가 튀고 비명이 난무한다. 시민들이 공수부대원들을 피해서 이러 저리 피하면서 넘어지고 엎어지고, 피투성이가 된 시민들은 허리를 웅크리고 단말마적 신음을 내뱉는다.

흩어졌던 시위대가 다시 모인다. 수만 명이던 시위대 숫자는 갈수록 더 불어나서 전남도청 앞 도로에는 모여든 시민들로 꽉 찼다. 시민들은 이제 물러날 곳이 없다는 각오로 공수부대의 공격에 덤볐다. 돌멩이를 만들어 대항했고, 모금된 돈으로 마련한 스피커를 들고 다니면서 항전을 독려한다.

전남도청은 광주시민들에게는 상징적인 곳이다. 이곳을 공수부대들이 점거해 놓고 시민들을 탄압하고 살육한다는 것은, 광주시민들 입장에서는 과거 일제의 조선총독부가 조선의 상징인 경복궁에 똬리를 틀고 앉아서 국권을 빼앗고 조선인을 탄압하는 것이나 다름없다.

전남도청에서 공수부대를 쫓아내야만 한다. 화분과 드럼통을 앞세운 시민들의 행렬이 도청 정문 앞에 있는 공수부대 진지를 향해서 천천히 전진한다. 자전거와 손수레에는 인근 공사장에서 실어온 자갈과 철근 등이 가득하고, 최루탄이 계속해서 터지며 괴롭혔지만 광주시민들의 항쟁의지를 무디게는 못한다.

공수부대의 유혈 진압에 맞선 시민들의 투석전이 수차례 이어진다. 나중에는 지친 시위대가 물러나면서 소강상태를 이루다가 시위군중 5천여 명이 스크럼을 짜고 도청 앞으로 다시 돌진한다. 육탄공격을 감행한 것이다. 오후 5시 50분쯤이다. 비가 조금 내리고 있는 가운데 음산한 분위기 속에서 시민들의 돌격이 이루어진다.

가만히 있을 공수부대가 아니다. 다시 곤봉을 치켜 든 공수부대원들이 달려들어 시위 군중을 무차별 가격하기 시작한다. 시민들이 흘린 피가 빗물과 섞여 도로에는 핏물이 흐르고 있다.

*

서울 소격동에 있는 국군보안사령부 특별상황실에서는 앞서 19시 30분쯤, 광주 505보안부대로부터 급한 보고가 들어왔다.

─ 금일 오후 7시쯤부터 대형트럭과 고속버스, 시외버스 11대와 2백여 대의

영업용택시들이 도청을 향해 돌진해 오고 있음. 이들 차량은 전조등을 켜고 일제히 경적을 울리면서 금남로를 가득 메운 채 밀려오고 있음.

- 선두차량인 대형화물트럭에는 20여 명의 폭도들이 태극기를 흔들고 있으며, 버스에는 태극기와 각목을 든 남녀가 타고 있음.

보고내용으로 볼 때 이제 광주시민들이 본격적으로 폭도로 변해가고 있는 것으로 분석됐다.

21시 50분 쯤에 광주 505보안부대로부터 다시 긴급 보고서가 올라온다.

- 7시 40분부터 전남도청 앞 금남로에서 특전사와 폭도들 간에 격렬한 충돌 후, 폭도들이 광주 MBC방송국에 몰려가 '공정보도'를 요구하면서 화염병을 던져서 화재가 발생했지만 경비 중이던 31사단 96연대 병력들이 진화함.

- 이후 8시 30분쯤에는 광주 KBS방송국에 폭도들이 난입해서 기자재를 부수는 바람에 방송이 전면 중단됨.

- 시내 곳곳에 일반 시민들로 보이는 폭도들이 연탄집게, 빨래방망이, 삽, 낫 등을 들고 거리에 나와서 시위를 하고 있음.

- 전남도청 앞 분수대로 향하는 도로에 약 7만 명으로 추산되는 폭도들이 운집해 있음.

- 특전사 부대는 경찰의 최루탄으로 폭도들을 분산시킨 뒤 곤봉 등으로

폭도들을 제압해서 체포하는 작전을 쓰고 있음.

- 폭도들의 사상자가 많아지면서 오히려 시위대들이 더 늘어나고 있는 것으로 보임.

- 금일 밤 9시 20분쯤 광주 노동청 앞 오거리에서 광주고속버스에 시위 진압 경찰관 4명이 치여서 사망함.

- 특전사 부대의 부상자도 다수 발생하고 있음. 대부분 폭도들이 던진 돌멩이를 맞은 부상으로 전체 진압 부대원 중 30%가 경상을 당함.

차수일 중령이 정리를 해 준 보고서를 읽은 이학봉 대공처장은 다른 선배 처장들에게도 보고서 전문을 보여 준다. 잠시 침묵이 흐른다.

이학봉 처장은 소파에 앉아서 상황을 점검해 본다. 광주에서는 이제 본격적인 유혈극이 시작된 것이다. 경찰관의 사망과 특전사의 부상이 거슬리지만 이정도면 군불은 충분한 것으로 보인다.

"무슨 급한 보고라도 있나?"

이학봉 처장이 차 중령에게 물으면서 보고서를 건네받는다.

"네. 광주 상황이 심각합니다. 3공수가 발포를 한 모양입니다. 또 공수 특전사에서도 희생이 좀 나온 것 같습니다."

이학봉 처장은 온몸에 전율이 흐르는 것을 느낀다. 공수부대 일부가 폭도들을 향해서 실탄 사격이 이루어진 것이다. 그만큼 광주 상황은 극한으로 치닫고 있으며, '무등산' 공작도 정점에 가까워지고 있는 것이다.

이 처장은 소파에서 일어나 방안을 서성였다. 가슴이 두근거린다. 이제 계획대로 되어져 가는 느낌이 들면서 점차 흥분이 고조되고 있는 것이다.

이학봉 처장이 기획한 '무등산' 공작의 1차 목표는 공수부대의 유혈진압에 자극을 받은 광주시민들이 공수부대에게 물리력으로 대항하고, 총기를 탈취한 시민들이 무정부상태인 광주 시내에서 살인, 강도, 강간, 약탈, 방화 등 온갖 범죄를 저지르는 상황에 이르도록 하는 것이다. 이어 군인들을 대거 투입해 진압작전을 펼치고, 국민들에게 '광주에서 불순분자와 빨갱이, 간첩, 일부 정치인들이 정부를 전복하기 위해 내란목적의 폭동을 일으켰다고 홍보하는 것이 2차 목표이다. 그렇게 함으로서 전두환 사령관의 대통령 만들기에 가장 큰 걸림돌인 직선제 개헌을 뭉그러뜨리는 것이 궁극적인 목표다.

그는 창가로 다가가 커튼을 젖히고 어두운 창밖을 바라보았다. 달빛도 없는 밤이 깊어가고 있다. 갑자기 무서운 기운이 느껴진다. 광주에서의 사상자가 얼마나 될까? 그는 심호흡이 절로 나왔지만 곧 고개를 돌리는 동작을 하면서 언짢은 심사를 떨쳐버렸다.

한편, 광주에서의 3공수 발포로 화들짝 놀란 2군사령부는 이날 밤 11시 20분, 광주 전교사에 작전지침을 내려 보낸다.

- 폭도들에게 발포를 금지할 것
- 실탄을 통제할 것

- 3개 공수여단의 임무를 20사단에게 인계(교대)를 검토할 것

- 특전사부대는 대대 단위로 분산 집결시킬 것

- 선무공작을 위한 홍보활동 강화할 것

　그러나 이 같은 지시는 하급부대인 공수부대에게는 내려가지 않고, 오히려 도청 앞에서 작전 중이던 11공수여단에서는 자정 무렵에 중대장급 간부들에게까지 실탄이 지급된다.

5월 21일 학살

계엄사령부는 지난 18일부터 광주 일원에서 발생한 소요사태가 아직 수습되지 않고 있다고 밝히고 조속한 시일내에 평온을 회복하도록 모든 대책을 강구하겠다고 발표했습니다.

21일 아침부터 전남도청 앞에는 수만 명의 시민들이 구름처럼 모여들고, 시위대 대표는 확성기를 통해서 공수부대의 철수를 요구한다. 양측간 협상이 현장에서 진행되지만 공수부대는 철수 불가만 되풀이 한다. 광주 전교사에 있는 공수부대 지휘부에서는 '도청에서의 철수는 불가하다'는 원칙을 일선 공수부대 지휘관에게 못 박아 놓은 상태이다.

시민들은 전남도청 앞으로 파도처럼 밀려간다. 수만 명 군중의 모습에 상부의 사수명령으로 현장을 지키고 있는 공수부대원들은 두려움을 느끼기 시작한다.

아침부터 군용헬기 여러 대가 전남도청 옥상과 광장으로 이착륙을 계속한다. 10시가 넘어가면서부터 11공수여단 63대대 장병들에게 1인당 10발씩 실탄이 지급된다. 61대대에도 실탄이 지급되는 등 도청 앞에 있던 공수부대원들에게는 모두 실탄이 지급된다. 실탄을 지급받은 공수부대원들의 얼굴이 긴장감으로 굳어진다. 도청 앞에 모여 있는 시민들에게 장형태 도지사의 목소리가 들린다.

"광주시민 여러분, 모두들 과격한 행동을 자제해 주십시오. 제가 공수부대의 철수를 건의하겠습니다. 시민 여러분, 제발 자제해 주십시오! 시민 여러분의 요구는 관철시키겠습니다. 12시까지는 계엄군을 철수시키겠습니다. 해산해서 집으로 돌아가 주십시오. 연행자도 모두 석방하겠습니다. 시민 여러분, 제발 돌아가 주십시오!"

애타는 도지사의 목소리가 헬기의 프로펠러 소리와 함께 시민들에게 쏟아져 내려왔지만 점차 흥분해 가고 있는 시민들의 귀에는 장 도지사의 선무방송이 들어올 리 없다. 그러나 일부 시민들은 혹시나 하는 마음에 헬기를 향해 손을 흔들기까지 한다. 더 많은 시민들이 모여들면서 공수부대와 시민들 간의 간격이 좁혀지고, 시민과 공수부대 모두 상대방으로부터 위협을 느끼면서 상황은 일촉즉발로 치닫고 있다. 도지사가 탄 헬기가 사라지고 시위대의 마이크에서도 투쟁을 격려하는 방송이 계속된다.

시위대가 점차 거리를 좁혀오자 11공수여단 61대대장 안영진 중령은 애가 탔다. 곧 충돌상황이 벌어질 것 같다. 그는 조선대에 주둔하고 있는 11공수여단본부 양대인 참모장에게 무전을 친다.

"참모장님, 정말 12시에 철수를 합니까?"

그러나 즉각 대답이 없다. 안 중령은 어떻게 해야 하는지 판단할 수가 없다. 만약 시위대와 충돌이 된다면 많은 사상자 발생이 불가피할 것으로 판단된다. 집단 사격을 해야 하는 상황이다. 그런데도 위에서는 명령을 주지 않고 있다. 속에서 부글부글 끓었다. '개 같은 새끼들' 욕이 터져 나오려 한다.

"안 중령, 시키는 대로 해. 상부에서 그런 결정을 했는데 나보고 어쩌라는 거야? 이상 무전 끝."

안 중령은 일단 지대장들을 모아놓고 다시 한 번 지시한다.

"명령 없이는 절대로 사격하지 말라!"

"상부에서는 도청을 사수하라는 명령입니다. 어떻게 하시겠습니까? 죽는 한이 있더라도 사수해야 되지 않겠습니까?"

아무도 말을 하지 못하고 있다. 다들 얼굴에 긴장감이 역력하다. 안 중령은 이미 최웅 11공수여단장으로부터 '도청 앞 현장 상황을 총지휘하라'는 지휘권을 부여받은 상태여서 그의 마음은 책임감으로 무겁다 못해 질식할 지경이다. 그는 다급한 마음에 조선대에 있는 여단본부와 전교사에 있는 최웅 여단장에게 다시 무전을 친다. 참모장이 받는다.

"참모장님, 빨리 상황에 대한 대처를 지시해 주십시오."

"조금 더 기다려. 일단 명령대로 선무활동을 계속하란 말이야."

"도대체 여기 상황을 알고나 하는 얘기입니까?"

"이봐! 안 중령 당신 미쳤어! 명령이야. 기다려. 일단 도청을 사수해라."

"곧 충돌이 예상됩니다. 발포를 할 것인지 철수를 할 것인지 빨리 결정해 주십시오."

다급한 안 중령의 목소리가 갈수록 커져간다. 그러나 무전기에서는 "도청을 사수하라. 선무활동을 강화하라. 조금만 기다려 봐!"라는 소리만 계속 들려온다. 안 중령은 무전기를 던져버리고 싶다. 그의 입에서 끝내 욕설이 터져 나온다.

"야 이 씨팔 놈들아, 어쩌란 말이야"

일촉즉발인 상황에서 이들은 정호용 사령관의 명령만을 기다리고 있고, 그 시각 정 사령관은 광주 K57비행장에서 전두환 보안사령관과 둘이서 비밀회의를 하고 있다.

오후 12시 50분쯤,

공수부대는 시위대로부터 최후통첩을 받는다. 이에 61대대장 안 중령이 다시 상부에 무전을 보내고 답장을 기다리고 있는데 시위대로부터 화염병이 날아와 대기 중인 공수부대 장갑차에 불이 붙는다. 동시에 시위대들이 노도와 같이 전진하기 시작한다.

오후 12시 58분,

시위대를 태운 관광버스 2대가 쏜살같이 도청광장 한가운데로 달려왔다. 버스 한 대는 다시 시위대쪽으로 돌아갔지만 다른 한 대는 분수대 옆에 멈춰 섰다. 순간 총성이 울리고, 운전석에 앉은 사람이 그 자리에서 고꾸라진다. 버스에서는 공수부대원들이 쏜 총알이 튕기면서 불꽃이 튀었다. 사격은 곧 멈춘다. 시위대들이 아세아 자동차에서 가지고 나온 장갑차를 몰고 분수대 앞으로 왔다가 다시 돌아 나간다.

오후 1시 정각,

전남도청 옥상에 설치된 스피커에서 애국가가 울려 퍼지기 시작한다. 애국가가 끝나갈 무렵, 공수부대의 무전기들이 웽웽 거린다.

"발포하라! 발포하라! 폭도들을 사살하라!"

마침내 발포명령이 떨어진 것이다. 시위대를 사살하라는 명령이다.

도청 앞 분수대 앞 쪽에 있던 공수부대원들의 총구가 일제히 불을 뿜는다. 시위대를 향한 집단발포다.

"탕 탕 탕 탕 탕 탕 탕 탕 탕 탕 탕 탕………."

공수부대원들이 시민들을 향해서 총을 쏴댄다. 조준사격을 하는 것이다. 순식간에 도청 앞 광장이 아수라장으로 변한다. 시민들이 여기저기에서 쓰러져 허우적거린다. 피를 흘리면서 내는 고통스러운 신음이 난무한다. 쓰려져 움직이지 못하는 사람들도 많다. 이미 절명한 것이다. 사람들의 비명이 도청 앞 광장과 도로를 가득 메운다. 사람들이 총알을 피해 늦가을 바람에 낙엽처럼 흩어진다. 그 속에서도 사람들은 총에 맞아 쓰러지고 절명한 사람들을 끌거나 업고서 공수부대의 총질을 피해나간다. 그러다 총에 맞는다.

한동안 계속되던 공수부대의 사격이 멈추고 10여 분 동안의 소강상태가 이어졌다. 총소리가 멈추자 부상자들의 고통스러운 비명과 '사람 살려!' 절규가 여기저기서 들린다. 사람들이 부상자를 데려오려고 도로에 나가자 다시 총격이 이어진다. 공수부대원들은 조준경을 통해서 시민들의 급소를 겨냥해 조준사격을 해댄다. 장갑차에서도 시민들을 향해 기관총을 쏘아댄다. 전쟁터가 아닌 학살의 현장이다. 공수부대의 무차별 사격으로 인근 건물 안에 있던 사람들까지 총에 맞아 목숨을 잃는다.

시민들은 눈앞에서 사람들이 속절없이 죽어나가자 무서움보다는 차오르는 분노로 가슴이 터질 것만 같다. 차량을 몰고 공수부대를 향해 불나방처럼 달려든다. 그러나 공수부대원들의 집중사격에 운전석에서 피를 쏟으며 그대로 고꾸라지고 만다. 저격병들은 이제 골목길에 몸을 숨기고 있는 시민들에게까지 총질을 해댄다. 전남도청 옥상과 수산업협동조합 전남지부 옥상에 숨은 공수부대원들은 골목길에 피신한 시민들을 향해서 총알을 퍼붓는다. 총기를 가지고 있지 않은 시민들을 상대로 마치 사냥하듯 조준사격을 하고 있다. 공수부대에게 시민들은 사람이 아니라 사냥터의 짐승이다. 저항하지 못하고 숨기에 급급한 짐승에게 하는 것처럼 공수부대 저격병들은 사람이 보이기만 하면 조준해서 쏘아버린다. 부상당한 사람들을 구조하는 사람들에게까지 마구 총알이 날아간다.

하늘에서도 총탄이 쏟아져 내려갔다. 도청 인근 상공에 있는 헬기에서 기총소사를 하고 있는 것이다. 전쟁터나 무장공비 소탕작전에서나 하는 헬기 사격이 한동안 전남도청 인근 상공에서 벌어진다.

광주 전교사에 대기 중이던 육군항공여단 소속의 UH-1H 헬기 3대는 공수부대의 집단 발포가 시작되기 이전부터 도청 상공으로 날아와 주변을 선회했다. 드디어 공수부대에서 사격이 개시되고 도청 앞에 있던 수많은 시위대들이 공수부대의 사격을 피해 골목으로 허겁지겁 피신하고 있는 모습이 보인다. 도로에는 여기저기 총에 맞아 숨진 시신이 널려있고, 부상자들이 신음하고 있다.

본부에서는 출동한 헬기 부대에 이미 최고의 경계태세인 진돗개 하나를 발령한 상태다. 1차로 시위대를 향해 해산하라는 경고방송과 위협사격으로 시위대에게 공포감을 주고, 2차로 시위대가 모는 차량을 중심으로 사격을 하라는 작전명령이 내려졌다.

도청 인근 상공을 선회하던 헬기들이 요란한 프로펠러 소리를 내면서 제자리에 떠 있는 순간, 헬기에 장착된 6열 기관총이 불을 뿜는다. 수백 발의 총알이 순식간에 밑으로 날아간다. 전남도청 앞에서 가장 높은 빌딩인 전일빌딩 옥상과 창문, 건물 옆 도로에는 헬기에서 쏟아져 오는 총알들이 부딪치면서 박히고 튕겨나간다. 시민군들이 타고 있던 버스와 트럭에도 헬기에서 날아오는 총탄이 수없이 날아든다.

전일빌딩과 그 앞 도로, 인근 골목에 있던 사람들은 혼비백산한다. 숨을 곳이 마땅치 않다. 공수부대의 사격을 피해서 골목길로 숨었는데 갑자기 하늘을 날고 있던 헬기에서 총알이 날아오고 있는 것이다.

금남로 옆 골목길마다 공수부대의 총질과 헬기의 기총소사를 피해 숨은 시민들로 가득했다. 시민들은 두려움과 어처구니없는 얼굴로 굉음을 내며 사격을 해대는 헬기를 바라보면서 주먹을 내지르며 발만 동동 구르고 있다. 미국 501정보부대 광주파견대 김용장 정보관은 이날 광주에서의 헬기 사격을 상부에 보고했다.

5월21일 오후 1시부터 오후 5시까지
전남도청 인근 상공에서 대기 중이던 UH-1H 헬기 3~4대가 시민과 차량들을 향해 M60 기관총을 사용해 수천발의 총탄을 발사.
많은 광주시민들이 죽거나 다쳤음.

총알이 날아오지 않는 시위대 뒤편 후미진 골목길에서 누군가 외친다.

"우리도 총을 가집시다. 총을 갖고 저놈들을 몰아냅시다." 점퍼를 입고 머리에 정글 모자를 쓴 30대 초반의 남자가 주먹을 치켜들면서 선동을 한다. 여기저기서 여러 사람들의 동조 소리가 들린다. 헬기의 기총소사와 공수부대의 총질로 울분에 찬 시민들은 격하게 반응한다.

"옳소! 옳소! 총을 구하러 갑시다."

그러나 말뿐이다. 어디서 총을 구한다는 말인가. 시민들은 안타까운 마음에 발을 구른다.

"파출소로 갑시다. 파출소 무기고에는 총이 있습니다. 예비군 무기고에도 있습니다."

이번에는 감색셔츠를 입은 30대 중반의 남자가 선동한다.

"갑시다. 파출소로 가서 총을 가져옵시다."

처음에 나선 30대 초반의 남자가 다시 선동을 하자 여기저기서 이구동성으로 맞장구를 친다. 정글 모자를 쓴 사람이 다시 말을 한다.

"광주 시내 파출소에도 있지만 화순이나 나주군 면소재지의 지서에서 무기를 가져오는 게 쉽습니다. 모두 광주를 나가 가까운 지서를 찾아서 총을 가져옵시다."

"맞습니다. 지서로 가서 총을 가져옵시다. 군대를 갔다 온 사람들 위주로 총을 가지러 갑시다. 자. 갑시다!"

이런 선동은 골목 여기저기서 벌어진다. 선동하는 사람들은 구체적으로 어디로 가서 어떻게 총을 가져올 수 있다고 떠들어댄다. 시민 모두가 이제는 총을 갖고서라도 저 무지막지한 공수부대 놈들에게 대항해야 한다는 생각을 갖고 있어서인지 총기 탈취 방법을 자세하게 설명하는 사람들을 아무도 이상하게 생각하지 않는다.

일부 시민들은 시내 파출소로 향한다. 젊은이들 위주로 차를 몰고 광주와 인접한 화순과 나주와 담양으로 떠난다. 그 모습을 지켜보면서 얼굴에 회심의 미소를 지으면서 돌아서는 사람들이 있다. 그중 점퍼 차림의 30대

중반의 남자는 보안사 홍성률 대령이 묵고 있는 광주관광호텔 503호와 홍 대령의 광주시 사동 처갓집을 드나드는 사람이다. 보안사에서 파견한 특수공작대 중간 책임자이다.

이들은 광주 시내에서 선동공작 임무를 수행하고 있는 특수공작대, 일명 편의대 대원들이다. 이들은 시위대속으로 들어가서 유언비어를 퍼뜨려 광주시민들을 자극하고, 한편으로는 폭도들이 총기를 탈취해서 무장을 하도록 하는 선동공작을 진행하고 있다.

책임자는 보안사령부에서 파견된 홍성률 대령이다. 그는 사령부에서 공작과장을 하다가 얼마 전 대령으로 승진돼 원주에 있는 1군단사령부의 1001보안부대 부대장으로 발령이 났다. 그런데 전두환 사령관의 특별지시에 따라 원주 부대에는 부임인사만 하고는 바로 광주로 파견을 나왔다.

홍 대령의 공식직함은 '광주사태 감독관'이지만 '공작'이 전문인 그에게는 특별한 임무가 따로 있다. 바로 광주를 반란의 도시로 만들기 위한 특수공작이다. 이미 그의 지시를 받아서 움직일 200여명 규모의 특수공작대, 즉 편의대가 꾸려졌다. 보안사와 공수특전사, 중앙정보부에서 차출된 요원들이 이미 광주에 들어와서 일부 작전을 수행하고 있고, 오늘부터는 그의 명령대로 움직일 것이다.

특수공작대의 첫 번째 공작은 유언비어 유포이다. 광주시민들의 심정을 자극해서 분노를 일으키게 만들고, 공수부대 및 계엄군에 물리적으로 대항하도록 하는 것이 유언비어 유포작전이다. '경상도 군인들이 전라도 사람 씨를 말리려고 왔다.'라든가, '공수부대원들을 굶기고 술을 먹여서 시위 진압에 투입했다.'라든가 하는 말들은 광주시민들 입장에서는 치가 떨리고 가슴이 터질 것 같은 얘기들이다. 이 말을 듣고 가만히 있을 사람들이 어디 있을 것인가? 이미 광주사람들은 공수부대의 유혈 진압을 직접 당하고 목격했기 때문에 이런 말은 그 진위를 떠나서 분노를 치솟게 할 것이다.

두 번째 공작은 시위대의 장갑차 탈취 등 집단행동에 대한 유도 작전이다. 광주에는 아세아자동차 등 국가보안목표가 있다. 이곳에는 국내 최초로 무궤도장갑차가 개발돼 보관하고 있으며 항상 무장군인들이 경계를 서고 있다. 이 장갑차를 시민들이 탈취해서 끌고 다닐 수 있도록 해야 한다. 그러려면 경계를 허술하게 함은 물론 평상시 비워놓은 연료통에 기름을 가득 채워놓아야 한다.

이것들보다 더 중요한 공작이 있다. 시민들이 무기를 탈취하도록 선동공작을 하고, 실제로 무기고에서 무기가 빼내질 수 있도록 치밀한 사전공작을 해야 한다. 특수공작대가 시민들 틈에 잠입해서 무기고의 위치와 탈취방법을 자연스럽게 알려주는 것이다. 탄광인 화순광업소에 있는 다이너마이트 소재를 알려주고 탈취 방법을 선동시키는 것도 임무이다. 물론 특수공작대는 이런 선동과 유도를 하고는 실제 탈취 행위 때는 뒤로 살짝 빠져나온다.

특수공작대는 또 시민들이 무기나 탄약, 폭약을 빼내가기 쉽게 시건장

치를 소홀히 하게 하거나 경계를 없애버리는 공작도 실시한다. 이런 공작으로 시민들이 무장을 하게해서 폭동의 상황을 만들도록 하는 것이 홍 대령의 공작 임무이다.

20사단이 내려오면 사단장 차를 탈취하는 공작도 수행해야 한다. 광주 시민들이 군 사단장 차를 탈취하는 수준의 폭도이고, 그들 뒤에는 간첩을 비롯한 좌익 불순분자들이 도사리고 있어서 광주를 그대로 놔둘 경우 국가 안보가 매우 위험하다는 것을 국민들이 인지하도록 하는 것이다.

그는 구체적 작전에 돌입하기 위한 작전구상을 모두 마쳤다. 물론 기본 작전에 대한 공작 계획은 이미 서울 사령부에서 마련해 놓고 있었다.

오후 3시쯤,

시민들이 총기로 무장하기 시작한다. 광주공원에서는 시민들이 실탄사격훈련도 한다. 이제 광주 시내는 시가지전투가 벌어지는 전쟁터로 변해가기 일보 직전이다.

여기저기서 총기로 무장한 시민군들이 도청 쪽으로 다시 모여든다. 시민군은 특공대를 조직한다. 10명씩 6개조로 총 60명의 특공대에게는 정찰과 경계, 치안유지 등의 임무가 주어진다. 소총과 수류탄, 무전기가 주어졌고, 자원자 중에서 처자식이 있거나 독자들은 제외된다. 지휘부는 순식간에 이심전심으로 만들어졌다.

오후 3시 30분,

도청을 거점으로 한 공수부대원들과 시민군 사이에서 총격전이 벌어진다. 그러나 공수부대와 시민군의 전투는 일방적이다. 장갑차에서 쏘아대는 기관총, M16 소총, 헬기의 기총소사까지 최신식 무기를 갖춘 최정예군 공수부대에 비해 시민군은 구식소총인 카빈이나 M1소총으로 겨우 대항한다. 대부분 총을 쏠 줄도 모른다.

금남로는 총에서 나온 화약연기 냄새와 시민들이 흘린 피 냄새가 뒤섞여 아수라장을 연상케 한다. 그래도 시민들이 총을 갖고 대응하면서 분위기가 달라지고 있다.

전남대 정문 일대에서도 오후 1시 무렵부터 3공수여단 공수부대원들이 발사한 총탄에 많은 시민들이 죽어간다. 임신 8개월째이던 가정주부 최미애 씨는 남편을 마중 나갔다가 집 앞 골목길에서 공수부대원이 쏜 총탄에 맞아 사망한다. 그들은 총을 쏘아 사살만 한 것이 아니라 곤봉과 개머리판으로 짓이기는 만행으로 시민들을 살상한다. 주택가에까지 들어가서 젊어 보이는 남자들은 무조건 곤봉이나 개머리판으로 두들겨 패거나 대검으로 찔러서 쓰러뜨린 뒤 끌고 간다. 전남대 교정으로 끌려간 시민들은 무자비한 폭행으로 그 자리에서 숨지기도 하고, 총상 환자들은 신음 속에서 속절없이 죽어간다. 수백 명이 넘는 시민들이 전남대 앞 도로와 골목길에서 피를 흘리며 신음하고 있다.

*

　보안사령부 상황실에는 광주 상황을 보고하는 전화와 전언통신문들이 쉴 새 없이 들어온다. 차 중령 팀은 이 내용을 곧바로 보고서 형태로 만들어서 특별상황실로 전달한다. 광주를 다녀온 전두환 사령관은 오후에 특별상황실로 들어와서 긴장한 얼굴로 소파에 앉아있다.

　"사령관님, 이제 광주는 어느 정도 상황이 만들어진 것 같습니다. 이제 계획대로 공수부대를 시 외곽으로 철수시키고, 20사단과 전교사, 31사단 병력을 함께 투입해서 광주시 외곽을 모두 차단하는 작전에 들어가야 할 것 같습니다."

　이학봉 처장이 상황판을 넘기면서 이후 작전계획을 설명한다. 묵묵히 보고를 듣고 있던 전 사령관이 자리에서 일어나며 말한다.

　"광주 폭도들은 총기를 얼마나 확보했나?"

　"네, 저희 계획대로라면 약 3천 자루 정도를 탈취당하는 것입니다. 몇 시간 전부터 총기탈취 보고가 들어오고 있는데, 아직 초기라서 수 백정쯤으로 추정하고 있습니다."

　"아군 피해는 얼마나 되나?"

　"시민들의 직접적인 공격으로 인한 공수부대원 사망자는 아직 나오지 않은 것으로 파악되고 있습니다. 그러나 폭도들이 총기를 들고 나서면서 향후 피해가 다수 발생할 것으로 예상됩니다."

　"그러면 말이야, 계엄사에 연락해서 장갑차와 헬기를 더 많이 확보해서 폭도들을 제압하라고 해. 그래야 공수 애들이 시 외곽으로 철수하는데 수월하지 않겠어? 그리고 광주놈들 기도 좀 화악 꺾어버리고 말이야."

오후 4시 쯤,

광주 전교사 기갑학교장 이구호 준장은 부관으로부터 '황영시 육군참모 차장으로부터 전화가 왔다'는 보고를 받고는 수화기를 든다.

"이구호 준장입니다."

"아, 이 장군, 나 황영시 차장이오. 수고가 많소이다."

"네, 차장님. 안녕하십니까?"

"아, 그래요. 내가 이 장군에게 지시할 게 있소."

"말씀하십시오. 무슨 일입니까?"

"이 장군, 지금 광주 시내 상황이 긴박하오. 폭도들을 진압하고 전남도청 점령을 유지해야하는데 공수부대가 고전하고 있소. 당신 기갑학교의 전차를 출동 시켜야겠소."

대답을 안 한다. 이구호 준장의 한숨소리가 전화선을 타고 넘어가 황영시 차장의 귀에까지 도달한다. 잠시 후 이 준장이 차분하고도 단호한 목소리로 말한다.

"차장님, 죄송합니다. 시민들을 상대로 한 시위 진압에 전차를 출동시킬 수는 없습니다. 육본 진압 교본에도 어긋납니다."

"이 장군, 지금 무슨 소리 하는 거요? 출동시키시오. 그리고 폭도들에게 전차를 빼앗길 우려가 있으니, 전차 주위에 철조망을 치고 화염병 기습에 대비해서 해치를 달고 작전을 수행하도록 하시오."

잠시 대답에 뜸을 들이던 이구호 준장이 황 차장을 설득하려는 듯 자세하게 말한다.

"차장님, 전차가 움직이면 화염병에 의한 화재 염려는 없습니다. 또 전차는 캐터필러가 있어서 철조망을 달고 있다가 걸리면 움직일 수 없습니다. 지휘를 위해서는 해치를 열어야 합니다. 차장님, 무엇보다도 무장한 시위대가 광주 시내 진입도로를 전봇대로 차단하고 있습니다. 또한 전차가 시내에 진입할 때 시위대가 도로상에 누워 진입을 방해할 가능성도 있습니다. 이런 상황인데 어떻게 시내에 전차가 진입할 수 있겠습니까? 재고해 주십시오."

그러자 황영시 차장의 격한 목소리가 들린다.

"이 봐, 이 장군. 내 명령을 무시하는 거야?"

"아닙니다, 차장님. 현실을 말씀드리는 것입니다."

"그래서 전차를 출동시키지 못하겠다는 거야, 뭐야?"

"네, 차장님. 출동시킬 수 없습니다."

"뭐? 야 이 자식아, 폭도들이 가로막으면 포를 쏘면서 진입하면 될 거 아니야. 빨리 출동시켜 인마!"

황 차장의 더 커진 소리가 욕설과 함께 들려온다. 이 준장은 귀에서 수화기를 뗐다. 그러고는 오른손에 들었던 수화기를 전화기에 가만히 내려놓는다. 속에서 치밀어 오는 화로 인해 그의 얼굴은 벌겋게 달아오른다.

이 준장은 호흡을 가다듬었다. 그는 지금 광주에서 벌어지고 있는 상황이 도무지 이해되지 않는다. 북한군이 남침했거나 무장공비가 침투한 상황이 아닌데, 어떻게 시민들의 시위에 전쟁터의 적군을 상대로 한 작전을 벌인다는 말인가. 거기다가 이제는 정식명령계통을 무시하고 전화를 걸어서 전차까지 동원해 시민들을 학살하라니, 이게 제 정신을 가진 사람들이 할 수 있는 행위인가? 황영시 차장은 신군부의 핵심 중 한 사람이다. 아무리 그래도 그렇지 전차까지 출동시킬 수는 없다. 그는 고개를 숙이고 두 손으로 얼굴을 감싼다. 군인의 한 사람으로서 부끄럽고 한심스럽다.

이 준장의 정보로는 광주 상황은 불순분자들이 선동하고 주도하고 있는 폭동이 아니다. 공수부대의 터무니없는 유혈 진압에 항의하다 대규모의 시위대가 자발적으로 이루어졌고, 공수부대의 총기와 장갑차, 헬기를 사용하는 무차별 살상 행위에 대항해서 시민들이 총을 든 것이다. 그런데 이제 와서는 탱크까지 동원해서 시민들을 뭉개버리라는 것인가? 그는 절망의 탄식을 토해낸다.

전교사 기갑학교장 이구호 준장에게 전차 출동명령을 거부당한 황영시 차장은 이번에는 전교사 부사령관 김기석 소장에게도 전화를 건다.

"김 부사령관, 광주 상황이 심상치 않아요. 전차를 출동시켜서 폭도들을 제압하도록 하세요. 또 코브라 헬기를 동원해서 시위를 조속히 진압하도록 하세요."

김기석 소장은 정식 명령계통을 밟지 않은 황영시 차장의 지시를 받아들일 수 없다.

"차장님, 현지의 판단으로는 전차를 출동시키고 헬기를 추가로 동원해 시위대를 진압하는 것은 아직 시기 상조입니다. 그렇지 않아도 많은 인명 피해가 발생한 상황입니다. 전차와 헬기를 대규모로 동원해서 작전을 한다면 엄청난 사상자가 발생할 수 있습니다. 재고해 주십시오."

보안사령부의 지시에 따라 전차와 헬기를 대규모로 동원하려던 신군부 황영시 육군참모차장의 독자적인 명령은 광주 현지지휘관들의 거부로 일단 실행되지 못한다.

같은 시각 전남도청과 전남대 정문 일대에서 시민들에게 무차별 총질을 하던 공수부대의 무전기에 "시 외곽으로 퇴각하라!"라는 여단본부의 명령이 각각 떨어진다. 지정된 시 외곽으로 후퇴해서 광주와 다른 지역으로 연결되는 지점을 봉쇄하라는 작전 명령이다. 공수부대는 1시간 넘게 퇴각작전을 하면서 여기저기 총질을 해댄다. 시민군들의 공격을 사전 차단하겠다는 의도지만 빌딩과 주택가로 날아든 총알에 또 죄 없는 많은 시민들이 죽거나 다친다. 광주 항쟁 나흘째, 광주는 지옥이다.

오후 5시경.

시내에서 퇴각을 시작한 공수부대와 대기하고 있던 31사단, 20사단 병력들은 광주를 봉쇄하는 작전에 들어간다. '무등산' 공작 각본에 의한 것이다. 보안사령부의 의도는 총기를 가진 폭도들이 광주 시내를 완전히 장악하고 무정부 상태가 되면서, 그 안에서 총기를 사용하는 살인과 강도, 강간이 발생하고 도둑질과 약탈이 횡행하는 폭동의 도시가 되도록 하는 것이다. 봉쇄작전에 투입되지 않은 전교사 병력 800여명과 31사단 병력 32여명은 각각 자대에 주둔하고 있고, 20사단의 전차대대 소속 수십 대의 탱크와 포병부대 대포도 포신을 시내로 향하고 광주를 둘러쌌다. 장성 갈재 밑을 통과하는 사남터널 속에는 전주 35사단에서 파견된 병력들이 대기하고 있다. 이로서 광주는 군대에 의해 완전히 봉쇄된다. 계엄군이 차단한 지점은 광주에서 외부로 연결되는 출입구와 같은 곳으로서, 이제 사람들은 광주를 빠져나갈 수도 없었고, 반대로 들어오기도 어렵다. 광주는 외부세계와 단절된 섬 아닌 섬이 되어버렸다.

무기를 확보하려거나 공수부대의 시민 학살사실을 알리러 광주에서 인근 지방으로 나간 사람들은 더 이상 광주 시내로 들어올 수 없다. 광주가 봉쇄된 사실을 알지 못하고 들어오던 시민군 차량에 계엄군이 총탄을 퍼붓기 때문이다.

뿐만 아니다. 지방에서 광주로 오려는 일반시민들 차량도 매복한 계엄군에 의해 무차별 총격을 받았고, 광주에서 지방으로 피신해 나가려는 차량과 사람들도 계엄군의 총질에 죽거나 다치면서 광주에서의 학살은 계속된다.

밤 10시경.

전두환 보안사령관은 이학봉 처장으로부터 광주 상황을 자세하게 보고 받는다.

"현재 광주외곽은 계엄군이 길목을 완전히 차단해서 봉쇄를 한 상태입니다. 시외전화를 비롯한 우편물도 외부로 나갈 수 없도록 조처했습니다. 광주시 외부로 나가는 사람들은 폭도나 학생, 일반인을 불문하고 사살 또는 검거하라는 지시도 계엄사를 통해서 내려 보냈습니다.

"향후 작전은?"

"다음단계는 총기를 탈취한 폭도들이 광주 시내에서 각종 사건 사고를 일으키면서 무정부 상황이 심화되도록 하는 것입니다. 조만간 살인과 강간, 강도사건이 수없이 발생할 것으로 보입니다. 총을 들고 앞장서는 사람들은 대부분 넝마주이나 건달 등 사회에 불만을 가진 자들을 위주로 하도록 공작하고 있습니다. 물론 학생과 일반 시민들이 상당수 있기도 합니다."

"우리 편의대 애들이 특수공작을 잘 하고 있나?"

"네, 공작전문인 홍 대령이 광주 현지에서 진두지휘를 잘 하고 있습니다."

"공작을 꼭 성공시키라고 해!. 내가 격려한다고 전해 주고."

"네. 알겠습니다."

"그 다음 단계는?"

"약 5일 정도의 숙성기간을 둬서 명실상부한 폭동의 도시가 만들어지면 진압작전을 펼칠 것입니다. 그래야만 국내외적으로 명분도 있습니다."

"대외공작은 어떻게 되나?"

"네. 광주에 불순세력, 즉 북괴 간첩과 용공분자들이 개입해서 폭동을 일으켰고, 김대중 등 일부 정치인과 학생들도 폭동의 주동자라는 내용으로 대언론 공작을 하고 있습니다."

"광주에서 우리가 집단발포를 해서 많은 사람이 죽었다는 사실이 외부로 알려져서는 안 돼. 그런 부분에 대한 차단을 철저히 하라고."

전 사령관이 인적 봉쇄 뿐 아니라 통신과 언론의 봉쇄까지 주문한다.

"이미 시행하고 있습니다."

"그래? 잘했어. 이제 8부 능선은 넘은 것 같아. 남은 작전도 차질 없이 잘 진행하도록 해."

"넵, 알겠습니다."

밤 12시

허화평, 허삼수, 권정달, 이학봉 대령은 각각 전두환 사령관이 준 두둑한 격려금 봉투를 점퍼 안주머니에 넣고 오랜만에 집으로 들어갔다. 차수일 중령도 전 사령관이 이학봉 중령을 통해 특별히 하사해 준 두툼한 봉투를 부인에게 안겨줬다. 이들이 집으로 들어간 서울의 밤은 상현 반달이 비추어 엷은 그림자를 만들어 줬지만, 광주의 많은 병원에서는 총상으로 인한 비명과 총을 맞고 숨진 시민들의 가족들이 내뿜는 통한의 절규가 엷은 달빛마저 지우고 있었다.

*

현수는 금남로에서 밤을 새우다시피 보내고, 21일 새벽에 최루탄과 피 냄새가 밴 옷차림 그대로 전남대 병원으로 왔다. 악몽 같다. 수많은 사람들이 공수부대들의 대검에 찔리고 곤봉에 곤죽이 되도록 얻어맞아 쓰러지고, 사냥에서 잡힌 짐승처럼 두 발을 잡혀서 질질 끌려가는 모습과 부상을 입은 사람들의 고통에 겨운 신음소리가 아직도 생생하다.

병원 응급실은 아수라장이 따로 없다. 병상이 부족해서 응급실 바닥에 뉘어진 환자들의 입에서는 고통의 신음소리가 터져 나온다. 바닥도 부족해서 병원 통로에 부상자들이 눕거나 앉아서 치료를 받고 있다. 여기저기서 간호사를 부르는 소리가 귀청을 때린다.

윤호가 병원에 누워 사경을 헤매고 있을 때, 현수의 가슴에서는 서서히 불길이 일어나기 시작한다. 아무 죄도 없는 자기나라 사람을 이렇게 죽도록 때리는 군인들이 어디 있다는 말인가? 현수는 그동안 공부만 열심히 했다. 대통령이 시해되고, 이어서 군인들이 쿠데타를 일으키고, 여기저기서 정치인과 학생들이 '군인들 물러가라' '계엄령을 해제하라'는 주장을 펴는 것에도 관심을 두지 않았다. 열심히 공부해서 의사가 되고, 아버지처럼 의과대학 교수가 되는 것을 목표로 삼았다. 공부하라는 엄마의 성화에 못 이겨서가 아니라 의사로서 성공한 아버지의 모습처럼 되고 싶었다.

그런데 이 무슨 난리라는 말인가? 멀쩡한 대낮에 군인들이 휘두르는 몽둥이에 맞은 윤호는 죽어가고 있다. 현수는 주먹을 부르르 쥐었다. 병원으로 실려 오는 부상자들의 모습과 고통소리가 현수의 눈을 더 충혈 시킨다.

그는 어젯밤 8시쯤 병원에서 나와 금남로 쪽으로 갔다. 걸어가면서 시민들이 나눠준 주먹밥과 김밥을 얻어먹었다. 전남도청이 가까워지자 많은 시민들이 구호를 외치면서 군인들과 대치하고 있다. 시위대 앞쪽에서는 대부분 젊은 남자들이다. 학생으로 보이는 젊은 여자들의 모습도 보인다. 현수는 돌멩이를 주워들었다. 왼손과 오른손에 각각 한 개씩 들고는 앞으로 나아갔다. 시위대 앞쪽으로 들어가면서 최루탄의 농도가 더 진해지고, 재채기와 콧물이 나오기 시작한다. 눈물이 나와 앞을 가린다. 그놈의 최루탄도 최루탄이지만 축 늘어진 윤호의 모습이 떠오르면서 가슴이 먹먹해지고 눈물이 흐르는 것이다. 세상에서 가장 친한 친구의 모습을 영영 볼 수 없을 수도 있다는 생각에 가슴이 먹먹하다.

갑자기 앞에서 최루탄 터지는 소리가 연이어 들린다. 곧바로 '와!' 하는 굵은 목소리의 함성이 들리고, 사람들이 후닥닥 뛰는 소리도 들린다. 옆에 있던 사람들이 뒷걸음을 치더니 이내 뒤돌아서서 달리기 시작한다. 어리벙벙해 있던 현수도 뒤돌아서서 무작정 달린다. 순간 뒤를 돌아보니 군인들이 곤봉을 휘두르면서 쫓아오고 있다. 아까 낮에 보았던 그놈들, 공수부대원들이다. 현수는 앞을 보고 달린다. 양손에 들었던 돌멩이는 그새 어디로 가버렸다. 골목길이 보이자 숨듯이 꺾어 들어갔다. 앞뒤와 옆에서 뛰는 사람들이 보인다. 젊은이가 많았지만 중년의 남자와 아주머니도 있다. 나이어린 10대 중반의 학생도 있고, 치맛자락을 쥐고 뛰는 처녀도 있다. 어디서 '아이고' 하는 소리가 들린다. 발자국 소리들이 멈추고, 누군가 "어르신, 괜찮으세요?"라는 소리가 들린다. 현수가 뒤를 돌아보니 흰 머리를 한 노인 한 분이 뛰다 넘어져 있다. 사람들이 달려들어 노인을 일으킨다. 노인은 힘이 부치는지 다리를 겨우 지탱하고 있다. 갑자기 쏴아 하는 바람소리와 함께 "두 두 두 두 두" 거리는 군홧발자국 소리들이 몰려온다. 이어서 '저 새끼들 모두 잡아라' 외침과 함께 곤봉을 든 네 명의 공수부대원들이 노인을 부축하고 있는 사람들을 향해 달려든다. 곤봉이 짧은 곡선을 그리며 내리쳐진다. 노인을 부축하던 사람들의 어깻죽지와 머리에 공수부대원의 묵직한 곤봉이 마구 내리쳐졌다.

"퍽·퍽·퍽·퍽", "윽·억·악·악" 비명소리가 거의 동시에 들린다. 두 사람이 힘없이 고꾸라진다. 부축하던 손을 잃어버린 노인이 몸을 겨우 지탱하고 있는데, 노인의 머리위로 곤봉이 바람을 가르며 내려온다.

"퍽" 소리와 함께 노인이 허깨비처럼 무너져 내린다. 꿈틀거리지도 않는다. 공수부대원이 쓰러져 허우적거리는 젊은 남자의 가슴을 군홧발로 밟는다. 다른 공수부대원이 어깨에 멘 총을 벗어들더니 개머리판으로 쓰러진 남자의 가슴팍을 연거푸 짓이긴다. 남자가 "우욱" 소리를 내면서 정신을 잃는다. 한 공수부대원은 쓰러져서 일어나려는 다른 남자의 허벅지에 총구에 꽂힌 대검을 내리 박는다.

"아악!" 커다란 비명소리가 골목을 울린다.

군인들은 잠시 멈칫하더니 노인은 놔두고 젊은 두 사람의 다리를 붙들고 질질 끌고 간다. 끌려가는 사람들의 머리에서 피가 쏟아져 나와 골목길에 붉은 핏물 선을 그어댄다. 순식간의 일이다. 공수부대원들이 사라지자 현수와 도망치던 사람들이 쓰러진 노인의 곁으로 다가간다. 현수가 노인의 상체를 들어올린다. 몸에 힘이 들어가지 않고 머리는 흔들거린다. 머리에서 쏟아져 나온 피가 이미 땅을 적시고 있다. 눈을 반쯤 뜨고 있었지만 동공은 이미 힘을 잃었다. 현수는 노인의 가슴에 손을 대 보았다. 현수 옆으로 사람들이 다가왔다. 현수가 고개를 들고 사람들을 쳐다보면서 고개를 가로젓는다. 안타까움이 가득한 사람들의 얼굴에 울분이 가득 차오른다.

*

현수는 중환자실 앞 복도에 쭈그리고 앉아서 의사와 간호사들이 분주히 오가는 모습을 바라보고 있다. 들어가서 윤호의 모습을 보고 싶지만 피와 땀이 범벅이 된 옷을 입고는 들어갈 수는 없다.

병원으로 오자마자 화장실에서 얼굴과 손을 대충 씻고 중환자실을 기웃거렸더니 간호사들이 제지한다. 현수는 벽을 기대고 앉아 중환자실 문만 뚫어지게 바라본다. 혹시 신 박사님이 나오지 않을까 하는 기대도 해본다. 그렇게 한 시간 반가량을 하염없이 기다리는데 배에서 꼬르륵 꼬르륵 소리가 난다. 그때서야 배가 고프다는 생각이 든다. 밤새 시위대 속에 묻혀서 뛰어다니다가, 노래 부르다가, 구호를 외치면서 잠 한숨 자지 못했다. 현수는 애써 배고픔을 외면한다. 윤호가 저 안에 누워서 살지 죽을

지 모르는데 밥 먹는 것이 무슨 대순가. 현수는 차라리 자신이 윤호 대신 저 중환자실에 누워있는 것이 좋을 것이라는 생각이 든다. 윤호는 쏟아져 오는 졸음을 쫓아내려고 안간힘을 썼다.

"현수야!"

누군가 어깨를 잡는 느낌에 현수가 눈을 뜬다. 앞에 윤호 엄마가 쪼그리고 앉아서 쳐다보고 있다. 현수가 일어서려다 비틀거린다.

"어머, 현수야. 괜찮니?"

윤호 엄마가 현수를 부축한다. 현수는 고개를 들 수가 없다. 힘이 없어서 비틀거리는 것이 아니라 윤호 엄마의 얼굴을 보기가 죄송스러워서 자신도 모르게 다리에 힘이 풀린 것이다.

"죄송합니다. 흑흑!"

현수의 입에서 울음이 터져 나오려 하고 있다.

"네가 잘못한 게 아닌데 왜 죄송해? 윤호는 괜찮아질 거야."

현수를 안아주던 윤호 엄마도 눈물이 가득한 눈으로 병원 창문을 바라보고 현수를 안아서 어깨를 토닥여준다. 밖은 이미 어둠이 걷히고 아침이 밝아오고 있다.

*

홍 변호사 내외가 이완의 교수 내외와 함께 정읍에서 택시를 타고 장성읍내 버스터미널에 도착해보니 아니나 다를까 광주로 들어가려는 사람들이 삼삼오오 모여서 걱정들만 하고 있다. 계엄군이 광주로 들어가는 길목을 차단하고 사람들의 통행을 막고 있다는 소식이다. 갈재 밑을 통과하는 호남고속도로 터널 안에는 탱크와 장갑차가 가득 들어차 있다는 얘기도 들린다.

가까스로 광주를 탈출한 몇몇 대학생들은 광주의 처참한 상황을 그대로 전한다. 공수부대원들의 총칼을 앞세운 무차별 진압으로 수없는 시민들이 죽거나 다쳤고, 어린아이나 여자들까지 죽거나 봉변을 당하고 있다는 것이다. 홍 변호사의 마음은 무너져 내렸다. 다리가 후들거린다. 마음이 더 급해졌다. 한 시라도 빨리 광주로 들어가야 한다. 가서 더 이상의 희생을 막아야 한다고 생각한 그는 장성읍내 버스터미널과 호남선 철도 장성역을 오가면서 광주행 차편을 수소문했다. 그러나 날이 저물도록 광주로 들어가는 차편은 구하지 못했다. 광주 코앞에서 발이 묶인 것이다.

어둠이 내려오자 이완의 교수 일행은 할 수 없이 장성 기차역 앞 허름한 여관을 찾아 투숙했다. 여관집 주인에게 사정해서 광주 집으로 전화를 했지만 연결이 되지 않는다. 여러 차례 시도를 했지만 결국 포기를 하고는 식당을 찾았다. 여관에서 밥을 시켜 먹을 수도 있었지만 사람들의 소리를 듣고 싶었다. 무슨 얘기라도 들어야 답답한 마음이 좀 풀어질 것 같다.

역전 식당들에는 사람들이 북적였는데 자세히 보니 방송과 신문사 기자들이다. 식당 몇 곳에 진을 치다시피 하고 있는 기자들은 광주에서 탈출 해 나온 사람들의 얘기를 들으면서 나름대로 광주 시내로 들어가기 위한 방안을 모색하고 있다.

"이 교수, 일단 여관으로 들어갑시다. 우리 기섭이한테도 연락이 어렵 겠습니다. 여기서도 광주하고는 전화 연결이 잘 안 되는 모양입니다. 우 선 좀 자고 내일 걸어가든가 차편을 구하든가 하도록 합시다."

홍 변호사는 잠자리에 들었지만 잠이 오지 않는다. 그는 방문을 열고 밖 으로 나왔다. 조용히 열었지만 밀창 소리에 잠자리에 있던 아내가 몸을 뒤척인다. 아내도 잠을 이루지 못하고 있으리라.

방 밖으로 나와서 마루에 걸터 앉았다. 오월의 밤공기는 아직 으스스할 정도로 차갑다. 여관 현관에 켜 놓은 전등불빛이 작은 정원을 희미하게 비쳐주고 있다.

홍 변호사는 어깨를 움츠리며 잠시 멍하니 앉아 있다. 사람도 아닌 미 친 개 같은 놈들이 나라님 노릇을 하겠다면서 사람들을 죽이는 어처구니 없는 현실이 눈앞에 있는 것이다. 화가 나서 머리에 열이 오르는 것 같다. 고개를 들어 광주 쪽 하늘을 바라본다. 총총한 별들이 검은 하늘 속에 박 혀서 반짝거린다. 저 하늘 밑에서는 지금 이 시간에도 군인들에 의해 사 람들이 죽어가고 있다는 생각이 들자 몸서리가 쳐진다. 그는 양 주먹을 불끈 쥐었다.

5월 21일 이른아침,

산책 겸 차편을 알아보러 장성역 앞으로 나간 홍 변호사 눈에 예닐곱 대 의 택시들이 눈에 들어온다. 그중 택시 밖으로 나와 혼자 담배를 피우고 있는 비교적 젊어 보이는 기사에게 다가갔다.

"기사 양반, 수고가 많습니다."

새벽이나 다름없는 이른 시간에 인사를 건네는 사람이 말끔한 인상의 머리 희끗한 노인인 것을 알아차린 조성택은 자신도 모르고 얼른 담뱃불을 땅바닥에 던져서 발로 비벼 껐다. 전라도에서는 노소가 술은 같이 할 수 있어도 담배는 함께 태우지 않는다.

조성택은 처음 보는 얼굴의 노인에게 고개를 조금 숙이면서 인사를 한다. 장성역 앞을 근거지로 십 년 가까이 택시운전을 하다 보니 웬만한 장성 사람들은 다 알아볼 수 있다. 그런데 처음 보는 노인이다. 차림새도 깔끔하니 농사짓는 노인으로는 보이지 않아 어디 도회지에서 온 분 같다.

"어르신, 어디서 오셨어라 보니께 요 동네분은 아니신거 같은디…."

"일이 있어 서울에서 오는 길이오."

"기차가 오다가 말다가 하는디 워뜨케 오셨다요? 그란디 이른 시간부터 어쩐 일이신당가요? 어디 가시게요?"

"내 기사 양반에게 긴히 물어볼 말이 있는데…."

"무신 일이당가요?"

"기사 양반, 사실 내가 광주에 가려는데 방법이 없겠소?"

"광주여라?"

"그렇소"

"어르신, 거그는 시방 갈수가 없는디요."

조성택은 손사래를 친다.

"왜, 택시비 때문에 그러시오?"

"아니어라, 어르신. 광주는 시방 난리가 나버렸구만이요. 시방 광주로 통하는 길목은 죄다 군인들이 지키고 있습니다요. 멋모르고 광주에 가려던 사람들이 군인들에게 붙들려서 혼난 사람들도 있구먼요."

겁에 좀 질려있는 것 같은 택시 기사의 말이다.

"대충 알고는 있소이다. 그래서 말이오. 내, 돈은 넉넉히 줄 터이니 광주에 좀 데려다 줄 방도가 없겠소? 내가 꼭 광주에 가야 할 일이 있어서 그렇소. 어째 이 늙은이 소원 좀 들어 주시구려!"

홍 변호사는 간절한 마음을 담아 택시 기사에게 말한다. 칠십 성상을 살아오면서 쌓여진 경륜과 인자함이 그의 큰 눈에 서렸다.

조성택은 아무 말을 안 하고 잠자코 있다. 그는 홍 변호사의 광주행 요청을 받는 순간부터 자신도 모르게 며칠 전 악몽같은 광주에서의 일을 떠올리고 있었다.

*

사흘 전, 그러니까 5월 18일 저녁나절에 광주를 가자는 손님을 태우고 고속도로를 이용해 어스름이 내리는 밤길을 신나게 달렸다. 광주를 가는 장거리 손님을 받는 날이면 운수가 좋은 날이다. 잘하면 광주행 한탕에 일당을 다 뽑을 수 있다. 가면서 제법 많은 돈을 받고, 더 재수가 좋으면 광주에서 장성으로 오는 손님을 태우고 돌아올 수도 있다. 그런 날은 아이들이 좋아하는 단팥빵을 듬뿍 사가지고 집에 들어갈 수 있다.

밤 8시가 막 넘어서 광주의 명동인 충장로에 진입하는데 다른 때와는 다르게 분위기가 이상하다. 도로 옆에는 사람들이 삼삼오오 모여 서성이는 모습들이고, 차들도 거의 없다. 차를 멈추고 이상하다는 생각을 하면서 뒤를 돌아보자 40대의 택시 손님도 겁먹은 얼굴이다. 창문을 여니 매캐한 냄새와 함께 눈과 코가 맵고 아려온다.

어떤 청년이 차를 가로 막고는 운전석 옆으로 다가온다. 더는 갈 수 없다고 하면서 손가락으로 앞을 가리킨다.

"저기 앞에서 데모를 하고 있어서 이 길로는 못갑니다."

청년이 가리키는 곳에서는 많은 사람들이 도로를 가득 메우고는 '선구자' 노래를 부르고 있었다. 약 2백 미터 정도 떨어진 곳이다.

갑자기 '따 따 따 따 따 따….' 소리가 연이어 들려온다. 최루탄을 쏘는 소리다. 앞쪽의 군중들이 흩어지다가 다시 모여드는 모습이 보인다. 택시 손님이 차비를 내고 황급히 내리자 조성택은 눈물 콧물을 손으로 훔치면서 겨우 차를 돌려서 오던 길로 되돌아선다. 매운 최루탄 맛을 본 그는 어서 빨리 광주를 벗어나고 싶다. 기왕에 장성으로 가는 손님을 찾아서 태우고 가면 좋겠다고 생각했지만 이런 판국에 어디서 손님을 찾는단 말인가. 광주 터미널이나 금남로, 충장로 등 번화가에 가면 지방으로 가는 택시들이 대기하고 있는 곳으로 가면 되지만 오늘은 틀린 것 같다. 간다고 해도 텃세를 부리는 광주 택시 기사들과 시비가 붙어서 멱살잡이에 재수 없으면 뺨이라도 한 대 맞는 봉변을 당할 수도 있다.

조성택은 그런 저런 생각을 하면서도 은근히 데모하는 현장을 직접 보고 싶었다. 말로만 듣던 데모가 어떤지, 그놈의 최루탄이 어떻게 터지는지, 데모대들이 어떻게 싸움을 하는지 궁금하다. 조성택은 큰길 옆으로 들어가 골목을 찾아 주차했다. 어둡고 적막한 골목을 나와 상가 건물을 지나 큰 도로로 나오자 사람들이 점점 많아진다. 4~50대의 남자들도 보이고, 구경삼아 나온 늙은이들도 간간이 보인다.

머리를 양 갈래로 묶은 아가씨와 단발머리를 한 아가씨 등 세 명의 여학생들도 조성택의 옆에 서서 데모대를 지켜보고 있다. 사복을 입었지만 아직 학생 티가 나는 여고생 같다. 멀지 않은 곳에서 들려오는 함성과 노랫소리를 들으며 서성이고 있고, 눈길은 모두 시위대를 향하고 있다.

조성택이 시위대 쪽으로 몸을 돌려 바라보는 순간 시위대 저편에서 아까 들었던 "따 따 따 따 따 딱, 따 따 따 따…." 거리는 소리와 함께 작은 물체들이 시위대 쪽으로 날아온다. 그것들이 떨어진 곳에서는 자욱한 연기가 피어나고 밀가루 같은 것들이 사람들의 머리 위로 쏟아진다. 최루탄이구나 생각하는 순간 사람들이 이리저리 흩어진다.

갑자기 "와" 하는 함성이 들린다. 순간 눈을 질끈 감았다가 다시 뜨고는 백 미터 정도 떨어진 곳을 유심히 바라보았다. 함성을 지르면서 달려오는 40~50명의 사람들은 군복을 입었고, 그들의 오른손에는 큰 곤봉이 들려

있다. 어깨 뒤로 총을 가로질러 메고 있는데 방독면을 쓴 얼룩무늬 군복이다. 군대를 다녀온 조성택은 그들이 공수부대원이라는 것을 쉽게 알아봤다. 그들은 순식간에 서 있는 곳 30~40여 미터 앞까지 이른다. 공수부대원들은 닭을 쫓는 솔개처럼 거침없이 내달려오고, 시위를 하던 사람들은 허둥대면서 도망하기에 바쁘다.

공수부대원들은 서너 명이 한 조가 돼서 골목으로 피신한 사람들을 쫓는다. "저 새끼 잡아라, 죽여 버려!"라고 고함을 치면서 곤봉을 마구잡이로 휘둘렀다. 반대편 골목으로 피하던 한 젊은이가 서너 명의 공수부대원들에게 붙들려 곤죽이 되도록 얻어맞는다. 머리를 두 손으로 감싸고 있던 청년이 쓰러지면서 금방 축 늘어진다. 군홧발들이 청년의 얼굴이며 옆구리며 심지어 급소인 낭심까지 짓이긴다. 뒤에서 달려오던 한 군인이 폭행을 제지하더니 쓰러져 움직이지 못하는 청년의 머리끄덩이를 잡고는 질질 끌고 간다.

이 모습을 지켜 본 조성택은 가슴에 불이 일었다. 처음에는 공포감이 엄습했지만 군인들이 아무런 무기도 갖지 않은 청년을 짓뭉개는 것을 본 그는 어느새 주먹을 불끈 쥔다.

옆에서도 비슷한 상황이 벌어진다. 그곳에서의 공수부대원들은 곤봉뿐 아니라 총 개머리판으로 쓰러진 사람의 가슴을 가격하는 것이다. 곤봉과 개머리판으로 맞은 사람은 허리를 새우등처럼 휘더니 옆으로 한 바퀴 구르다가 멈춘다. 두 명의 공수부대원들이 움직이지 못하고 있는 사람의 다리를 하나씩 붙들고 끌고 간다. 머리가 아스팔트 도로에 끌리면서 흔들거린다. 끔찍한 장면들은 곳곳에서 자행됐다. 옆에서 공수부대원들의 무차별 폭행을 함께 바라보고 있던 여학생들이 두 손으로 얼굴을 감싸며 비명을 지른다. 다른 사람들도 고함을 지르며 공수부대원들을 상대로 주먹질과 손가락질을 한다.

가슴이 떨리고 머리가 멍해질 정도로 충격을 받았다. 두 주먹이 쥐어지면서 어깨까지 부르르 떨린다. 그는 자신도 모르게 소리를 지른다. "야 이 개새끼들아" 옆의 사람들도 이구동성으로 "저놈들이 사람 죽인다" 하고 고함을 질러댄다.

몇 번을 그렇게 소리를 지르면서 앞으로 달려 나가려고 했다. 놈들에게 덤벼서 싸우고 싶다. 그러나 어찌된 건지 다리가 움직여지지 않는다. 건너편 골목 앞에서 다른 목표를 찾고 있던 공수부대원들이 이쪽을 바라본다. 그중 한 놈이 뭐라고 하자, 대여섯 명의 군인들이 도로를 건너서 이쪽으로 뛰어오기 시작한다. 사람들이 흩어지면서 도망친다. 여학생들도 비명을 지르면서 골목길로 뛰었다. 순간 발이 떨어지지 않아 앞으로 나가지 못하고 있던 그는 뒤돌아서서 달리기 시작한다. 그의 머릿속에 아이들의 모습이 번갈아 떠오르자 달리는 걸음이 더 빨라진다. 그는 무작정 골목으로 뛰어들어서는 계속해서 주택가 골목을 따라 이리저리 무작정 뛰었다. 뒤에서 "저 새끼 잡아!"라는 소리와 함께 들리던 군화발소리가 더는 들리지 않자 그 자리에서 서서 뒤를 돌아본 뒤, 턱까지 올라온 숨을 다스린다.

골목길 작은 전봇대에 기대선 그는 지금 자기가 본 단 몇 분간의 모습이 마치 꿈속의 일 같은 생각이 든다.

혼잣말을 하고는 다시 호흡을 가다듬는다. 다리가 풀려서 더는 걸을 수 없을 것 같다. 자리에 쭈그리고 앉아서 한참을 멍하니 있었다. 자신은 죽을 힘을 다해 달려 공수부대 놈들을 피했는데 옆에 있다가 골목으로 피한 여학생들은 어떻게 됐을까 걱정이 되었다.

이십 분 쯤 지나 몸을 일으켜 조심스러운 발걸음으로 어두운 골목길을 나가려고 했지만 어디로 가야할지 모르겠다. 골목길은 조용했고, 불이 켜진 집도 거의 없다. 기억을 더듬어 왔던 길로 조심스럽게 걸어간다. 최루탄 냄새가 더 나는 것이 큰 도로에 가까워지고 있다는 생각이 든다. 조성택은 아내가 손수 수를 놓아 만들어 준 손수건을 꺼내서 코를 막는다. 숨이 차오르기는 하지만 그럭저럭 견딜 만하다. 어두운 골목길에서 조심스레 걸음을 옮겨놓던 조성택의 귓가에 가느다란 신음소리가 들린다. 여자 목소리 같다. 사방을 둘러보면서 소리가 나는 곳으로 다가간 조성택의 눈에 옆으로 쓰러져 있는 사람의 모습이 보인다. 더 가까이 다가가 자세히 살펴본다. 어둠 때문에 잘 보이지는 않았지만 아까 옆에서 자기 친구들과 함께 서서 데모 모습을 바라보던 여학생 같다. 뒤로 땋아서 묶은 머리는 거의 풀어져 있고, 청바지는 벗겨지고 무릎 아래로 내려져서 하얀 허벅지가 희미하게 보인다. 아래 속옷은 반쯤 찢어져 있고, 앞가슴께 옷도 풀어 헤치어 있어서 가슴이 반쯤 드러나 있다. 고개가 뒤로 젖혀있고, 입술이 달싹이면서 신음소리를 내고 있다.

조성택은 다시 앞을 보고 뒤를 돌아본다. 아무도 없고 조용한 골목길에는 간간이 개 짖는 소리만 멀리서 들려온다. 그는 쓰러진 여학생의 바지를 올려서 허벅지를 덮고는 웃옷 자락을 밑으로 내려 찢어진 속옷 부위를 가려준다.

그가 그녀의 머리를 왼손으로 받치고는 의식을 확인한다. 고개에 힘이 들어가지 않는다. "학생, 학생!" 하고 불렀다. 낮지만 굵은 소리가 적막한 골목길을 울린다. 그는 어찌할 바를 몰랐다. 여학생이 어디를 다쳤는지 알 수는 없었지만 분명한 것은 아까 공수부대원들에게 쫓겼고, 아마도 그들에게 붙잡혀 뭔 일을 당한 것 같았다. 그는 무엇을 어떻게 해야 하는지 몰라 쩔쩔매고 있는데 갑자기 뒤에서 인기척이 느껴진다. 돌아보니 스웨터를 걸쳐 입은 다소 뚱뚱한 중년의 아주머니와 손전등을 든 아저씨가 함께 조심스레 다가오고 있다.

"거그 누구요? 무슨 일이요?"

아저씨가 손전등을 여기저기 비추면서 묻는다. 조성택은 구세주를 만난 것 같았다.

"학생이 쓰러져 있어라 여학상인디 좀 도와주쇼."

그 소리가 끝나기도 전에 아주머니가 쓰러져 있는 학생에게 얼른 다가 대신 상체를 일으켜 안는다.

"워매, 학생. 정신 좀 차려보랑께?"

아주머니의 걱정에 찬 목소리다. 이어 손전등을 든 아저씨도 학생에게 다가가서 여기저기를 비추면서 상태를 살핀다.

"여보, 이 학생이 많이 다친 것 같은디 어떻게 한다요?"

아주머니는 학생을 끌어안고 울먹이고, 아저씨는 여학생의 얼굴을 이리저리 살핀다.

"저그 아자씨, 아까 봉께 학생 아랫도리가 다 벗겨져서 지가 올려줬구만이라. 그때 봉께 허벅지에서 피 같은 것이 흘러내리는 것같았는디요."

조심스러운 조성택의 말에 아저씨가 힐끗 한 번 쳐다본다. 아주머니가 학생의 윗옷을 걷어 본다. 허연 허벅지가 나오자 조성택은 고개를 돌린다. 순간 아주머니는 허벅지와 속옷으로 가려진 은밀한 곳을 더듬는다. 끈적거리는 것이 만져진다. 피였다.

"워메, 이런 쌍놈의 새끼들이 뭔 짓을 했당가"

"어이, 이러고 있을 것이 아니라 우선 우리집으로 델꼬 가세."

"저기, 선상님은 어디 분인디 여그서 학생을 발견허셨소?"

남편 되는 사람이 조성택에게 묻는다.

"아, 지는 장성서 온 택시 기사 조성택이라고 하는구만이라. 손님 모시고 광주에 왔다가 데모허는 것을 보고 있다 불을 맞았구만요. 요 학생들이랑 구경허다가 공수부대 놈들이 쫓아오길래 도망쳤는디요. 다시 큰길가로 나가다가 이 학생을 발견했구만요."

"그렇구먼. 고상 많았소. 그란디 이런 쳐 죽일 놈들이 요렇코럼 처녀들을 못씨게 만들어 불믄 어쩌라는 것이여. 앞으로 이 군인놈들 등쌀에 광주 여자들 못씨게 되야 버리겠네 참말로. 암튼 여그 학생은 우리가 잘 돌볼테니께 싸게 장성으로 조심히 돌아가씨요. 시방 여그는 난리가 아니니께 조심히 가씨요."

"그럴라고 헙니다. 아이고, 지도 죽는 줄 알았어라. 공수부대 놈들이 워치케나 숭악하게 사람들을 패는지 속에서 천불이 나는 줄 알았당게요."

"그러게 말이요."

"여보, 뭔 말이 그렇게 길다요? 빨리 요 학생이나 좀 업어 보씨요."

"알았네."

남편이 얼른 대답하고 여학생을 들쳐 업는다. 그리곤 뒤를 바라본다.

"기사님도 많이 놀랐을거인디. 좀 쉬었다 가실라면 우리 집에 들어가서 물이라도 좀 마시고 가실라요?"

"아니어라. 말씀은 고맙지만. 지도 빨리 장성으로 가봐야지라."

고개를 꾸벅이면서 인사치레를 하려다 '잘 부탁드립니다.' 소리를 목구멍으로 넘겨 버린다. 여학생 처지를 보니 부탁할 상태가 아니었기 때문이다.

주차된 택시를 겨우 찾아서 밤 열두시가 넘어 장성 집으로 돌아온 조성택은 그날 밤 잠을 제대로 이루지 못한다. 새벽녘에 잠시 눈을 붙였다가 아이들의 수선 떠는 소리에 잠을 깬 그는 간밤의 광주에서의 일이 믿겨지지가 않다. 아내에게도 아무 얘기를 안 하고 입을 봉한 그는 동료 택시 기사들에게도 말을 하지 않고 오히려 동료들이 전하는 광주의 얘기를 귀를 쫑긋이 듣고만 있었다. 그에게는 광주의 그날 밤 일들이 너무 충격적이고, 아찔하기도 하다. 그 생각을 하면 아직도 자신도 모르게 숨소리가 거칠어진다. 이런 판국인데 웬 노인이 아침부터 광주를 가자고 조르고 있으니 환장할 노릇이다.

*

조성택은 아직 아무에게도 하지 않은 광주에서의 이야기를 노인에게 해줄까 하다 그만두었다. 노인의 눈에서 드센 기가 비치는 것으로 보아 여간해서는 조름을 거둬들이지는 않을 것으로 보이기 때문이다.

"기사 양반, 여비는 넉넉히 줄터이니 광주로 가잔 말이오?"

엊그제 밤 광주 일을 생각하면서 한동안 말없이 서 있던 조성택에게 홍 변호사가 다시 청질을 했다. 홍 변호사에게는 택시 기사가 권세를 가진 고관대작이나 다름없다.

"어르신, 사실은 지가 광주에는 가고 싶지 않구만이라. 뭔 사연이 있으신지는 모르겠지만 지도 사연이 좀 있당게요."

"아, 기사 양반이 가고 싶지 않으면 못 가는 것이지요. 하지만 나에게는 광주 가는 것이 저승 가는 것만큼이나 중하고, 또 기사 양반이 날 광주에 데려다주는 것이 어찌 보면 광주 사람들을 살리는 일인지도 모르겠소."

노인의 알 수 없는 말에 조성택은 머릿속이 혼란스러워진다. 이 노인을 광주에 모셔다 드리는 것이 광주 사람들을 살리는 것이라니 도대체 뭔 소린지 모르겠다.

"어르신, 고것이 뭔 말씀이시당가요?"

그런 조성택을 물끄러미 바라보던 홍 변호사가 주변을 살펴보고는 목소리를 가다듬어 말을 한다.

"기사 양반도 광주에서 난리가 나 죄 없는 많은 사람들이 죽어나가고 있다는 말을 들었지요? 아, 공수부대들까지 들어와서 온갖 못된 짓을 한다는 소식 못 들었소?"

조성택은 흠칫 했다. 바로 자신이 사흘 전 광주에서 그런 장면을 생생하게 목격했기 때문이다. 그 비밀스럽고 믿기지 않은 얘기를 누구에게 할 수도 없고, 더 이상 생각하기도 싫어서 입을 다물고 있다. 그런데 노인한테서 그런 얘기를 듣던 조성택은 긴장하면서도 일단은 잠자코 있다.

홍 변호사가 헛기침을 한 번 하더니 말을 잇는다.

"내가 사실은 광주에서 변호사 노릇을 하고 있는 사람이요. 나이 칠십이 다 되도록 독재정치하는 사람들과 맞서 싸우면서 광주 사람들과 부대끼며 살아왔는데, 지금 내가 낭패를 겪고 있소이다."

조성택의 눈이 홍 변호사를 뚫어지게 바라보고 있다. 그런 조성택에게 다정한 눈길을 보내며 홍 변호사가 말을 이어 나갔다.

"그저께 내가 광주를 떠나왔소. 날 잡으러 온다는 놈들을 피해서 서울로 갔는데, 아 그새 광주에서 큰일들이 터져버린 것이요. 광주 사람들은 끝까지 싸우겠다고 군인들과 맞서고 있으니 앞으로 얼마나 많은 사람들이 죽어나갈지 모르겠소. 이 노릇을 어찌해야겠소? 나 같은 늙은이들이 앞장을 서서 군인들을 설득하고, 안되면 그놈들 앞에 드러누워서라도 막아야 하지 않겠소? 전두환이라는 못된 군인 놈이 광주 사람 다 죽일 듯이 하고 있는데, 누군가 수습을 하고 해결책을 찾아야 한다오. 이 늙은이가 그 일을 하려고 광주에 가려고 하니 좀 도와주시오."

긴말을 마친 홍 변호사가 회한이 밀려오는 듯 눈길을 하늘로 돌린다. 세상을 살면서 산전수전 다 겪었다고 생각했지만 이번 만큼은 스스로도 가닥을 잡아나갈 자신이 없다. 우선 광주에 들어가서 사태를 파악하고 해결책을 찾아야 한다. 그런 상황인데 광주까지 들어가는 것조차 이렇게 어렵다. 시골의 택시 기사를 구워 삼기 위해 마음속 깊은 얘기를 장황하게 늘어놓는 현실도 어색하기만 하다.

"아, 그렇구만이라. 그람 변호사님 존함이 어찌 되시는지요?"

택시 기사의 말이 존댓말에다가 관심이 하나 더 붙는다.

"늙은이 이름 석자 알아서 뭣하겠소. 그래도 기왕 물었으니 말 하리다. 내 이름은 홍남순이요."

"아이고, 변호사님. 진작 그렇게 말씸허셨더라면 지가 고분고분 했을 것인디, 지송하게 됐구만이라."

조성택은 머리를 긁적이며 홍 변호사를 바라본다.

"어디 얼굴에 변호사라고 써 붙인답디까. 아, 그리고 변호사가 뭐 존경받는 일만 하는 것도 아니고, 어쨌든 내 쑥스러운 얘기를 기사양반에게 하고나니 속이 좀 후련해집니다."

"그란디요 변호사님. 시방 광주에 가시면 거시기, 아니 겁나게 위험하실터인디요?"

"아, 그것이 무서우면 어찌 광주로 갈 엄두를 냈겠소이까? 동행하고 있는 아내도 날 광주에 못 가게하고 있소. 그러나 아까 얘기했듯이 내가 가야만 하는 상황이고, 지금 안가면 내 명대로 못살 것 같소이다."

홍 변호사가 조성택의 말에 여지없는 오금을 박는다. 이는 스스로에게 다짐하는 것이기도 하다.

조성택은 손으로 자신의 얼굴을 쓰다듬으며 고민스런 표정을 짓는다. 그러고는 한숨 한 번 쉬고 여기저기로 초점 없는 시선을 돌린다. 마음은 갈팡질팡하다. 악몽 같은 광주의 일을 애써 외면하고 있는데 이 노인 변호사는 거꾸로 광주로 들어가서 사람들을 살려보겠다는 것이니, 슬그머니 부끄러운 생각이 일고 있다. 사실 광주가 어떻게 돼 가고 있는지도 궁금하다. 그러나 사흘 전 광주와 지금의 광주는 영판 다르다는 것이 사람들의 얘기다. 공수부대가 총을 쏴대고 장갑차와 탱크까지 동원됐다는 것이다. 게다가 광주로 통하는 모든 길목은 군인들이 막아서고 있으니 들어가는 길도 마땅치 않다. 고민스러운 표정을 지으며 홍남순 변호사를 바라본다. 다시 보아도 노인이지만 환한 느낌이 들고 옷차림도 깔끔하다. 눈매도 서글서글하고 이목구비도 뚜렷하다. 저렇게 잘나 보이는 변호사 영감님이 어찌 그런 난리 속으로 들어가려하는지, 그러나 변호사님의 말씀대로 광주사람들을 살려보겠다는 생각을 갖고 광주에 들어가려는 의도는 충분히 알고도 남음이 있다.

"변호사님, 그람 지가 방법을 찾아 보겠구만이라."

그는 그렇게 말해놓고 속으로 금방 후회한다. '염병, 그 속으로 들어갔다가 일이라도 나면 어쩌려고 이 지랄을 한당가' 그러나 맘 속 다른 한 편에서의 후회와는 달리 조성택의 입에서는 홍 변호사가 듣기에는 좀 더 시원한 말이 튀어나온다.

"변호사님, 지가 광주로 가는 길을 좀 확실히 알아보고 찾아뵙겠습니다. 시방 어디에 유숙하고 계신다요?"

"아이고, 기사 양반, 참 고맙소. 내 이 은혜는 절대 잊지 않겠소이다."

홍 변호사는 조성택의 오른손을 두 손으로 잡아 감싸 쥐면서 고마움을 전한다. 조성택은 쑥스러움에 어쩔 줄 몰라 고개를 돌리고, 어느덧 훤해진 아침 하늘이 그의 시야에 가득 들어온다.

"저기 여인숙 간판이 있는 골목으로 들어가면 첫 머리에 '장성 여관'이라는 곳이 있소이다. 참, 그리고 우리 부부 말고도 부부 한 쌍이 더 있소. 그 분은 의사인데 광주로 사람을 치료하러 같이 내려가는 길이라오."

"알겠습니다. 아침을 자시고 계시면 지가 찾아 가겠구만이라. 지 이름은 조성택이라고 합니다. 창녕 조씨구만요."

"아, 본관이 창녕이시구만. 참, 아침식사는 어떻게, 요기 좀 하셨소?"

"야, 지들은 저그 식당에서 대놓고 먹습니다. 일이 없으면 집으로 가서 먹고도 오니께 걱정 없어라."

"그렇구려 그러면 나는 여관에서 기다리고 있겠소."

"야, 염려 말고 가 계시면 틀림없이 뵈러 가겠구먼이라."

"그려, 내 조 선생만 믿겠소이다."

홍 변호사는 그렇게 다짐을 지르고 여관으로 돌아온다. 윤이정 여사는 홍 변호사가 밖으로 나가자 여관방 이불을 개고 방을 정돈한 뒤 혼자 앉아 있다.

"신 새벽부터 어디를 그렇게 다녀오신데요?"

"내가 맞춤한 사람을 물색해 놨소."

"새벽부터 뭔 일을 꾸미셨어요?"

방문을 들어서면서부터 말하는 홍 변호사의 말에는 생기가 돈다.

"아, 오늘 광주로 들어가야 하는데 마땅한 수단이 없지 않겠소? 역전에 가서 택시 기사를 붙들고 통사정을 해서 겨우 승낙을 받아 놓고 오는 길이요. 여보, 우선 채비를 서두릅시다."

"영감이 용한 재주가 있네요. 그런 어려운 일을 어떻게 해 내셨대요?"

홍 변호사는 아내에게 대꾸를 하지 않았다. 광주로 가는 것이 일차 목표인데, 마침 그것을 해결할 수 있을 것 같아 마음이 조금 가벼워졌지만 광주에 가서 해야 할 일이 사실 막막하다. 사람들이 죽어나가는 판에 내 몸은 고사하고 아내의 안위를 담보하지 못한 채 무작정 광주에 가려는 자신의 행동이 불나방 같다는 생각도 없지 않다. 그러나 이제 광주행은 숙명이고, 광주에서의 일은 하늘이 끌어주는 대로 가야하는 길이다.

　인근 식당에서 배달되어온 아침식사를 마치고 여관에서 기다리는 시간이 초조했다. 택시 기사와 헤어진 뒤 두 시간 가까이 됐지만 소식이 없다.

　혹시 이 사람의 마음이 변한 것일까. 아니면 마땅한 광주 진입로를 찾지 못했을까. 홍 변호사는 방안을 서성인다. 이 교수 내외는 아예 가방을 들고 마루에 나와서 앉아 있다. 홍 변호사가 답답한 마음에 혼자 여관 대문을 나서는데 출입문 앞에 택시가 스르르 다가와 선다. 운전석에서 내리는 택시 기사의 목소리는 예상외로 밝다.

　"변호사님, 쪼까 늦었어라. 시방 출발 허실까요?"

　"아이구, 오셨네. 조금만 기다리시오. 내 일행을 데리고 나오리다."

　홍 변호사가 바쁘게 여관으로 들어갔고, 잠시 후 홍 변호사 일행을 태운 포니 택시가 장성 여관을 떠난다.

*

　오전에 장성을 출발한 택시는 가다 서다를 여러 번 반복했다. 광주 쪽에서 장성으로 걸어오는 사람들이 꽤 있어 홍 변호사는 그 사람들에게 광주 사정을 물어보느라 지체가 됐다. 광주 상황이 너무 궁금했기 때문이다. 택시를 타고 오는 도중 이완의 교수는 보안사 차 중령의 말이 생각났다. 광주 동운동으로 가야 하는데 택시 기사의 생각이 어떤지 궁금하다.

　"기사님. 이쪽으로 가면 동운동으로 연결되는 도로가 있습니까?"

"그라지라. 이 길이 광주와 가장 가차운 길이구만요. 가다보면 검문소가 나올거인디 거그를 통과해서 조금 더 가면 동운동이지라."

조성택이 얼른 답하고, 홍 변호사는 그런 조성택을 보면서 미소를 짓는다. 아마도 택시 기사가 아침에 이 길을 미리 와 본 것 같았기 때문이다.

아니나 다를까 전남 장성군과 광주시 경계를 얼마 안 남기고 도로에 바리케이트가 쳐있는 것이 보인다. 장성군 남면에 있는 도로 검문소이다. 군인들이 총을 들고 검문을 하고 있고, 택시 한 대가 검문소 앞에서 방향을 뒤로 돌리고 있는 것이 보인다. 그 모습을 한참동안 바라보고 있던 조성택이 아쉬움이 가득한 마음을 담아 말한다.

"변호사님, 여그서부터는 차가 갈 수 없는 것 같은디요. 여기까지가 제 몫인 것 같구만요. 아침에는 광주로 넘어가는 저짝 다리 근처에 검문소가 있었는디 어느새 여기로 옮겨와 부렀네요."

"그래요, 여기까지 태워준 것만 해도 큰 은덕이요."

홍 변호사 일행이 택시에서 내리자 조성택도 운전석에서 내려 작별인사를 한다.

"변호사님, 지발 무탈하시기를 부처님께 빌겠습니다요."

조성택이 공손하게 인사를 한다. 홍 변호사는 조성택의 손을 붙잡고 절절한 고마움을 전한다. 조성택은 택시비도 많이 받지 않는다. 평소 광주까지 가는 차비에다가 더 얹어 주었더니 그 돈은 한사코 받질 않는다. 이 교수가 옆에서 돈을 받으라고 거들어도 고개를 외로 흔들면서 뒷걸음친다.

"변호사님, 지가 뭔 염치로 돈을 더 받는데요. 참말로 차비를 안 받고 그냥 모셔다드려야 허것지만 목구멍이 포도청인께 염치 불고 허고 차비만 받겠습니다."

조성택은 사람들을 구하러 기어이 사지인 광주에 들어가는 홍 변호사가 존경스럽고, 그런 분에게 택시비를 받는 것 자체도 송구하다. 홍 변호사님 같은 훌륭한 분을 모실 기회가 있었던 것만으로도 마음이 뿌듯하다.

택시 승객과 운전사가 애틋한 작별을 하고 난 뒤, 홍 변호사 일행은 검문소로 향한다.

홍 변호사와 이 교수 내외는 검문소를 통과해서 광주 시내로 들어갈지가 걱정이다. 홍 변호사 부부야 흰머리가 많이 난 노인네들이니 아파서 병원에 가는 길이라면 통과시켜 주겠지만 이 교수 내외가 문제이다. 나이가 50대인 이 교수 부부를 아들 내외라 하기도 어렵고, 무엇보다 군인들이 일일이 주민증을 검사까지 있었다. 가는 목적을 일일이 캐묻고 있어서 둘러대기가 쉽지 않아 보인다.

일행은 결론을 짓는다. 홍 변호사 내외는 신분을 밝히지 않고 그저 노부부가 몸이 아파서 병원에 가는 길이라고 둘러대기로 하고, 이 교수 내외는 보안사 차 중령의 얘기대로 박인수 대위라는 군인을 대고 들어가는 방법을 쓰기로 했다.

예상대로 홍 변호사 내외는 쉽게 문이 열려서 들어갔다. 홍 변호사는 검문소를 통과해 50미터 정도 걸어가서는 도로 옆 나무 그늘에 앉아 이 교수 내외를 마음 졸이며 기다렸다. 삼십분을 기다려도 이 교수는 나올 기미가 보이지 않는다. 더 한 시간을 기다렸다. 그래도 소식이 없다. 지쳐간다.

홍 변호사가 검문소로 되돌아가 하사 계급장을 단 군인에게 다가간다. 그 옆에서는 다른 서너 명의 군인들이 검문소를 통과하려는 사람들을 일일이 검문하고 있다.

"군인 양반, 여기 두어 시간 전에 검문을 통과해 들어오려고 하던 부부가 있었는데 어떻게 됐소이까?"

홍 변호사의 물음에 총을 들고 있던 하사관이 홍 변호사를 위 아래로 훑어본다.

"영감님! 누구신데 여기서 사람을 찾아요?"

"아, 아까 나하고 검문소 들어온 사람 말이오. 그 일행이 우리하고 장성에서 동행한 사람인데 아직도 통과를 못했기에 궁금해서 이렇게 묻고 있소이다."

홍 변호사가 억지웃음을 지어가며 얘기한다.

"아, 그 오십쯤 먹어 보이는 부부 말인가?"

혼잣말인지 반말을 하는 건지 모를 소리를 한다.

"예, 남편은 키가 좀 큰 편이고, 둘이서 가방 하나 들고 있었습니다."

"그 사람들 한참 전에 저희 중대장님이 막사 쪽으로 데리고 갔습니다."

"그럼, 여기를 통과해서 광주로 들어오기가 어렵다는 건가요?"

"아마 그럴 겁니다. 아, 그만 저리 가세요."

하사관이 그렇게 얘기를 하고는 검문을 받다가 시비가 걸려 항의하는 30대 중반의 남자에게 다가가더니 다짜고짜 총을 들어 개머리판으로 어깨를 가격한다. 충격을 받은 남자가 비틀거린다. 이번에는 군홧발로 복부를 걸어찬다. 남자가 "욱"소리를 내면서 땅바닥에 쓰러진다. 하사관의 입에서는 쌍욕이 터져 나온다.

"이 새끼가 왜 이렇게 말이 많아. 안 된다면 안 되는 거지. 야, 저 새끼 체포해."

그 말이 떨어지자 군인 두 명이 달려들어 쓰러진 남자를 뒷결박 지어 막사 쪽으로 데리고 간다. 멀찍이 떨어져 그 모습을 보고 있던 검문 대기 민간인들이 몇 발짝씩 뒷걸음질을 친다.

홍 변호사는 화가 치밀어 올라 다리가 후들거린다. 뭐라고 말을 하려다가 목구멍으로 삼킨다. 여기서 항의를 해보고 나무라봐야 저놈들에게 봉변만 당할 뿐 아무 도움이 되지 못한다는 것을 순간 깨달았기 때문이다.

한참을 그렇게 멍하니 서 있던 홍 변호사는 발길을 돌려 부인에게 돌아간다.

"여보, 아무래도 이 교수 내외는 검문소를 통과하기 어려울 것 같소. 여기서 더 기다려봐야 소용이 없을 것 같으이."

안타까운 마음으로 홍 변호사의 목소리가 떨리고 있다.

"그럼 얼른 집으로 가요. 기섭이한테 얘기를 해서 무슨 방법을 찾아보라고 해보세요."

아내의 말에 고개를 끄덕이고는 홍 변호사가 가방을 들고 앞장을 선다. 그들은 광주 시내로 들어가는 다리를 건너고 길을 따라 한참을 걸어서 광주시 동운동에 도착하여 집으로 향한다. 광주로 들어가는 길에는 차를 타고 다니면서 시민들에게 공수부대의 만행을 알리는 방송차량을 만난다.

"시민 여러분! 공수부대 놈들이 총을 쏘아서 많은 시민들이 죽었습니다. 모두 도청 앞으로 나가서 군인들을 몰아냅시다. 시민 여러분! 지금 공수부대 놈들이 무차별로 총질을 해대고 있습니다. 모두 궐기합시다. 광주를 지킵시다!"

마이크에서 흘러나오는 여인의 호소가 홍 변호사의 가슴을 후벼 판다. 아니다. 저건 현실이 아니고 내가 꿈을 꾸고 있는 것이다. 그는 정말로 꿈이기를 바랐다. 그러나 애절하면서도 애타는 목소리로 항쟁을 호소하는 젊은 여인의 소리는 천상에서 오는 것이 아니고 바로 코앞에서 들려오고 있다.

홍 변호사는 가슴이 먹먹해지고 숨이 가빠졌다. 군인놈들이 기어이 총질을 해대는구나. 그는 다리가 휘청거려 주저앉을 것만 같다. 온몸에 힘이 빠져서 몇 걸음 걷는 것도 어려울 것 같았다. 그런 그를 아내가 붙잡는다. 둘은 잠시 서 있었다. 호흡을 가다듬고 한참 후 걸음을 떼놓기 시작한다. 마치 솜털 위를 걷는 것처럼, 헛발을 내딛는 것처럼, 홍 변호사 내외의 발걸음은 무기력하다.

홍 변호사는 군인들의 지금 총질은 시작에 불과할 것이라는 생각이 든다. 시민들이 공수부대의 총질에 항거를 하고 있다면 신군부는 이를 빌미로 더 많은 군인을 보내서 광주시민들을 살상하려 할 것이기 때문이다.

도로는 비가 내린지 얼마 되지 않아서 조금 질척거렸고, 봄비가 온 후에 자주 보이는 박무가 하늘을 엷게 가리고 있다. 길가를 오가는 사람들의 표정에는 두려움이 드리워져 있다. 웃는 얼굴을 찾아보기 어렵다. 마치 딴 세상에 온 것 같은 느낌이다. 활기차고, 모르는 사람에게도 웃으며 말을 걸어주는 남도의 걸쭉한 정감은 사라지고 없다.

홍 변호사 내외는 서로 아무런 말을 하지 않고 묵묵히 걸음만 떼어놓는다. 홍 변호사는 '이제 어떻게 사태를 해결해야 하는가.' 스스로의 물음에 답을 찾느라 골몰했기에 걸음은 더 느려진다.

쉬었다 떠나기가 예닐곱 번이고, 길가 허름한 구멍가게에서 사이다를 한 병 사서 내외가 나눠 마시며 걸음을 재촉했지만 홍 변호사 내외가 자택인 궁동 15번지 은행나무 집에 도착한 때는 5월의 해가 석양을 준비하기 직전이다. 홍 변호사는 급한 마음에 여기저기 전화를 건다. 그러나 대부분 전화를 받지 않는다. 이미 몸을 피했거나 시내에서 벌어지는 전쟁 아닌 전쟁터에 나가 있을 것이다.

냉수를 들이켜고는 의자에 앉아 다리쉼을 하면서 눈을 감았다. 되새겨 보니 요새 며칠간의 일들이 꿈만 같다. 천신만고의 느낌이다. 그나저나 검문소에서 막혀 광주 시내로 들어오지 못한 이완의 교수 내외가 걱정이다. 어찌 됐을까?

"박인수 대위님을 찾아왔습니다만…."

이완의 교수는 검문을 하고 있는 군인에게 조심스레 말을 건넸다.

"누구요?"

"박인수 대위님이요."

"여기 그런 분 안 계시는데, 그러는 당신은 누굽니까?"

"아, 저는 서울에서 왔는데 여기 박인수 대위를 찾으면 된다고 해서요."

이 교수의 얘기를 듣던 군인이 고개를 갸웃하더니 몇 걸음 떨어져 담배를 피우고 있던 하사관에게 다가가 보고한다.

"분대장님, 저 사람이 박인수 대위님을 찾는다고 합니다."

"박인수 대위? 나도 모르겠는데."

"아, 서울에서 왔다는데, 아마 박 대위님이라는 분에게 부탁해서 검문 통과를 하려는 것 같습니다."

사병의 말이 다 끝나기도 전에 하사관이 이 교수 부부에게 다가온다.

"당신 어디서 왔어?"

다짜고짜 반말이다. 이 교수가 말을 하는 군인의 계급장을 보니 하사관 계급장을 달고 있다. 군의관으로 장교 생활을 한 이 교수는 그러는 하사관을 보고 입맛을 다시려다가 공손한 말투를 꺼낸다.

"아, 네. 서울에서 왔는데 박인수 대위님을 찾아왔습니다."

"당신은 누군데? 있지도 않은 대위를 찾느냐 말이오!"

하사관의 질문에 이 교수가 멈칫한다. 보안사 차 중령의 소개로 왔다고 하면 오히려 독이 될 수도 있겠다는 생각이 든다. 이런 지방도로 검문소에서 보안사 차수일 중령의 소개로 검문을 통과하겠다고 하면 믿어줄 것 같지 않았다. 박인수 대위를 만나야 하는데 여기서는 그 사람을 모르는 것 같다.

"네, 저는 이완의라는 의사입니다. 지인의 아들이 머리를 다쳐서 전남대 병원에서 수술을 해야 해서 이렇게 급히 광주에 가는 중입니다."

차 중령 얘기는 쏙 빼고 있는 그대로 얘기한다.

"뭐? 의사?"

하사관의 눈꼬리가 올라간다 그러면서 계속 묻는다.

"그러니까 누구 소개로 박인수 대위를 찾냐고 묻잖아?"

대번 분위기가 험악해지는 것 같자 이 교수는 말을 하는 편이 낫겠다는 쪽으로 생각이 급히 기운다.

"아, 네. 보안사 차수일 중령, 아니 차수일 과장님 소개입니다."

그 말을 듣자 하사관이 얼굴에 인상을 쓰더니만 욕을 해 댄다.

"이 새끼가, 나를 시골 촌뜨기로 아나. 야 인마. 지금 상황이 어떤 상황인데 보안사 중령이 할 일 없이 검문소 통과시켜 주라고 했겠냐? 이거 수상한 놈 아니야? 너 의사라고 그랬지? 지금 광주는 빨갱이들이 들어와서 폭동을 일으키고 있는데, 뭐? 사람을 수술을 하러 간다고? 이 새끼도 빨갱이구만."

점차 목소리가 커지던 하사관이 급기야 구둣발로 이 교수의 정강이를 걷어찬다. 극심한 통증이 몰려오면서 이 교수가 허리를 구부린다. 하사관이 어깨에서 총을 내려 손에 들고 개머리판을 드는 순간 옆에 있던 이 교수의 부인이 양팔로 얼른 남편을 감싼다. 개머리판이 부인의 오른쪽 팔에 '퍽'하고 부딪친다. 주저앉는 아내를 이번에는 이 교수가 감싸 안는다.

순간 날카로운 소리가 들린다.

"야, 뭐야?"

그러고는 두 명의 군인들이 다가온다. 이 교수가 고개를 들고 바라보니 대위 계급의 장교와 중사 계급장을 단 군인이다.

"무슨 일이야?"

"네, 이 사람들이 보안사를 사칭하고 광주에 가겠다는 겁니다."

"보안사 사칭?"

"네, 보안사를 사칭해서 박인수 대위님을 찾았습니다."

장교가 대답하는 하사관과 이 교수 부부를 번갈아 바라보더니 말한다.

"정 하사 너 이 새끼가 아무나 막 패고 그러지 말랬지? 김 중사, 이 사람들 내 막사로 데리고 오도록 해."

그러고는 검문소 근무자들을 쏘아보곤 자리를 뜬다. 이 교수 내외가 천막으로 만든 임시 막사에 들어가니 아까 그 장교가 자리에 앉아 있다가 일어서더니 의자를 권한다.

"앉으십시오. 어디 다치신 데는 없습니까?"

"아, 네. 괜찮습니다."

이 교수가 대답을 하고 부인을 돌아보면서 눈짓하자 아내는 고개를 끄덕인다. 장교는 물 주전자에서 물을 따라 이 교수 부인에게 건넨다. 아내는 왼손으로 컵을 받는다. 그녀는 사실 오른팔 팔뚝이 너무 아프다. 욱신거리면서 쑤신다. 어디가 부러진 것처럼 통증이 심하다. 그러나 이를 악물고 고통을 참아내고 있다. 이 판국에 아프다는 말을 하는 것이 중요한 것이 아니라 어떻게든 광주 시내에 들어가야 한다. 얼른 가서 둘째 현수도 만나보고 무엇보다 윤호 상태도 확인해야 한다.

"좀 드십시오. 우리 애들이 무례하게 굴어서 죄송합니다."

"아닙니다. 저도 군의관으로 복무를 해서 군인들 심정은 알겠습니다. 그리고 계엄 상황이니 신경이 날카로워서 그럴 수 있겠습니다."

이 교수는 황당한 일을 겪은 사람답지 않게 담담한 표정으로 말한다. 군인들이 무슨 일이든지 맘대로 할 수 있는 계엄 상황이다.

"이해주신다니 감사합니다. 그런데 광주에는 무슨 일로 오셨습니까?"

"솔직히 말씀드리자면 제 친한 친구의 아들이 며칠 전 머리를 크게 다쳐서 전남대 병원 중환자실에 입원해 있습니다. 제가 신경외과 교수라서 수술하기 위해 가는 길입니다."

"그렇군요. 어디 대학 교수이신가요?"

"네, 서울대입니다."

"아, 그런 중요 대학에 계신 분을 몰라보고 힘들게 해드려 거듭 송구합니다. 저는 31사단 소속 중대장 김요한 대위입니다."

"괜찮습니다. 그런데 광주가 상황이 많이 안 좋은 모양인가 봅니다."

이 교수는 부드럽고 친절하게 대하는 김 대위에게 슬쩍 광주 시내 돌아가는 상황을 묻는다. 김 대위는 이 교수와 대화를 하고 있지만 가급적 눈길을 마주치지 않으려고 자꾸만 시선을 피하고 있는 것 같다.

"사실 매우 안 좋습니다. 그런데 교수님, 혹시 아프다는 친구 분의 아드님이 대학생입니까?"

"네. 전남대 의대생입니다."

"그렇다면 시위를 하다 그렇게 됐습니까?"

"아닙니다. 제 아들 친구인데, 아들 말로는 함께 레코드 가게에 있었는데 갑자기 들이닥친 공수부대원들의 곤봉에 맞아서 그렇게 됐답니다."

이 교수의 얘기를 듣고 있던 김 대위는 주위를 한 번 휘 둘러본다. 막사 안에는 무전병이 한 명 있고, 중사 한 명이 들락거린다. 김 대위가 목소리를 낮춰서 조용히 말한다.

"교수님, 제 말을 잘 들으십시오. 사실 박인수 대위가 저에게 전화가 왔었지만 나중에는 신경 쓰지 말라는 연락이 다시 왔습니다. 어쨌든 제힘으로는 교수님을 광주 시내로 들어가도록 하기는 어렵습니다. 상부의 지시입니다. 죄송합니다."

김 대위의 입에서 암담한 얘기가 흘러나오자 이 교수는 물론 통증을 참고 있던 김지윤 여사의 마음은 무너져 내리는 것 같은 심정이다. 안절부절못하고 있는 이 교수 부부를 잠시 바라보고 있던 김 대위가 목소리를 더 낮추며 속삭이듯 말을 이었다.

"교수님, 근데 다른 방법이 하나 있습니다."

이 교수의 귀가 쫑긋해진다.

"밖에 나가서 왼쪽으로 난 길을 따라 약 30분 정도 걸어가면 가옥 30여 채가 있는 마을이 보일 겁니다. 그 마을에 가서 이장 집을 찾으십시오. 그분에게 검문소 부대 중대장이 보내서 왔다고 하면 광주로 들어가는 샛길을 가르쳐 줄 것입니다. 시간이 없으니 지금 속히 가셔야 합니다."

"아, 알겠습니다."

이 교수는 두말 하지 않는다. 그러고는 고마운 마음으로 머리를 깊숙이 조아린다. 고통에 식은땀을 흘리고 있던 김 여사도 함께 머리를 숙인다. 그리고 이 교수가 일어서려는데 김 대위가 조용히 말한다.

"교수님, 부디 몸 건강하시기를 바랍니다. 저도 전남대를 졸업한 ROTC 13기입니다."

"아, 그러시군요. 저도 전남대 의대에 8년 있었습니다. 인연입니다. 중대장님도 강건하시길 바라겠습니다. 정말 고맙습니다."

가르쳐 준 길을 따라 한참 동안 걸어가니 과연 마을이 나온다. 이 교수는 김 대위의 얘기를 의심하지 않고 순순히 따르는 자신의 행동이 의아하기도 했지만 전남대 ROTC 라는 말에 왠지 믿음이 갔고, 시키는 대로 해야겠다는 생각이 든다.

뒤따르는 아내가 걱정이다. 막사를 나와서 아내의 팔을 살피니 개머리판에 맞은 팔뚝이 많이 부어있다. 뼈에 금이 간 것인지는 모르겠는데 타박상은 심하다. 가방에서 넥타이를 꺼내 임시방편으로 팔걸이를 만들어줬다. 팔이 덜렁거리지 않고 고정되면서 통증이 조금 덜하다고 한다. 어서 빨리 광주 시내로 들어가야 하는 이유가 하나 더 생긴 것이다.

마을 한복판에 있는 이장 집은 찾기 쉬웠다. 대문 앞으로 다가갔는데 개가 짖어댄다. 들어갈까 말까 망설이고 있는데 안에서 사람이 나온다. 40대 후반의 남자로 얼굴은 구릿빛을 띤 전형적인 농부 같다.

"저, 이장님을 뵈러 왔습니다."

이 교수가 인사를 하자 남자가 이 교수 부부를 번갈아 쳐다보면서 대답한다.

"내가 여그 마을 이장인디. 누구시데요?"

"아, 그러십니까? 저는 저쪽 검문소를 관할하는 부대 중대장님이 보내서 왔습니다."

이 교수가 더듬거리면서 말을 잇지 못하고 머뭇거리자 이장이라는 사람은 두 사람 뒤편의 인기척을 살피며 주변을 돌아보고는 조심스러운 태도를 취한다. 그러고는 대문을 열어젖히며 들어오라는 손짓을 한다.

집 안은 농촌 집이지만 비교적 깔끔했다. 경운기가 마당 한구석에 서 있고, 아직 본격적인 농사철이 아니어서인지 깨끗했다.

"이리 앉으씨요."

이장이 마루를 손으로 대강 훔치면서 두 사람을 안내한다. 열렬하게 짖어대던 백구는 어느새 주인과 객이 나쁜 사이가 아니라는 것을 알아차렸는지 꼬리를 흔들고 있다. 두 사람이 자리에 앉자 이장은 무슨 일로 찾아왔느냐는 의문스러운 얼굴을 하고 있다. 눈치챈 이 교수가 먼저 말문을 연다.

"저희 부부가 광주 시내로 들어가야 하는데 중대장님이 여기로 가면 이장님께서 도와주실 거라 하셔서 이렇게 염치 불고하고 찾아왔습니다. 저는 이완의라고 하는 의사입니다."

"의사 양반이라 중대장님이 보내셨구먼."

순박한 이장의 얼굴을 바라보고 있는데 마침 부엌문이 삐걱 소리를 내면서 아주머니 한 분이 이쪽을 바라본다.

"그란디 광주 어디로 가실라고 그라요?"

"전남대 병원으로 가야합니다. 거기서 급한 수술을 기다리는 사람이 있습니다. 좀 도와주십시오. 광주로 들어가는 샛길이 있다고 하던데…."

"샛길이 있기는 허지만 시방은 어떨지 모르겠소. 어제 아침에도 중대장님 부탁으로 기자 두 명에게 길을 갈차드렸는디, 오늘은 여기 저기 검문이 더 씨졌다고 합디다. 어쩔지 모르겠구먼."

"환자가 사경을 헤매고 있어 속히 가야만 합니다. 제발 도와주십시오."

이 교수가 애걸한다. 옆에 있던 김지윤 여사도 고개를 숙인다. 그녀는 팔이 많이 부어서 묵직한 통증으로 고통스러워하고 있다. 이장이 이 교수와 김 여사를 번갈아 바라본다.

"아따 사모님이 팔을 많이 다치셨네그려 괜찮으시오?"

"아까 검문소에서 중대장님을 만나기 전에 군인들한테 봉변을 당했습니다. 아내도 어서 가서 치료를 해야 할 형편입니다."

"육시랄 놈들. 아마 중대장님이 계셨드라면 그런 일은 없었을 턴디."

"그란디 두 분이서 갈 수 있겠소? 길이 꽤 복잡허당게요. 그라고, 혹시 그 길꺼정 군인들이 지키고 있을지도 모르지라."

그렇게 말하는 이장을 이 교수는 하릴없이 바라보고만 있다. 이장의 표정이 심각하게 무언가를 생각하는 것 같아 보인다. 한참 무슨 궁리에 빠져 있는 것 같은 이장이 마침내 입을 연다.

"의사 선상님이라고 혔소? 머리는 겁나게 좋을텡께 짧게 말씀드리것소. 길이란기 이기 머리가 좋은것허고 길 찾는것 허고는 많이 다르지라. 지가 길을 잘 갈차 드린다고 두 분이 그 길 따라 광주 시내로 들어가기는 솔찬히 어려운 일이란 말이지라. 그래서 길잡이를 하나 붙여 드리것소. 마침 아들 녀석이 집에 있응께 아들 놈한티 광주 시내까정 모셔다 드리라고 하것습니다."

"정말입니까? 그렇게만 해 주신다면 정말 감사드립니다."

이 교수가 거듭 머리를 숙이면서 고마워한다. 이장이 자리에서 일어나 사랑채 앞으로 건너가 누군가를 부르는데, 방에서 젊은이 두 사람이 밖으로 나온다. 젊은이들은 이장의 말을 들으면서도 연신 안방 마루에 앉아 있는 이 교수 부부 쪽으로 눈길을 주고 있다. 잠시 후 이장이 이쪽으로 건너와 자리에 앉으면서 말한다.

"잘 됐구먼이라. 지 아들놈이 선생님 부부를 광주 시내꺼정 모셔다 드리기로 혔습니다. 마침 아들 친구 놈도 함께 있어놔서 둘이 가면 안성맞춤이구만요."

"감사합니다. 이보다 더 고마울 수가 없습니다. 고맙습니다."

감사 인사를 받는 이장은 쑥스러운 얼굴을 하고 있다. 이 교수는 생면부지의 사람들한테 이처럼 분에 넘치는 도움을 받는 것에 마음이 저리도록 고마웠다. 혈혈단신 한국에 와서 가정까지 꾸렸지만 아내도 고아여서 친척도 없이 외롭게 지냈다. 그런데 낯선 이장은 자신의 아들까지 동원해서 광주 길을 열어주려고 한다. 눈물 나도록 고마운 일이다.

이장 아들의 이름은 기노준이다. 그는 이제 막 군대를 제대한 스물다섯 청년이다. 몸매가 날렵해 보이고, 머리가 아직 덜 자라서 그런지 군인 모습이 풍긴다. 그의 친구는 박성재이다. 기노준 보다 두 달 먼저 군에서 제대를 했다고 한다.

"이렇게 폐를 끼쳐서 면목이 없습니다. 잘 부탁드립니다."

이 교수가 두 청년에게 존댓말로 인사를 하자 그들은 머리를 긁적이며 쑥스러워한다.

"아덜한티 먼 존대를 하신 당가요."

이장은 이 교수에게 그렇게 말하고는 아들과 친구에게 당부를 한다.

"의사 선상님이랑 사모님이시니 잘 모셔드리도록 혀라. 서울대학병원 교수님이신디, 시방 광주에서 아픈 사람이 있다고 혀서 수술을 하러 가신단다. 니들도 알것지만 이렇게 어려운 시국에 얼매나 장헌 분이냐. 전대병원까지 곱게 잘 모셔다 드리도록 혀. 그라고 광주에서 지체하지 말고 싸게 오니라. 걱정허게 허지 말고. 알겠지야?"

"야, 알겠어라. 지들이 안전하게 모셔다 드리겄습니다."

두 청년의 믿음직한 대답이다.

기노준이 이 교수의 가방을 들고 앞장을 선다. 박성재는 이장님 부인이 챙겨준 흰무리떡이 담긴 봉지를 들었다. 어제 동네 환갑잔치에서 가져온 떡이 있어서 요긴하게 쓰인다는 이장님 부인의 혼잣말이 이 교수의 귀에 얼핏 들린다.

해는 중천에서 서쪽으로 조금 기울어져 있다. 처음에는 논길을 가다가 산길로 접어든다. 초동들이나 다니는 길 인양 옆으로는 소나무들이 빽빽이 들어서 있다. 산새들이 지저귀는 소리가 청아하게 들린다. 가까운 곳에서 수꿩의 울음소리도 들리고 '구구구'하는 산비둘기 우는소리도 들려온다. 숨을 깊이 들이마시자 상쾌한 공기가 폐부 깊숙이 들어와 속을 시원하게 한다. 이 교수는 이 길이 소풍 길이었으면 얼마나 좋을까 하는 부질없는 생각이 들자 피식 웃어 버린다. 이런 고난의 길 속에서도 순간 행복한 마음이 들기도 하는 것이 인생이란 말인가. 그는 새삼스럽게 삶의 오묘함을 느끼고 있다. 고통 속에서도 행복한 순간이 있고, 행복함 속에서도 고통의 순간이 있는 것이 인생살이라는 생각도 든다.

꼬불꼬불한 산등성이 길을 한참 가다가 다시 평지 같은 밭길을 걷고, 호젓한 산골길을 지나기도 한다. 청년들은 서로 의논하면서 길을 갔고, 어떤 때는 한 청년이 먼저 앞서나갔다가 한참 만에 되돌아와서 쑥덕거리면서 노선을 바꾸기도 한다.

한 시간 반가량을 걸었는데 이 교수는 발과 다리가 아파온다. 이럴 줄 알았으면 구두를 신고 오지 않았어야 했는데….

"선상님, 좀 쉬었다 가실라요?"

앞서가던 기노준이 뒤를 돌아보며 이 교수에게 묻는다.

"그럽시다. 조금만 쉬고 갑시다."

이 교수는 자신도 힘들지만 팔을 다친 아내가 더 걱정이다. 걸으면서 슬쩍 아내를 보니 식은땀으로 고통스러운 낯빛이 역력하다. 걸으면서 팔에 충격이 가해지고 그로 인한 통증이 괴롭히고 있는 것이다.

길가 풀 섶에 앉아 아내의 팔을 다시 살펴보았다. 아까보다 더 부은 것 같다. 넷이서 기노준 어머니가 챙겨주신 흰무리떡을 나눠먹었다. 그러면서 두 청년이 광주 사정을 이야기 한다.

며칠 전 청년 둘은 광주 시내에 일거리가 있는지 알아보러 갔다가 최루탄 냄새만 잔뜩 맡고 왔다고 한다. 데모를 하는 학생들을 상대로 경찰 수백 명이 도로를 막고 있고, 학생들은 '전두환 물러가라' '계엄령 해제하라'

고 외치면서 데모를 했다는 것이다.

"선상님. 엊그제부터 광주 시내가 시끄러워졌답니다. 시내를 지나서 전대 병원으로 바로 가야 허는디 그 길은 위험할거 같은디 우짜요? 병원으로 바로 가셔야 하시지라?"

"위험해도 바로 가야 할 것 같습니다."

"아부지 말씀도 있으시고, 무엇보다도 환자가 위중하다니께 저희들이 책임지고 빠른 길을 찾아서 병원에 모셔다 드리겠습니다."

"그래요. 너무 고마워요. 꼭 이 은혜를 갚도록 하겠습니다. 언제 서울에 오시거든 병원에 들러주세요."

이 교수는 그러면서 가방에서 종이를 꺼내 자신의 이름과 전화번호를 적어 건네준다. 다리쉼을 하고 나서 다시 출발하려고 하니 다리가 더 무겁다. 자신도 모르게 앓는 소리를 내면서 일어선 이 교수는 아내를 부축해 일으킨다.

"여보, 걸을 수 있겠어? 조금만 참아요!"

이 교수의 말에 아내는 남편의 얼굴을 바라보고는 살짝 미소를 짓는다. 식은땀은 흘리고 지친 모습이었지만 이 정도는 아무것도 아니라는 얼굴이다. 하기야 6·25 때 열댓 살 남짓의 나이로 피난길에서 갖은 고초를 겪었고, 폭격으로 부모님과 동생들을 한꺼번에 잃은 슬픔을 이겨내면서 혼자 몸으로 살아오다가 결혼한 아내이다. 그녀에게 이 정도 어려움은 고난도 아니다. 그녀는 억척스럽게 살아왔다.

한 시간 더 걸어 광주 시내로 들어왔다. 장성군 남면 월정리에서 출발해 산길과 들길, 저수지 길을 걷고 나룻배를 타고, 검문소와 군인들을 피해 2시간 반 만에 광주시 동운동으로 들어온 것이다. 이 교수 내외는 녹초가 다 됐다. 나이 오십인 이 교수와 팔을 심하게 다친 김 여사에게는 무리한 행보다. 부부는 이미 절뚝거리고 있다.

동운동은 한적한 변두리고, 길거리에는 사람들도 많이 다니지 않는다. 묘하게 음산한 분위기다. 사람들의 어깨는 움츠려 있고, 낯선 네 사람의 모습을 보는 사람들도 경계하는 눈치이다. 지나가는 택시라도 잡으려 했지만 한 대도 보이지 않고, 버스도 보이지 않는다. 저편에서 자전거를 탄 사람이 다가오고 있다. 이 교수가 손을 들어 그 사람을 세운다.

"저기, 미안합니다만 길을 좀 여쭤보려고 그럽니다."

이 교수가 앞으로 나서면서 말하자 멀뚱거리면서 네 사람을 이리저리 훑어보던 남자가 묻는다.

"무신 일이당가요?"

그의 눈에는 네 사람의 행색이 의아한 모양이다. 두 청년은 땀은 흘리고 있었지만 생생해 보였고, 중년의 남자는 지쳐 보인다. 여자는 오른팔을 끈으로 묶어 받치고 있다.

"저희들이 학동에 있는 전남대 병원으로 가야 하는데 가는 차편을 좀 구할 수 있을까요? 택시나 버스도 안 보이네요."

"멀리서 오는 길인 모양인디, 지금 전대 병원은…."

그러면서 그가 자전거에서 내린다.

"얼른 병원으로 가서 수술을 해야할 사람이 있습니다."

"그람 그짝이 의사요?"

"네. 의사입니다. 서울에서 왔는데 한시가 급합니다."

이 교수는 그렇게 말하면서 멀리서 들려오는 확성기 소리에 귀를 기울인다. 소리가 점차 가까워진다. 애타는 여자 목소리다. 남자도 소리가 나는 쪽으로 고개를 돌린다.

"선상님, 의사시믄 얼른 병원으로 가 보셔야 허것습니다. 시방 난리가 나부렀습니다. 군인들이 총을 쏴 가꼬 사람들이 허벌라게 죽어나가고 있습니다. 전대 병원도 환자들이 몰려 의사들이 많이 필요할거인디…."

남자의 말이 거의 끝나갈 무렵 확성기의 소리가 확연히 들려온다.

"시민 여러분, 지금 공수부대가 시민들을 향해서 총을 쏘고 있습니다. 우리 부모형제들이 죽어가고 있습니다. 여러분, 우리도 총을 들고나가서 싸웁시다. 공수부대가 우리 광주사람을 다 죽이고 있습니다. 시민 여러분, 모두 전남도청 앞으로 모여 주십시오."

이어 다른 여자의 목소리가 확성기에서 들린다.

"시민 여러분, 지금 혈액이 부족합니다. 총을 맞은 시민들이 피가 부족해서 죽어가고 있습니다. 시민 여러분 헌혈해 주십시오."

애타는 목소리로 호소하고 있다. 확성기는 작은 트럭위에 매달려 있고, 트럭 화물칸에는 남자들 몇이 타고 있다. 목소리를 내는 여성들은 앞자리에 있는 것 같다. 이 교수가 자전거 탄 남자를 보면서 다급히 말한다.

"이게 어찌된 상황입니까?"

"아, 시방 큰일 나부렀다니게요. 낮부터 군인들이 무차별하게 총을 쏴 가꼬 사람들이 많이 죽어라."

이 교수는 다리에 힘이 풀리면서 조금 휘청거린다. 걱정하던 상황은 분명 현실인 것이다. 아내가 그런 남편을 근심어린 표정으로 바라본다.

"어떻게 병원으로 가는 방법이 없을까요?"

이 교수가 자전거를 탄 남자에게 다시 부탁한다. 남자는 멀어져 가는 확성기 차량을 바라보고 있다. 혼잣말로 중얼거리더니 잠시 후 이 교수를 보고 말한다.

"저 사람들헌티 부탁해 보면 좋을 거인디. 여그서 쪼매만 기다려 보쇼. 나가 가서 한 번 알아보고 올라니게요."

그러고는 자전거를 타고 휙 떠나간다.

이 교수는 도로 턱에 앉았다. 설마 했는데 끝내 큰 일이 터져 버린 것이다. 군인들이, 그것도 공수부대들이 총을 쏘았다면 희생자가 한 둘이 아닐 것이다. 그는 조급한 마음에 손목시계를 들여다본다. 오후 3시 반이 넘어가고 있다. 그는 고개를 수그리고 손으로 얼굴을 감싼다. 문득 홍 변호사님이 생각이 난다. 예비 검속을 피해서 서울로 갔다가 하루도 안 돼 다시 광주로 오신 그분이 대단해 보인다. 목숨을 내놓고 광주로 오신 것이다. 군인들을 상대로 설득을 하든지, 다른 어떤 방법을 쓰던지 군인들의 살상 행위를 막아야 한다는 그분의 말씀이 환청처럼 들린다. 홍 변호사님은 집에 잘 도착하셨을까? 이처럼 차가 없는 거리를 두 노인들이 걸어서 가셨을 텐데….

김지윤 여사는 남편이 안쓰러웠다. 옆으로 눈길 한 번 안주고 오직 의사로서 소명을 다해 오고 있는 남편이다. 윤호 문제로 광주에 왔는데, 그 과정이 너무 힘들다. 옛날 피난 시절이 생각난다. 그녀는 성한 왼팔을 들어 남편의 어깨에 손을 가만히 얹었다. 남편의 몸이 가볍게 움찔하면서 고개를 든다. 남편의 오른손이 들리더니 어깨 쪽으로 올라와 그녀의 손을 가볍게 잡는다. 갑자기 기노준이 큰소리로 말한다.

"워매 선상님 쩌기 차가옵니다요."

모두가 가리키는 쪽을 바라보니 택시가 한 대 천천히 오고 있다. 택시 뒤로 자전거 한 대가 열심히 따라오고 있다. 가까워져 보니 아까 차편을 알아보겠노라고 떠났던 자전거를 탄 남자다. 일행 앞으로 택시가 섰다. 자전거에서 급히 내린 남자가 이 교수 앞으로 온다. 굳은 얼굴이 좀 펴져 있다.

"선상님, 지가 택시를 구해 왔으니께 이 차를 타고 언능 전대 병원으로 가서 부상자들 치료해 주시오. 지가 헐수 있는건 이런것 뿐이니께…."

그는 헐떡이고 있었지만 거의 울먹이는 소리이다.

"고맙습니다. 어디서 택시를 구하셨는지… 고생하셨습니다."

이 교수가 허리를 굽히며 공치사를 하자 자전거 남자는 자기도 허리를 굽힌다.

"아니어라. 지가 실은 여그 동사무소 직원인디. 동사무소 직원도 공무원이라 앞에 나서덜 못하니께. 이런 일이라도 해야 면이 서지라. 지도 광주 시민인디…. 그라고 택시비는 지가 냈응께 않내도 되지라. 아따 내 정신좀 보소 언능 병원으로 가서야지라. 시내 길이 위험하지만 기사님이 잘 알아서 갈 것인께 염려 말고 가쇼잉."

"이렇게 고마울 데가 있겠습니까? 다시 한 번 감사드립니다."

이 교수 일행이 택시에 올라타자 택시는 곧바로 속력을 내기 시작했다. 아마도 동 직원인 자전거 남자로부터 긴히 부탁을 받은 모양이다.

30분쯤 걸려 택시가 전남대 병원 응급실 앞에 도착하자 이 교수는 마음이 더 급해진다. 오는 도중 그의 눈에 비친 광주 시내는 전쟁터를 방불케 하는 처참한 모습이다. 택시 기사가 용케도 군인들이 장악한 곳을 피해서 왔지만 도로 곳곳에는 총을 든 시민군들의 모습도 간간이 보였다. 도로에는 깨진 보도블록이 널려 있고, 불에 타다 만 잔해들이 널려있다. 택시 기사의 얘기로는 점심때가 조금 지나자마자 전남도청과 전남대 앞에 있던 공수부대원들이 갑자기 시민들을 향해 발포하기 시작해 많은 사람들이 죽고 다쳤다는 것이다. 병원에 가까워지자 총소리가 들린다. 콩 볶는 것 같은 총소리부터 연발로 쏘아대는 소리도 들린다. 전남대 병원에서 전남도청까지는 직선거리로 약 3백 미터 정도 쯤 된다. 병원 입구로 환자를 실은 차량들이 줄지어 들어가고 있다.

택시가 서자마자 이 교수 내외는 고맙다는 인사도 제대로 차리지 못하고 차에서 내린다. 응급실 입구 쪽으로 바쁜 걸음을 옮기던 이 교수는 그때서야 뒤따르는 기노준을 바라본다. 두 사람이 아니었다면 여기까지 오는 것은 불가능했다. 걸음을 멈춘 이 교수가 말한다.

"이름이 기노준이라고 했던가요? 여기까지 데려다줘서 정말 고마워요. 내 절대로 두 사람의 이 은혜 잊지 않도록 할게요. 서울에 오면 내가 적어준 쪽지 주소로 찾아와요 고생했어요 그만 집으로 돌아들 가도록 해요."

그러면서 아내를 보고 눈짓을 한다. 아내가 가방에서 미리 준비해 놓은 돈을 꺼내 청년의 손에 쥐어주려 한다. 기노준은 안 받겠다고 손사래를 친다.

"이 돈은 고마워서 주는 것입니다. 돌아가는 여비이니 꼭 받아주세요. 그래야 우리 맘이 편 할 것 같습니다."

"아니어라. 이 돈 받으면 지는 아부지한테 죽어라. 우덜이 일부러 안 받는 것은 아니고, 지들도 여비는 있어라. 걱정허지 마시고 언능 들어가 일들 보셔라. 우덜은 여그서 헌혈을 허고 갈랍니다. 아까 들으니께 피가 부족하다고 허는디, 우덜은 군에서 제대한지 얼마 안 돼서 도움이 될 것인께 헌혈을 하고 갈라요."

"이렇게 고마울데가…. 그럼 어서 들어가십시다."

이 교수 내외는 할 수 없이 돈을 다시 가방에 집어넣고 병원 건물 쪽으로 급히 걸어간다. 김지윤 여사는 응급실로 가고, 이 교수는 서둘러 2층에 있는 중환자실로 올라간다. 문을 열고 들어가려다가 멈칫한 그는 중환자실 문을 두드린다. 6년 만에 다시 와 보는 전남대 병원 중환자실이다. 문을 빼꼼히 여는 간호사에게 신 박사를 찾았다. 아니 계신단다. 자신이 서울대에서 온 누구며, 6년 전 이 병원 교수라는 말까지 급히 밝혔다. 그때서야 간호사가 문을 활짝 열고 나와 응대를 한다.

"그럼, 신재운 교수님이 어디 계신지 모른다는 건가요? 그러면, 신 교수 아드님은 어디 있어요?"

이 교수의 다급한 물음에 간호사가 조금 망설인다. 그러고는 고개를 숙인다. 다시 고개를 들고는 기어들어가는 목소리로 말한다.

"신 교수님 아드님은 사망했습니다."

'쿵' 하고 머리에 무언가 부딪치는 느낌이다. 갑자기 가슴속이 비워지는 것 같더니 다리에 힘이 빠진다. 간신히 마음을 다잡고 간호사를 바라본다.

"그렇군요…. 언제 그랬습니까?"

"어제 저녁에요."

"그럼 신 교수 어디 가면 만날 수 있어요? 장례식장이 따로 있는 것은 아닐테고…."

"신 교수님은 아마 응급실에 계실 거예요. 아니면 수술실이거나…. 오후부터 총상 환자들이 많이 들어왔어요."

안타까워하는 간호사의 말이 끝나자 이 교수는 아래층으로 연결된 비상계단을 내려온다. 아내도 팔을 크게 다쳤지만 우선 응급실 앞에서 기다리라고 하고, 자신은 윤호가 궁금해서 중환자실을 찾은 것이다. 응급실 쪽으로 가보니 지옥이 따로 없었다. 고통에 울부짖거나 신음하는 총상 환자들이 여기저기 누워있거나 앉아있고, 치명상을 입고 생명이 위급해 보이는 중환자들도 많아 보인다. 출혈로 인해 응급실은 피비린내가 진동한다. 복도와 바닥 여기저기에는 사람들이 흘린 피가 붉게 엉겨 붙어 있다.

환자와 보호자들이 의사와 간호사를 부르는 소리와 의사들이 응급처치를 위해 간호사를 부르는 소리, 수술실로 환자를 옮기라는 소리들이 뒤엉켜 아수라장을 이루고 있다. 한쪽에서는 의사와 간호사가 이제 금방 사망한 환자들을 천으로 덮고 있는 모습도 보인다. 현장에서 사망한 환자들도 혹시나 해서 병원으로 데리고 왔는지 한 쪽 구석에는 보호자도 없는 사체들이 몇 구 놓여있다. 미처 다른 곳으로 옮길 엄두도 못 내고 있는 상황같다. 말 그대로 전쟁터의 야전병원이다. 의사와 간호사들은 한 사람이라도 더 살리려고 혼신을 다하고 있는 모습이 역력하다.

이 교수는 눈앞에 펼쳐진 악몽 같은 현실에 눈을 감고 싶다. 그의 옆으로 이제 막 이송돼 온 총상 환자가 신음을 하고 있다. 사람들이 옷가지를 엮어서 만든 임시 들것에 실려 온 환자는 10대 후반의 학생으로 보인다. 숨을 헐떡이고 있다. 복부 쪽에 총상을 입은 것 같다. 피를 많이 흘린 것인지 안색이 창백하다. 이 교수는 자신도 모르게 다가가 학생의 아랫배 쪽 옷을 걷어 본다. 총알이 들어간 곳에서 아직도 피가 꾸역꾸역 나오고 있다. 어린 학생은 반쯤 정신을 잃고 있다. 출혈이 계속돼 우선 지혈부터

하고, 쇼크도 막아야 한다. 그는 옆에서 다른 총상 환자를 지혈하고 있는 간호사의 치료 용구함에서 우선 거즈를 꺼내 들었다.

총상 환자 네댓 명을 응급처치 한 이 교수는 누군가 어깨를 치는 느낌에 얼굴을 들었다. 아내다. 아내는 어느새 팔뚝에 붕대를 칭칭 감고는 팔걸이를 하고 있다.

"여보, 저쪽에 신 박사님 계세요."

아내의 음성이 떨리고 있다. 아내는 벌써 윤호가 죽은 것을 알고 있는 모양이다.

"어디?"

이 교수가 응급처치를 마저 하고 일어나며 주위를 두리번거리면서 아내에게 묻는다.

"저쪽 구석에요. 그런데 윤호가 잘못됐데요."

아내는 울먹이고 있다. 이 교수는 고개를 끄덕이고는 아내가 가리키는 곳으로 발걸음을 옮긴다. 응급실 구석진 곳에서 신 박사가 무릎을 꿇고 심정지가 일어난 환자의 가슴을 연신 누르면서 심폐 소생 처치를 하고 있다. 총상을 입은 환자가 과다 출혈로 인해 쇼크가 온 모양이다. 한참을 헐떡이면서 심폐소생술을 하던 신 박사가 머리칼을 쓸어 올리며 허리를 편다. 잠시 환자를 내려다보더니 다시 엎드려서 환자의 눈을 뒤집어 보았다. 그가 안도의 한숨을 쉬면서 천장을 바라본다. 그러고는 곧 몸을 돌아서다가 눈앞에 서 있는 이 교수를 발견하고는 숨이 멈추어지는 듯 꼼짝

안 하고 서있다. 멍하니 이 교수를 바라보더니 머리를 떨군다. 이 교수가 다가가 신 박사를 안는다. 키가 작은 신 박사의 상체가 이 교수의 어깨에 감싸인다. 이 교수의 입에서 한마디 말이 겨우 떨리면서 나온다.

"이 친구야"

신 박사는 가만히 서있다. 먼 곳에서 친구가 찾아왔지만 그의 얼굴을 볼 자신이 없다. 얼굴을 친구의 어깨에 기댔다. 친구의 가슴에서 따뜻함이 전해진다. 그러자 가슴속에 응어리져 있는 슬픔이 갑자기 살아나서 가슴을 압박한다. 눈앞에서 하나밖에 없는 자식이 죽었지만 눈물 한 번 내지 않고, 자식의 죽음만큼 큰일들이 기다리고 있는 응급실과 수술실을 왔다 갔다 하면서 담담한 척했던 마음이 한꺼번에 무너져 내리고 있다. 복받친 울음이 저 깊은 속에서 물밀듯 올라온다. 어깨가 들썩이면서 온몸에 힘이 빠져나가는 것 같다. 울음을 참으려는 그의 어깨는 더 요동을 치고, 이 교수는 그런 친구가 안쓰러워서 더 세게 안는다. 이 교수의 눈에서도 눈물이 흐른다.

*

현수는 응급실에서 총상 환자들의 응급처치를 거들고 있다. 전남대 병원에도 한꺼번에 많은 총상 환자들이 몰리자 의대생들까지 나섰고, 현수도 의대 2년차지만 응급처치를 돕고 있는 것이다.

현수는 엊저녁 윤호가 중환자실에서 끝내 숨을 거두자 가슴을 치면서 펑펑 울고 있다가 지쳐 쓰러졌다. 주변 사람들이 나서서 현수를 응급실에 뉘었고, 그는 거기서 한숨을 자고 있어났다. 새벽에 잠을 깬 그는 멍한 얼굴로 응급실 침상에 누워 있다가 아침이 되자 전남도청이 있는 금남로로 나갔다. 도로에는 벌써 수많은 인파가 몰려서 '전두환 물러가라' 공수부대 물러가라' 등의 구호를 외치면서 시위를 벌이고 있다. 그는 맨 앞쪽에 섰다. 윤호만 생각하면 눈물이 앞을 가린다. 그는 이를 악물었다. 저 공수부대가 더 이상 광주사람들을 죽일 수 없도록 광주에서 몰아내야 된다는 생각만 든다.

오전 내내 공수부대들이 진을 치고 있는 전남도청 앞에서 목이 터져라 구호를 외쳐댔다. 공수부대 진지 확성기에서는 속히 해산하지 않으면 체포하겠다는 경고 방송이 계속 흘러나온다. 그래도 시위대는 꼼짝을 하지 않고, 오히려 도청 앞 쪽으로 조금씩 조금씩 전진하고 있다. 양측의 거리가 좁혀지면서 시위대 속에서도 긴장감이 높아진다. 군인들이 겨누고 있는 총구에서 언제 총알이 날아올지 모른다. 이미 어젯밤에 광주역 앞에서 공수부대원들이 쏜 총에 시민들 여러 명이 죽고 많은 사람들이 부상을 당했다는 얘기가 돌고 있다. 갑자기 속이 울렁거리면서 가슴이 답답해온다. 식은땀도 흐르면서 몸에 힘이 없다. 현수는 시위대에서 빠져나와 부상자를 싣고 전남대 병원으로 간다는 트럭을 얻어 타고 응급실로 들어갔다.

응급실은 어제보다 사람이 더 많아졌다. 총상 환자도 일부 있지만 대부분 곤봉과 대검, 개머리판으로 부상을 입은 시민들이 타박상이나 골절, 자상 치료를 받고 있다. 현수는 응급실에 도착하자마자 화장실에 들어가서 토했다. 조금 전 도청 앞에서 사람들이 나눠준 주먹밥을 급히 먹었는데, 아마 체한 것 같았다. 몸에서 힘이 빠지고 허기가 져서 움직일 기력이 없다. 그는 병원 앞 화단의 나무에 기대고 앉았다. 만감이 교차했다. 이런 일이 생기리라고는 꿈에도 생각하지 못했다. 세상에서 둘도 없는 친구가 가버렸다. 허탈하고 맥이 빠진다. 가슴속에서는 공수부대에 대한 분노가 가득하다. 전두환이 사람을 죽이는 군인들의 두목이라는 생각에 미치자 그는 자신도 모르게 벌떡 일어났다. 주먹을 부르르 쥐던 현수는 몇 걸음 옮기다가 다시 주저앉는다. 다시 도청 앞으로 걸어갈 기력이 없다.

한참을 그렇게 맥을 놓고 앉아있는데 갑자기 도청 쪽에서 수많은 총소리가 들려온다. 하늘을 보니 해가 중천에 떠 있다. 계속해서 들리는 총소리와 함께 헬기가 병원 건물 위를 낮게 날아서 지나간다. 한 대가 아니라 두 대가 조를 이룬 것 같이 근처를 선회하더니 도청 부근으로 날아갔다. 한 30여 분 있으니 사람들의 웅성거림이 크게 일고, 차량들이 응급실 앞으로 들이닥치고 있다. 급히 일어나 다가가보니 사람들이 트럭에서 시신과 부상자들을 내리고 있다. 응급실에서 하얀 가운을 입은 의사와 간호사들이 나와서 환자들을 살피면서 안으로 데리고 들어간다. 계속해서 차량들이 들어오고 트럭에서는 총상 환자들이 내려지고 있다. 현수는 자신도 모르게 부상자들을 옮기는 일에 나선다.

*

응급실에서 정신없이 일하던 현수는 엄마를 보고는 깜짝 놀라면서 이내 펑펑 울었다. 김지윤 여사는 아들을 토닥이면서 위로한다. 아들이 친구를 잃은 슬픔을 이기지 못하고 절망스러워하고 있는 모습이 너무 안타깝다. 한동안 울던 현수가 엄마의 오른팔이 아프다는 것을 알고는 우선 부어오른 부위에 소독을 한 뒤 부목으로 받치고 팔걸이를 만들어 줬다. 엑스레이를 찍어봐서 골절이 됐는지를 확인하고 치료를 해야 하는데 그럴 여유가 없다.

김 여사는 현수를 데리고 응급실 밖으로 나왔다. 손목시계를 보니 오후 4시가 넘어가고 있다. 대학병원 정문으로는 총상 환자들이 차에 실리거나 사람들 등에 업혀서 계속 들어오고 있다. 멀지 않은 곳에서 총소리도 계속 들린다. 응급실 한쪽에서는 헌혈을 하는 사람들이 줄지어 있다. 혈액이 부족하다는 소식에 시민들이 몰려들고 있는 것이다. 현관 한쪽 계단에 서서 김 여사가 아들에게 묻는다.

"배 안 고파?"

엄마는 아직 어린애로만 보이는 둘째 아들이 걱정이다. 얼굴이 많이 상해 있다. 하얀 가운과 옷 여기저기에 피가 묻어 얼룩져 있다. 머리는 헝클어져 있고, 초췌해 보인다.

"괜찮아, 엄마. 그런데 어떻게 오셨어요?"

"응, 사연이 많다. 천천히 얘기해줄게. 그나저나 윤호 장례는 치룰수 있는거니?"

"나도 잘 모르겠어…. 윤호…. 윤호는 아직 병원 영안실에 있나 봐요. 윤호 어머니는 어젯밤 병원에서 실신하셨다가 깨어나서 윤호 이모가 모시고 갔어. 여기가 이러니 다른 데로 옮겨서 장례를 치르시려나 봐. 엄마 윤호 불쌍해서 어떻게 해요."

현수는 얘기를 하면서도 계속 울먹인다. 그런 아들을 바라보는 엄마의 눈에서도 눈물이 흘러내린다. 현수는 정신을 차리려 손으로 눈물을 닦으며 엄마에게 말한다.

"엄마, 아버지께 인사드려야겠어요. 어디 계서요?"

현수가 울음을 그치고는 아버지 얘기를 꺼내자 김 여사는 고개를 외로 흔들면서 말한다.

"아빠 지금 정신이 없어. 나중에 인사드려도 돼."

"사모님!"

갑자기 부르는 소리에 김 여사가 고개를 돌려보니 오늘 장성 검문소 근처 마을에서 병원까지 데려다 준 청년들이 서 있다. 눈물을 얼른 훔친 김 여사가 반가운 얼굴로 맞는다.

"아니, 아직도 안 갔어요?"

청년들은 겸연쩍은 얼굴로 답한다.

"헌혈허는 사람들이 많아가꼬 시간이 쪼매 걸렸습니다. 끝나고 나서도 간호사가 바로 걸어 다니면 안 된다고 혀서 좀 누워 있다 일어났습니다. 인자 집으로 갈라고 나서는디 사모님이 보여가꼬 인사허고 갈라고요."

"그러셨군요. 고마우신 일을 또 하셨네요. 배고프지 않으세요? 오후 내내 걷고, 헌혈까지 했는데, 어디 가서 식사라도 함께 하고 가셔요."

"아니어라. 우덜은 시방 가 볼 랍니다. 아직 젊어서 쌩쌩하지라."

"그래도 그게 아닌데. 참, 현수야 이분들이 오늘 아빠하고 엄마를 여기까지 데려다 주신 고마운 분들이야. 인사 드려라."

김 여사는 현수까지 인사를 시키면서 청년들을 붙든다. 수고비는 커녕 여비도 받지 않는 청년들에게 밥이라도 먹이고 싶다. 현수가 청년들에게 꾸벅 인사를 한다.

"흰 가운 입은걸 보니께 아드님도 의사이신갑네요. 잘 생기시고 키도 크고…."

"아휴 아직 의사 아니에요. 의대 본과 2학년이라…. 여기서 이렇게 아니라 우리 어디가서 식사라도 해요."

"엄마 식사하려면 집으로 가야해. 그런데 윤호 엄마도 집에 안 계셔서…."

현수는 말을 멈춘다. 밥을 먹으러 신 박사님 집으로 가는 것이 죽은 윤호와 신 박사님과 사모님에게 미안한 마음이 들어서이다. 그런 아들의 마음을 금방 헤아린 엄마는 현수와 청년들을 번갈아 쳐다보며 말한다.

"현수야, 마음은 알겠는데 이럴수록 정신 차리고 힘내야 해! 너 옷도 좀 갈아입어야 하고 형들도 먼 길 가려면 요기를 해야지. 헌혈까지 했는데 저녁도 못 먹고 어떻게 몇 시간을 걸어 장성까지 가겠니?"

엄마의 말이 맞는데도 현수 입에서는 대답이 나오지 않는다.

"여기서 전대 정문까지 얼마나 걸릴라나? 정문 앞쪽 동네가 신 박사님 댁이지?"

"돌아서 가야 하니까 한 시간은 걸릴 텐데."

김 여사는 고민한다. 한 시간 가량 되는 거리면서 군인들이 있는 곳이기도 하다면 현수하고 둘이서 가는 것은 어렵다. 그렇다고 병원에 있을 수도 없다. 저녁밥도 해결해야 하고, 본인이라도 정신을 고쳐 잡아야 한다는 여러 생각이 든다. 남편은 병원에서 숙식을 해결할 것이다. 힘들더라도 아들을 위해선 집에 가야 할 것 같다. 신 박사 사모님은 자기 여동생 집으로 갔다니 집에는 아무도 없는 것이다. 미안하지만 어쩔 수 없다.

김 여사의 눈길이 청년들에게로 향했는데 공교롭게 그녀를 힐끗 쳐다보던 기노준의 눈길과 마주친다. 기노준이 먼저 말한다.

"저, 사모님 우덜은 괜찮어라."

"아니, 그것보다 아무래도 전대 앞에 있는 집으로 가는 길이 둘이서 가는 게 겁도 나고 무리일 것 같아서요. 죄송하지만 저희랑 같이 가 주실수 있겠어요? 우리집은 아니지만 가서 간단히 요기도 하고 가셔요."

김 여사가 미안한 마음을 가득 담아서 청년들에게 부탁한다.

"아, 그람 우덜이 모셔다드리것습니다. 그라고 밥은 안 먹어도 괜찮어라. 어차피 가는 길이니께 같이 가요 ."

기노준이 시원스레 대답을 한다.

김 여사가 응급실로 들어가서 정신없이 환자들을 돌보고 있는 이 교수에게 중홍동 신 박사님 집으로 가겠노라고 얘기를 하고는 가방을 들고 총총 응급실을 나온다.

전남대 병원에서 전남대 정문 앞쪽에 있는 중홍동으로 가는 길은 위험하다. 여기저기서 총을 든 시민군들이 트럭을 타고 다니거나 걸어 다녔고, 멀지 않은 곳에서 총소리가 들린다. 김 여사는 무서움이 일었지만 아들 앞에서 걷던 그녀는 두려움 없는 얼굴을 하려 애쓴다.

일행은 큰 길가로 가지 않고 가급적 골목길을 택하며 건물 벽에 바짝 붙어서 걷는다. 30여 분을 걸었을 때 현수가 기노준의 옆으로 가 길 안내를 한다. 40분쯤 더 걸어 거의 다 왔을 성 싶은 생각이 드는데 멀지 않은 곳에서 함성소리와 함께 총소리가 들려온다. 일행은 긴장한 얼굴로 천천히 주위를 살피면서 걸었다. 골목길을 이리저리 돌아서 나와 조금 큰 길을 건너려는데 현수의 목소리가 들린다.

"엄마, 거의 다 왔어. 이 길만 건너면 돼."

"응, 그래. 조심히 가자."

김 여사의 말이 채 끝나기도 전에 백 미터도 떨어지지 않는 곳에서 '탕 탕 탕'하는 총소리가 들리고, 사람들이 후다닥 뛰는 소리가 들린다. 일행의 눈길이 모두 그쪽으로 향한다. 이쪽으로 뛰던 사람들 몇 명이 쓰러진다. 몸을 낮추고 그 장면을 바라보고 있던 기노준과 박성재의 몸이 순간 움찔했다. 아스팔트 바닥에 넘어진 네댓 사람들 중 두 사람이 다시 일어서려고 손을 허우적거리는 것이 보인다. 총상을 입고 살려달라고 하는 것이다. 그 모습을 본 현수도 다리에 힘이 들어갔다. 삼십 미터 앞에서 사람이 몸을 비틀며 신음하고 있다. 저 사람들을 데려와 살려야 한다는 생각이 든다. 앞으로 뛰어나가려는 순간 현수 옆에서 누군가가 획 하고 나아갔다. 기노준이다. 그의 뒤로 박성재가 튀어나간다. 힘을 얻은 현수도 앞으로 달려 나간다. 아들 현수가 앞으로 나가는 것을 붙잡으려던 김 여사도 엉겁결에 앞으로 달린다.

다시 총소리가 들리고 맨 앞에 뛰어가던 기노준은 앞으로 고꾸라진다. 뒤따르던 박성재가 달려가 일으키려 한다. 기노준은 끙끙거리면서 일어서는데 다리에 힘이 없는지 다시 쓰러지려 한다. 박성재가 기노준의 어깨를 잡고 도로가로 끌었다. 현수는 앞서 달려 나가던 기노준이 앞에서 쓰러지자 멈칫했다. 앞으로 가야 할지 말아야 할지 순간 망설인다. 총소리가 들리면서 갑자기 무릎이 뜨끔하다. 이어서 묵직한 철퇴가 때리는 느낌이 오면서 그 자리에 주저앉는다.

김 여사는 아들의 뒤를 쫓았지만 잡을 수 없다. 달리다 팔걸이가 거추장스러워서 벗어버린다. 오른팔에 통증이 심하게 온다. 총소리가 들리고 달려가던 아들이 주저앉는 것이 보인다. 김 여사는 아들을 향해 내달려서 주저앉아있는 아들의 상반신을 덮치듯 몸으로 감쌌다. 또 여러 발의 총소리가 들리면서 김 여사의 등으로 송곳 같은 것 두어 개가 순식간에 헤집고 들어온다. 뻐근해지던 등짝에서 무언가 빠져나가는 느낌이 들면서 숨이 막혀온다. 기침이 나와 쿨럭 거리며 입에서 무언가를 토해낸다. 그녀는 안간힘을 내서 현수를 품안으로 끌어안으면서 두 손으로 깍지를 끼었다. 아들을 품에 안은 그녀의 귀가 먹먹해지면서 점차 소리들이 희미해지고 있다.

아스라한 먼 하늘에서 비행기 한 대가 날아오고 있다. 그녀는 오른손으로 엄마의 손을 꼭 잡고, 왼손으로는 아홉 살 난 남동생의 손을 꼭 쥐고는 엎드렸다. 절대 떨어지면 안 된다는 아버지의 목소리가 들린다. 갑자기 '콰과광' 하는 굉음이 들리고 천지가 뒤집어지는 듯 땅이 쑥 올라왔다가 내려왔다. 몸이 둥실 뜨는가 싶더니 옆으로 떨어져 구른다. 이어서 우박이 떨어지는 소리가 수없이 들린다. 엄마를 잡은 오른손도, 동생을 잡은 왼손에도 어느 순간부터인지 아무것도 잡히지 않아 혼자 허우적댔다. 앞에서 동생이 '누나'하고 부르고 있다. '까르르' 웃으면서 어서 오라고 손짓을 한다. 동생 옆에서 엄마가 우는지 웃는지 분간이 안 되는 얼굴로 바라보고 있다. 그녀가 일어서려는데 깍지를 낀 손 안쪽으로 무언가 꽉 안겨있다. 팔이 풀리지 않는다. 아들이 품 안에 있는 것이다. 그녀는 동생과 엄마를 한 번 바라보고는 아들의 보드라운 뺨에 힘없이 얼굴을 대었다. 그녀의 감긴 눈가에는 눈물 줄기가 흘러내리고 있다.

박성재는 기노준을 끌고 도로변까지 나왔다가 다른 사람들의 도움을 받아 바로 옆 골목으로 함께 피신했다. 계속 들리던 총소리가 멈추더니 공수부대원들이 몰려나온다. 그들은 M16 소총을 겨누면서 거침없이 다가오더니 쓰러져 있는 사람들을 살피고 있다. 사주경계를 하는 군인들은 골목길과 주택가 쪽으로 간간이 총을 쏘아대었고, 시민들 쪽에서는 총 소리 한 방 들리지 않는다. 공수부대원들이 시민들에게 일방적으로 총을 쏘아대고 있는 것이다.

기노준은 종아리에 총을 맞았다. 다리가 덜렁거리는 것을 보니 뼈가 부러진 것이다. 셔츠를 찢어서 지혈을 시키고, 가로수 가지를 꺾어 부목을 만들어 댔다. 그러면서 아까 쓰러진 학생과 사모님을 바라봤다. 공수부대원들이 대검으로 사모님의 팔을 자르고 있다. 엄마가 아들을 꼭 껴안고 죽어서 분리를 시키려는 것 같다. 떨어진 팔을 내 던지고는 엄마와 아들을 끌고 가서 대기하고 있는 트럭에 싣고는 떠나간다. 박성재는 속에서 천불이 일어났다. 총만 있으면 공수부대를 향해서 돌진하고 싶었다. 그러나 고통스러워하고 있는 기노준을 우선 살려야 한다. 누군가 리어카를 끌고 왔다. 사람들과 함께 기노준을 싣고 병원을 찾아 달린다. 그의 눈에는 공수부대에 대한 분노로 인해 광기가 어리기 시작했다.

*

19일 저녁

이태수 일병이 속한 3공수여단은 서울 청량리에서 군용열차를 탔다. 항상 그렇듯이 작전지역으로 이동 도중에 임무 지시가 떨어진다. 지대장은 열차 안에서 전라도 광주에서 북괴의 지령을 받은 불순분자들이 무장폭동을 일으켜서 진압을 하러 가니 임무 수행에 만전을 기하라고 말한다.

태수를 비롯한 부대원들은 긴장했다. 그동안 낙하를 비롯한 고도의 훈련을 받아왔지만 막상 적군과 맞닥뜨려서 전투를 수행한 경험은 없다. 시가전을 치르는 것인지, 아니면 폭동을 진압한다는 것인지 알 수 없다. 막연한 불안감이 대원들 사이로 흘러 다닌다. 몇 달 전부터는 특이하게 충정 훈련을 받아왔다. 데모를 진압한다는 것인데, 유사시 적지에 침투해서 게릴라전을 펴는 공수부대에게 데모 진압훈련을 시키는 것이 도무지 이해되지 않았다. 의아해하면서도 대원들 누구도 토를 달지는 못한다.

20일 아침

광주역에 내려 숙영지인 전남대로 이동했다. 광주 현지 부대인 31사단이 제공한 수송 트럭을 타고 시내를 지나는데 시가지가 온통 난장판이다. 여기저기 불타다 남은 잔해들이 널려있고 도로에는 온통 깨진 돌멩이와 보도블록이 널려 있다. 시가지 곳곳에서는 아침인데도 사람들이 모여서 집회를 하고 있는데 귀를 기울여보니 '전두환 물러가라'는 구호가 들린다. 트럭의 맨 앞에는 31사단 헌병대 차량이 인도를 하고 있는데, 곳곳의 시위대에 막혀 당초 예정된 길이 아닌 다른 길을 이용해서 전남대로 들어갔다. 도착하자마자 아침식사를 마치고 곧바로 시내에 투입된다. 태수를 비롯한 부대원들은 철모에 방독면을 쓰고, 어깨에는 M16 소총을 멨다. 진압작전에 들어가기 직전에는 대검을 착검한다. 손에는 충정 훈련 때부터 손에 익힌 곤봉을 든다. 말이 곤봉이지 박달나무로 만든 몽둥이다.

처음에 금남로 일대에 배치된 태수의 부대는 오후부터 시위대와 공방을 벌인다. 광주공용터미널에 투입된 태수는 화염방사기를 등에 지고 최루가스를 쏘아 보내는 작전을 벌인다. 운집해 있는 시위대에게 대량으로 가스를 살포하는데 화염방사기가 유용하다. 시민들은 육탄이거나 기껏해야 각목을 들고 덤볐으며, 그런 시위대를 공수부대원들은 곤봉과 개머리판, 대검으로 공격해서 쓰러뜨리고는 체포한다. 입대 8개월 차인 태수는 군기가 바짝 들어 있다. 고참들이 시키는 것은 무조건 실행했다. 그러나 멀쩡한 시민들을 폭행하고, 심지어 살상하는 행위에는 자기도 모르게 얼굴을 찡그린다. 그렇지만 개인감정을 느낄 여유가 없다. 잠시라도 최루가스 살포 행동이 주춤하면 뒤에서 고참의 욕설이 여지없이 날아온다. 어떤 때는 하사관의 곤봉이 철모에 내려쳐진다.

해 질 무렵이 되면서 시위가 더 과열되자 광주역으로 재배치된다. 태수는 허기를 느낀다. 7시가 훨씬 넘었는데, 여단본부가 숙영하고 있는 전남대에서 식사를 마련해 이쪽으로 와야 할 수송 트럭이 도착하지 않고 있다. 종일 시위대와 공방을 벌이고 있던 부대원들의 불만이 쌓여가고 있다.

갑자기 대대장이 출동을 명령한다. 식사 보급 차량이 5백 미터 떨어진 곳에서 시위대에 막혀 오지 못하고 있다는 것이다. 태수가 속한 지대도 차출됐다. 출동해보니 시위대 2천여 명이 식사 보급 차량인 2.5톤 군용트럭 2대를 가로막고 있다. 최루탄을 쏘면서 치고 들어간다. 시위대가 주춤하는 사이 대검을 착검한 총과 곤봉을 앞세우고 3공수 대원들이 돌격한다. 시위대가 물러나면서 길이 트인다. 여기저기서 공수부대원들에게 맞고 찔리고 짓밟힌 시민들의 신음소리가 들린다. 태수는 앞으로 걸어가면서 최루가스를 마구 쏟아낸다. 아무 생각이 들지 않는다. 뒤통수가 멍해지는 충격이 가해오자 태수가 작동을 멈춘다.

정신 차리라는 소리와 함께 고참인 김인수 하사의 군홧발이 정강이를 강타한다. "헉" 소리와 함께 태수의 허리가 꺾이다가 반듯하게 다시 일어선다. 다리가 얼얼하다.

"이 새끼가 어디다 쏘는거야? 정신 안차려?"

귀청을 때리는 소리다. 항상 듣는 놈의 목소리다. 내무반에서도, 훈련장에서도, 작전 중에도, 쇳소리 같은 그놈의 목소리는 여전하다. 툭하면 주먹질이고 정강이를 걸어차면서 괴롭히는 악마 같은 놈이다. 빨리 시간이 가고 세월이 흘러야 이놈의 손아귀에서 벗어날 것이다. 태수는 항상 그렇게 생각하면서 나날이 시간을 세어 왔다.

"이 새끼가 먹물을 많이 쳐 먹어서 그런가? 왜 이렇게 병신 같은 짓을 하는 거야? 너 이따가 들어가서 봐."

놈은 다시 악담을 퍼 붙는다. 그래 좀 얻어터지면 그만이다. 태수는 이를 악문다. 맞는 것은 이제 이골이 났다. 식사가 실린 차량을 되찾아 다시 광주역으로 돌아왔지만 갈수록 시위대 숫자가 불어난다. 시위대는 화염병과 돌멩이로 공격을 해 온다. 광주역을 포위한 시위대들이 시시각각 조여들고 있다.

시위대가 많아지자 여단본부에서 실탄이 분배되었다. 대원들은 긴장한다. 시위대의 숫자와 기세로 보아 곧 진지가 돌파될 것으로 보인다. 경계를 하고 있는 동료들의 목구멍에서 침이 넘어가는 소리가 들린다.

밤이 깊어지면서 시위대의 공격이 더 거세진다. 화염병이 바로 앞에서 터지면서 불꽃을 일으킨다. 불꽃 사이로 엄마의 얼굴이 보인다. 항상 조용하고 말씀이 없으신 아버지의 모습과 동생 현수 그리고 여동생 신애의 싱글거리는 웃고 있는 얼굴도 보인다. 갑자기 시위대 쪽에서 엄청난 함성이 들리면서 여기저기서 화염병이 잇달아 터진다.

"사격! 사격하라!"

지휘관의 외침이 들리자 여기저기서 사격하라는 중간 지휘관들의 목소리가 터져 나온다. 방아쇠에 손가락을 걸고 있던 태수는 자기도 모르게 방아쇠를 당긴다. 총신이 번쩍 들린다. 어깨에 개머리판을 제대로 대고 있지 않은 상태에서 격발하자 반동으로 총이 들린 것이다. 옆에서 "탕 탕 탕 탕 탕 탕"하는 소리가 연이어 들린다. 시위대 맨 앞에 선 사람들이 쓰러지는 것이 보인다. 마치 낫에 베인 풀잎처럼 그 자리에서 고꾸라진다. 사람들이 순식간에 흩어진다. 설마 총을 쏘리라고는 생각하지 못했는지 어떤 사람들은 도로에 그대로 멍하니 서 있다. 순식간의 일이다.

사람들이 등을 보이고 달아나자 "사격 중지!" "사격 중지!"라는 소리가 여기저기서 들린다. 태수는 시선을 떨구었다. 사람들을 향해 총을 쏘았다는 사실이 믿어지지 않는다. 단 한 발이지만, 총알이 사람에게 맞았는지 알 수 없지만, 분명히 사람을 향해 총을 쏘았다. 명령을 따르는 군인의 신분이지만 눈앞에 있는 사람들은 총을 든 적군이 아니다. 서로 어깨동무를 하고 있는 시민들이다. 젊은이들만 있는 것이 아니라 어린 학생부터 여학생, 할아버지까지 일반 사람들이다. 저들이 북괴가 보낸 불순분자고 간첩이란 말인가. 내가 지금 무슨 짓을 하고 있는가. 몸에 힘이 빠져서 총을 내려놓는다. 문득 고참인 김인수 하사의 목소리가 들리지 않아 고개를 들고 주위를 바라본다. 김 하사는 아직도 달아나고 있는 시위대를 향해 이리저리 조준을 하고 있다. 그러나 그의 총구에서 총알은 더 이상 나가지 않고 있다.

그날 밤 광주역 앞에서 공수부대의 총격이 있은 뒤, 시내에 있던 3공수여단 소속 부대들이 모두 광주역으로 모였다. 시위대가 이젠 목숨을 불사하고 불나방처럼 공수부대에게 덤비면서 점차 공수부대가 밀리고 있다.

광주역 사수가 어려워지자 여단본부에서는 전남대로 철수를 명령한다. 도망치듯 퇴각을 하면서 아무데나 총을 갈겨댔다. 가로등이 모두 꺼져있는 시내는 암흑천지다. 여기저기서 나는 총소리와 함께 시위대가 모는 차량의 경적들, 시위대의 함성소리가 컴컴한 광주의 밤공기를 흔들고 있다. 전남대 숙영지에 도착해 보니 새벽 4시다.

겨우 몇 시간 동안 눈을 붙인 태수는 아침이 되자 전남대 후문 쪽으로 배치된다. 후문 쪽에도 시위대가 있지만 무력진압 지시는 아직 없다. 경계를 서고 있던 태수는 아무런 표정 없이 시위대 모습을 물끄러미 바라보고 있다. 내 동생 현수는 데모대에 가담하지 않아야 할 텐데 걱정이다.

태수는 총을 들고 있는 자신의 모습이 꿈만 같다. 어쩌다 이렇게 돼 버렸나? 서울대 의대에 다니던 그는 학생운동과는 담을 쌓고 있었다. 공부에만 전념했다. 장학금도 받으면서 부모님의 바람에 부응했다. 3학년에 오른 작년 초봄의 어느 날, 학교 도서관으로 향하는데 교문에서 야무지게 생긴 여학생이 유인물을 한 장 건넨다. 그날은 그 여학생의 눈에서 간절한 그 무엇이 비치는 것 같아서 평소 같지 않게 호주머니에 넣는다. 곧 무슨 소리가 들려서 뒤돌아보니 몇 사람의 사내들이 그 여학생을 붙들어가고 있다. 공부를 하는데 자꾸만 끌려가는 여학생의 눈빛이 생각이 난다. 종이를 꺼내 읽는다.

'학우들이여'라고 시작된 유인물에는 '박정희 독재 정권을 타도하자'는 내용과 함께 많은 '민주 학우들이 긴급조치 위반으로 끌려가서 고문을 당하고 있다'는 내용이 들어있다. 태수의 눈길을 가장 많이 끄는 대목의 글은 '18년의 장기독재정권동안 우리는 많은 것을 잃었다. 민주주의도 잃었고, 민족자존심도 잃었다. 언론과 집회의 자유도 없다. 고문으로 국민들의 인권이 짓밟히고 있다. 게다가 일본군 장교였던 친일파 박정희는 굴욕적인 한일회담을 열어서 일제로부터 터무니없이 적은 액수의 보상금을 받아내면서도 36년 동안의 살인과 탄압, 강압적 수탈과 전쟁 동원 등 일제의 잘못을 사죄 받지도 못했다.'는 부분이다.

태수는 글을 읽으면서 마음속 저 편에서 무언가 꿈틀거리는 것을 느꼈다. 고개를 들고 주위를 살펴본다. 마치 무슨 못된 짓을 하다 들킬 것을 염려하는 사람처럼 마음이 불안해진다. 유인물을 손에 쥐고 눈을 감는다.

태수는 자라오면서 친인척이 없는 것이 이상했다. 외가도 없고, 거기다가 친가 쪽 친척도 없다. 남들은 명절 때나 휴가철이 되면 고향을 간다고 하거나 친척들을 만난다고 하는데 태수네 집은 오히려 명절이 한가하다.

어머니는 이북에서 피난을 오다 비행기 폭격으로 부모님들은 돌아가시고 형제들도 모두 죽었다고 얘기를 해 주셨다. 그래서 외할아버지와 외할머니 제사는 2월 한날에 지낸다. 그런데 아버지는 아무런 말씀도 안 하신다. 단지 일본에서 공부를 하고 한국에 왔다는 말씀 외에는 할아버지를 비롯한 부모형제에 대해서 언급이 없으셨다. 중학교 다닐 때 한 번 여쭤본 적이 있었는데 아버지는 더 크면 얘기해 준다는 말씀만 하셨다. 태수가 고등학교 졸업반이던 겨울, 대학 입학시험을 끝내놓고 집에서 하릴없이 놀다가 읽어볼 만한 책을 찾아보려고 아버지 서재에 들어갔다. 그중 채만식 선생의 '치숙'이라는 작품이 있었는데 젊은 주인공은 스스로 내지인, 즉 일본인으로 살아가는 것이 소원이고 꿈인 젊은이다. 주인공은 당시 일제가 취하는 우민화 정책을 그대로 따르고 있으면서 고모부를 노골적으로 책망하는 장면이 담겨있다. 그런데 소설이 끝나는 부분에 일본어로 무언가 쓰여 있다.

'日帝時代 朝鮮人は大変だった。それでも親日派は多くなかっ

た。 父親が親日派であることは永遠に恥ずかしいことだ'

낙서처럼 휘갈겨 썼지만 아버지가 오래 전 쓴 글씨 같았다. 태수는 한문이 섞인 일본말을 대충 읽으면서 뭔가 이상한 느낌이 들었다. 일제시대, 부친, 친일파, 수치스럽다 할 때 쓰는 치자도 보인다. 그는 자기 방으로 달려가서 일본어 사전을 가지고 글씨를 해석해 본다. 가슴이 두근거리기 시작했다. 낙서에 대한 해석이 다 끝나갈 무렵 태수는 두 손으로 얼굴을 감쌌다. 아버지의 글씨가 분명하다면 할아버지는 친일파라는 말인가?

그는 소설책을 덮어서 제자리에 꽂아 놓고 서재를 나온다. 그날부터 태수의 머릿속에는 한동안 친일파의 자손이라는 불편함이 자리 잡았다. 자랑스러워할 일도 아닌 것을 가지고 누구에게 물어볼 수도 없다. 어머니나 아버지에게는 더더욱 여쭤볼 수 없는 일이다. 아버지도 그런 것 때문에 할아버지에 대한 얘기를 하지 않고 계시는 건가? 그러나 이는 태수 자신의 추측뿐, 아무것도 확인되지도 않았고 확인할 수도 없는 것이다. 며칠 동안 속앓이를 하던 태수는 마음을 털기로 했다. 아버지가 아닌 다른 사람이 쓴 것일지도 모른다는 생각이 들자 이상하게 그럴 것이라는 확신이 강하게 든다. 그러자 마음이 편해지고, 낙서 내용은 점차 잊혀졌다.

그런데 그 여학생이 준 유인물의 내용에 들어있는 '친일파'라는 단어가 태수의 마음속 깊이 가라앉아 있던 아버지 책속의 낙서 문제를 끄집어내고 있다.

그 해 7월, 태수는 학생 데모대 속에 들어가 있는 자신을 발견한다. 그
러면서 그는 할아버지의 친일을 정확히 알아보고 싶었다. 그러나 어디서
그런 자료를 찾는다는 말인가? 고민하던 그는 다시 아버지의 서재를 찾
는다. 서재 이곳저곳을 들춰보던 태수가 무심코 열어본 벽장에 사과 궤짝
하나가 있다. 상자 안에는 오랜 된 사진들이 붙어있는 사진첩이 있고, 노
트가 여러 권 있다. 한국어와 일본어를 혼용해서 쓴 일기장이 눈에 들어
와 들춰봤더니 아버지가 대학에 다닐 때 쓴 일기이다. 바로 거기에 태수
가 궁금해하는 얘기들이 쓰여있다. 아버지의 필체로 쓰인 노트에는 할아
버지의 친일 행각이 부끄럽다는 내용이 담겨있다.

아버지의 친일 행각이 부끄럽다. 아버지는 해방이 되자 나와 동생
을 데리고 일본으로 도피해서 일본인으로 살 것을 강요했다. 그것은 민
족과 조국에 죄를 짓는 짓이라는 생각을 망각한듯 했다.

다른 노트에는 이렇게 적혀 있었다.

동경 의대를 졸업해서 앞날이 활짝 열려있지만 조국으로 돌아와서
기쁘다. 앞으로 조국을 위해 의료인으로서 최선을 다하겠다. 그것이
아버지의 친일을 다소나마 속죄하는 길이다.

라고 쓰여있다.

태수는 아버지의 노트를 손에서 놓아 버린다. 설마 했으면서도 제발 그러지 않기를 바랐는데 할아버지가 친일파라는 사실은 이제 확실해진 것이다. 그는 뒤늦게 사회문제에 관심을 갖고서 학생운동에 나섰지만 부끄럽기 짝이 없다. 어떻게 친일파의 자손이 이 땅에서 멀쩡하게 잘 먹고 잘 살기를 바랐는지 자신에게 화가 치밀었다. 그 후 태수는 한동안 부끄러움에 서클 동료들도 만나지 못했다. 아무데도 맘을 붙일 곳이 없다고 생각한 태수는 군 입대를 결심했다. 군대라도 다녀온 뒤 무엇을 하면서 어떻게 살까를 고민하고 결정하겠다는 생각이다. 부모님께는 얘기도 안 하고 입대를 했다. 어머니의 성화로 어렸을 때부터 태권도를 익혀 초단 자격까지 따 놓았더니 그것으로 공수부대에 차출된다. 입대 후 아직까지 집에 편지 한 장 부치지 않았다. 아마도 아버지는 큰 아들이 왜 갑자기 집을 나가고, 또 군에 자원입대를 했는지 아실 것이다. 아버지도 그랬던 것처럼.

*

21일 오전 10시

태수가 경계를 서고 있는 전남대 후문 쪽으로도 시위대가 몰려들고 있다. 그런데 여단본부에서 '후문에 있는 일부 병력을 정문으로 이동하라'는 지시가 내려온다. 태수도 이동 병력에 포함돼 정문으로 재배치된다. 시위대는 정문과 후문, 농대 후문 등 세 방향에서 다가오고 있는데 정문 쪽에 더 많은 인파가 있어 보인다. 어젯밤 시위대를 향해서 총을 쏴 본 공수부대원들은 담담하면서도 충혈된 눈으로 시위대를 노려보며 총구를 겨누고 있다.

오전 11시

시위대 대표들과 협상을 했지만 결렬됐다. 시위대는 '공수부대들이 잡아놓고 있는 수백 명의 시민들을 풀어주고 무조건 전남대에서 철수하라'고 요구하고 있다. 공수부대는 처음부터 후퇴할 생각이 없었고, 지휘부와 연결된 무전기에서는 더욱더 경계를 철저히 하라는 말만 들린다.

오후 12시

양측 간 팽팽한 긴장이 감돈다. 금방 터질 것 같고, 시위대의 함성은 천지를 진동하는 듯하다. 시위대를 향해 총부리를 겨누고 있는 공수부대원의 얼굴에도 두려움이 엿보인다. 태수는 등에 최루가스를 뿌리기 위한 화염방사기를 지고 있다. 시간이 갈수록 시위대와 공수부대와의 사이가 더 줄어들고 있다.

오후 1시 무렵

갑자기 뒤쪽에서 "사격!" 고함 소리가 들리더니 여기저기서 총을 쏘기 시작한다. 이어서 지랄탄이 시위대쪽으로 날아간다. 시위대가 놀라 흩어지기 시작한다. 비명이 터져 나오고, 쏘지마라는 고함소리도 들린다. 시민들은 총소리에 놀라고, 여기저기서 총을 맞고 쓰러지는 사람들이 많아지자 공포에 떤다. 시민들은 처음에는 공포탄인줄 알았다가 사람들이 총에 맞아 피를 흘리는 모습을 보고서는 아연 실색한다. "돌격! 모조리 체포하라!" 지휘관의 녕령소리가 들린다.

태수도 화염방사기를 벗어놓고 앞으로 달렸다. 방독면을 착용한 공수부대원들은 죽어있는 시민들은 버려두고, 총에 맞아 쓰러져 있는 시민들을 붙잡아 끌고 온다. 미처 피하지 못한 시민들도 곤봉과 개머리판으로 사정없이 내리치고 대검으로 찔러 붙잡는다. 태수는 시체와 체포된 시민들을 트럭에 태우는 임무를 맡았다. 한차례 집단 발포와 체포가 끝난 뒤 잠시 소강상태를 이루자 시위대가 다시 서서히 몰려들기 시작한다.

다시 총소리가 들리고 최루탄이 날아간다. 공수부대원들이 총을 앞세우고 달려 나간다. 이번에는 공수부대원들이 도로를 건너서 인근 사무실과 주택가까지 들이닥친다. 시위를 벌였다고 생각되는 사람들은 무조건 연행하라는 명령을 받았다. 반항하면 초죽음이 되도록 두들겨 패거나 대검으로 찔러버린다. 도망치는 사람은 뒤에서 총으로 갈겨 버리기도 한다.

태수는 죽거나 부상을 당한 시민들 수십 명을 전남대 교정의 강당으로 이송하는 임무를 수행한다. 복부에 총을 맞아 숨이 끊어질 듯 헐떡거리는 사람도 있고, 다리에 총상을 입고 고통에 겨워 울부짖는 사람도 있다. 곤봉에 머리를 맞아 얼굴이 함몰된 사람도 있다. 강당에는 이미 어젯밤과 오전에 붙잡혀 온 시민 130여 명 가량이 있다. 이들은 공수부대원들이 총을 겨누며 지키고 있는 상황에서 부상을 입은 사람들을 돌볼 수도 없다. 체포되어 있는 시민들은 사냥터에서 붙잡혀 온 짐승들처럼 공포에 질린 눈빛으로 떨고 있다.

아비규환의 상황이 서너 시간 동안이나 반복된다. 시위대들이 다시 모여들면서 분노에 찬 외침이 들린다. 시민들은 발을 동동 구르면서 악을 쓴다.

"야, 이 개새끼들아! 느그들이 사람이냐? 사람 좀 그만 죽여라! 잡어 간 사람들을 내 놓아라!"

절규하는 소리가 태수의 귀에 들린다. 태수는 차라리 귀를 닫고 싶다. 갑자기 지대장들을 소집해서 회의를 한다. 곧이어 중대장들까지 소집되고, 이어서 "철수를 준비하라"는 명령이 떨어진다. 태수는 한숨을 내쉰다. 더 이상 학살은 이어지지 않을거라는 안도의 한숨이다.

오후 4시

철수가 시작된다. 총소리가 간간이 들리기는 하지만 전남대 앞과 전남도청 인근에서 들리던 집단 발포 소리는 많이 줄었다. 태수는 1차 후퇴 조에 편성된다. 목적지는 광주교도소이다. 포승줄로 묶인 시민들 20여명과 시체 서너 구를 트럭에 싣고 전남대 교정을 출발했다.

그 시각 이후에도 전남대 정문 앞과 후문 쪽에서는 시위대를 체포하려는 공수부대의 발포 소리와 고함소리가 진동했다. 철수작전의 원활을 위해 상공에서는 헬기가 위협사격을 하면서 날아다녔고, 퇴로 주변에서는 공수부대원들의 무차별 총질이 계속된다.

광주교도소에 도착한 이태수 일병은 M16 소총은 나무에 기대 세워놓고서 열심히 곡괭이질과 삽질을 한다. 참호를 파는 것이 아니라 시체를 묻는 일이다. 3인 1조로 임무를 부여받아 광주 시내에서 사살해 실어온 시민들을 교도소 담장 옆에 임시로 묻는 작업을 하고 있다. 교도소 건물에서 좀 떨어져 있으며, 나무로 가려져 있어서 으슥해 보이는 장소이다.

여단본부에서는 진압현장에서 발생한 폭도 사상자는 가급적 데려오도록 명령했다. 은폐하기 위한 조처다.

시체는 남녀노소가 다 있다. 10대 소년부터 70대 할아버지까지, 젊은 여자도 있고, 건장한 젊은이도 있다. 대부분 총상을 입고 죽은 사람들이고, 간간이 자상으로 인한 사망자도 보인다.

먼저 구덩이를 여러 개 파놓고 나중에 시체를 밀어 넣는다. 가매장이라서 구덩이를 깊게 파지 않는다. 그보다 먼저 시체가 도착하면 죽었는지 다시 확인을 한다. 만약 아직 목숨이 붙어있으면 그 자리에서 확인사살을 해서 매장하라는 상부의 엄명이다. 신원확인 절차도 없다. 그저 동물의 사체를 묻는 것처럼 작업을 할 뿐이다. 한구, 한구의 시체를 묻어가면서 태수는 처음과는 달리 아무런 감정이 일지 않는 자신을 발견한다. 야수가 되어가고 있는 것이다. 교도소 담장 옆으로 벌써 많은 시체들이 묻히고 있다. 앞으로 계속 들어올 시체를 묻기 위해서 땅 파는 작업은 12명의 공수부대원이 함께 하다가 대부분 철수했다.

오후 6시

"야, 먹물, 좀 쉬었다 하자."

고참인 김인수 하사의 목소리다. 셋이서 시체 묻는 작업을 위해 흙을 정리하다가 선임인 최영호 중사는 쉬고 오겠다며 들어가고, 김 하사는 자기가 힘들어서 그런지 태수에게 좀 쉬라고 한다. 손목시계를 보니 오후 6시 40분이 넘어가고 있다. 해가 곧 질 것 같다.

교도소 정문 쪽에서 차량들의 부르릉 거리는 소리가 들려온다. 다른 철수조가 도착한 모양이다. 조금 후 2.5톤 군용트럭 한 대가 이쪽으로 오더니 대원들이 시체 네 구를 내려놓는다. 불과 20여 미터밖에 되지 않지만 나무에 가려 잘 보이지는 않는다. 그쪽으로 가서 시체를 끌어오려는데 건물 쪽에서 부르는 소리가 난다.

"야, 김 하사. 밥 먹어라."

선임인 최영호 중사의 목소리다. 김 하사가 이태수 일병을 바라보면서 말한다.

"먹물, 시체 보면 밥맛 떨어지니까 먼저 먹고 와서 다시 작업하자."

그러고는 들고 있던 삽을 내던지고는 앞장선다. 태수도 삽을 땅에 찍어서 꽂아 놓고는 총을 들고 김 하사의 뒤를 따른다. 태수는 시체가 놓여있는 곳을 한 번 힐끗 바라보고는 발걸음을 서둘렀다. 묘하게 시체가 마음에 거슬린다. 전투식량으로 식사를 후다닥 마치고 담배를 피우면서 휴식을 취하다 보니 어느새 빨간 노을이 퍼지고 있다.

"김 하사. 밥 먹었으면 어두워지기 전에 나머지 매장하고 와"

최 중사의 명령이다. 이태수 일병은 김 하사와 함께 총을 메고 다시 교도소 담장으로 이동한다.

"최 중사 이 개새끼는 손 하나 까딱 안 하고 우리한테만 시키는 거야?"

김 하사가 열이 받는지 욕을 해댄다. 금방 어둑해지려 한다. 김 하사는 으스스한 기분이 드는지 어깨를 움츠린다. 파 놓은 구덩이를 살핀 후에 들것을 갖고 시체가 있는 곳으로 이동한다.

네 구의 시체 중 한 구는 여자이다. 머리칼이 얼굴을 덮고 있어서 나이를 짐작할 수 없고, 한 쪽 팔이 팔꿈치부터 잘려 나갔다. 매장을 하면서 신원을 확인할 필요가 없었지만 태수는 시체의 얼굴을 보면서 나이를 가늠해 본다. 시체상태를 대충 살펴보면서 사망원인도 유추해 본다. 의대생 출신이면서 의무병인 태수에게는 자연스러운 것이다.

"새꺄, 뭘 보고 있어? 빨리 처리하자. 어째 기분이 별로다."

김 하사가 칵하더니 가래침을 내 뱉는다.

"네, 알겠습니다."

태수가 들것을 땅바닥에 놓고 여자의 시체를 들어 옮기려는데 몸이 싸하면서 이상한 기분이 들었다. 피가 엉겨 붙은 하늘색 블라우스가 어디서 본 듯했다. 베이지색 바지도 낯설지 않다. 여자의 한쪽 발에만 운동화가 신겨 있었는데 피가 묻어 있다. 태수의 호흡이 가빠진다. 시체를 들려고 허리를 굽히던 김 하사가 소리를 꽥 지른다.

"먹물, 개새끼. 너 지금 뭐하고 있냐?"

"아, 네. 죄송합니다."

정신이 번쩍 든 태수가 시체의 두 발을 붙들고, 김 하사는 시체의 어깨 죽지를 붙들고 들것에 옮긴다. 시체가 담긴 들것을 들고 김 하사가 앞서고 태수가 뒤에서 걷는다. 태수는 머리칼에 가려진 시체의 얼굴을 뚫어져라 바라본다. '아니야, 그럴 리가 없어.' 고개를 흔든다. 심장이 방망이질친다. 구덩이 옆으로 가 들것을 뒤집기 위해 김 하사가 태수와 호흡을 맞춘다. '하나 둘' 들것을 놓는다. 들것이 흔들거리면서 머리칼이 움직이면서 시체 얼굴이 조금 보인다. 태수는 하마터면 손을 놓칠뻔 한다. 엄마의 얼굴이다. 살짝 보였지만 턱과 한 쪽 눈, 왼쪽 뺨이 분명 엄마다. 그러는 사이 시체는 구덩이 속으로 빠져 들어간다.

"이 새끼가 왜 흔들고 지랄이야? 잘 좀 해 이 새끼야!"

욕지거리가 귀에 닿고, 김 하사가 들것을 태수의 손에 남겨 놓은 채 앞장서 나머지 시체들이 있는 곳으로 걸어가자 태수가 구덩이 속으로 뛰어든다. 시체의 머리칼을 쓸어 올리니 엄마의 얼굴이 나타난다.

'아니, 엄마! 어떻게 엄마가 왜 여기에 있어.'

머리가 멍해지고 눈앞이 노래진다. 혼잣말을 중얼거리던 태수는 무릎을 뚫고 엄마의 목에 손을 대고 맥박소리를 확인한다. 들리지 않자 머리를 가슴에 대고 심장소리를 들으려 한다. 들리지 않는다. 싸늘하고, 피가 다 빠져나갔는지 엄마의 얼굴과 몸이 홀쭉하다. 살펴보니 등에 총상 자국이 두 개나 보인다. 한 팔은 잘려나간 상태이다. 울음도 나오지 않는다. 꿈인가 생시인가. 엄마가 왜 여기에 시체로 있는지 도무지 가늠이 안 된다. 머릿속이 하얗게 되는 것 같다.

"야, 먹물. 뭐 하냐. 빨리 안 와? 뒈지고 싶지 않으면 빨리와라!"

귀에 익은 소리가 점차 가까워온다. 순간 태수는 정신을 차린다. 고개를 드니 김 하사가 구덩이 쪽으로 오고 있다. 태수를 바라보는데 어이가 없다는 표정이다.

"새꺄, 컴컴해지니까 빨리 치우고 가야지, 거기서 뭐하고 있냐? 밤새 냄새나는 시체들하고 너 혼자 작업할래?"

이번에는 많이 긴장된 목소리다. 잠시 고개를 들고 김 하사를 쳐다보던 태수가 한숨을 한 번 쉬고 말한다.

"일병 이태수, 죄송합니다."

말하면서 태수는 구덩이에서 올라오려 한다. 다리 힘이 풀린 태수가 미끄러져 쉽게 올라오지 못하자 김 하사가 태수의 손을 잡아준다. 들것을 들고 시체들이 있는 곳으로 걸어가는 태수의 머릿속은 빛의 속도처럼 빨리 돌아간다. 엄마의 시체를 확인한 순간부터 태수는 엄마가 어떻게 여기에 왔는지 모르지만 혼자가 아닐 것이라는 생각이 들었다. 저쪽에 있는 시체들 중 아버지가 계실지 모른다는 생각에 마음이 다급해졌다. 이 난리 통에 엄마 혼자 광주까지 오실리 없기 때문이다. 태수는 김 하사가 부르는 소리를 듣고 내색을 해서는 안 된다는 생각이 번뜩 들었다. 우선 시체를 확인하고 나서 후의 일은 나중에 생각하기로 한다. 정신을 차리자. 심호흡을 하면서 쿵쾅거리는 심장의 움직임을 다스리려 하지만 다리마저 후들거린다. 눈을 크게 부릅떴다. 급한 걸음으로 앞서가는 김 하사를 앞지른다. 시체들에게 다가가 얼굴부터 확인한다. 두 번째 시체를 확인하는데 옆 시체가 조금 꿈틀거린다. 마지막 시체의 얼굴을 확인하던 태수는 그 자리에서 주저앉았다. 동생 현수다. 그런데 아직 죽지 않았다. 눈을 힘없이 가늘게 뜨고 태수를 바라본다. 손으로 얼굴을 만져보고 몸 상태를 확인해보니 왼쪽 무릎 부분 총상이다. 다른 곳은 이상이 없다.

"야, 먹물. 그 새끼 살아있는 거냐?"

이어 도착한 김 하사가 떨리는 음성으로 물어온다. 그 소리를 들으면서도 태수는 정신없이 동생 현수의 가슴에 귀를 대보고, 눈을 뒤집어 보고, 어깨를 흔들어 본다.

"야, 그 새끼 살아있냐고?"

김 하사가 이번에는 큰 소리로 묻는다. 그제야 태수는 정신이 번쩍 든다. '그래, 사살이다. 살아있으면 확인사살을 당할 거다.' 태수가 고개를 들자 김 하사와 눈이 마주친다. '어떻게 해야 하지?' '동생이라고 말하고 사정을 해볼까?' '아니면 살아 있으니 살려주자고 해야 하나?' 1초도 안 되는 순간에 갖가지 생각이 번개처럼 스치고 지나간다.

"야,새꺄 아직 살아있으면 사살해. 내가 총 가지고 올테니 기다려."

김 하사가 야멸차고 표독스런 말을 남기고 총을 놔 둔 구덩이 쪽으로 돌아서자 태수가 급히 말린다.

"김 하사님, 제가 처리하겠습니다. 그런데 상부에 보고는 해야 하지 않겠습니까? 김 하사님이 보고하고 오시죠?"

그런 태수를 김 하사가 바라보면서 말한다.

"야 뭔 개소리야, 지금은 전시상황이잖아. 위에서도 숨이 끊어지지 않았으면 확인사살하라고 그랬던 거 몰라? 나중에 보고해도 돼 인마."

"아, 그랬지 말입니다. 그러면, 소총 가지고 오겠습니다."

그러고는 구덩이 쪽으로 얼른 뛰어간다. 나무에 기대어 놓은 총을 들고 현수가 있는 쪽으로 향하면서 엄마가 누워있는 구덩이를 바라본다.

"엄마, 미안해, 현수부터 구하고 올게요."

태수는 그렇게 나직이 중얼거리고는 현수가 있는 곳으로 뛰어갔다. 혹시 그 사이 김 하사가 현수에게 해코지를 할지도 모른다. 평소답지 않게 서두르는 이태수 일병을 바라보던 김 하사는 좀 이상하다는 혼잣말을 하면서 고개를 갸웃거린다.

김 하사가 살아있다는 시체 쪽으로 다가가서 살펴보려고 허리를 구부리고 있는데 뒤에서 철컥하는 노리쇠 소리가 들린다. 이어 김 하사의 목 뒷덜미에 싸늘한 총구가 대어지고, 그가 왼손을 쳐들고 고개를 돌리려는 순간 "탕"하는 소리와 함께 김 하사의 목이 꺾어지면서 몸이 앞으로 스르르 무너져 내린다.

김 하사의 시체를 내려다보던 태수는 어쩔 수 없어 죄송하다는 말을 내뱉으면서 총을 내던지고 누워있는 현수를 일으켜 앉힌다. 그러고는 말없이 끌어안는다. 태수는 현수를 흔들어 깨운다.

"현수야, 형이야. 태수 형이라고 인마!"

그러고는 무엇이 생각났는지 벌떡 일어나 죽어있는 김 하사의 군복 상의를 벗긴다. 김 하사의 꺾인 목에서는 아직도 피가 흐르면서 군복을 적시고 있다. 몸에서 흐르는 피는 온기가 남아있다. 벗긴 군복 상의를 현수에게 입혔다.

현수는 군용트럭 화물칸의 시체들 틈에 끼여서 오는 동안 이미 정신이 조금 들었다. 무릎에 총을 맞고 피를 흘리면서 정신이 혼미했지만 곧 희미하게나마 제정신이 들었고, 차에 실려서는 화물칸에 타고 있는 군인들에게 들킬까 봐 죽은 척하고 있었다. 몸을 움직일 수는 없어서 시체들 틈바구니에서 눈을 감고 버텼다. 30여 분을 달린 트럭이 어느 부대로 들어가는 듯하더니, 군인들이 들어서 땅에 내려놨다. 내동댕이 처질 때 다리에 극심한 통증이 왔지만 비명을 지르지 않으려고 이를 악물었다. 누군가 시체를 차례로 땅 구덩이에 묻는 것 같았다. 그런데 간간이 들려오는 목소리가 어디서 많이 들어 본 소리다. 형의 목소리다. 그는 숨을 죽여 가며 동정을 살핀다. 몸을 움직일 수는 없었지만 정신은 많이 돌아왔다. 두 사람인데 그중 한 사람이 형 같았다. 어떻게 형에게 내가 살아있다고 알릴까를 궁리한다. 그런데 형이 먼저 다가와 살펴본다. 눈을 뜨자 형의 얼굴이 눈 안에 가득 들어온다. 다른 군인의 입에서 '확인사살'을 한다는 말이 나오자 현수는 다시 눈을 감아버렸다. 조금 후 총소리가 나고는 형이 일으켜 앉혀준다.

태수는 현수를 둘러업고 교도소 담장 밑으로 으슥한 곳에 내려놓는다. 총소리를 듣고 누가 올 것 같아 본부 사무실로 뛰어가고 있는데 어디선가 총소리가 들린다. 한두 방이 아니라 여러 발의 총소리가 교도소 건물 위에서 나고 있다. 교도소 건물 밖으로 총을 쏘아대고 있는 것 같다. 계엄사의 광주 봉쇄 명령에 따라 시 외곽으로 빠져나가려는 차량을 향해 사격을 하고 있는 것이다. 멈칫하던 태수가 돌아선다. 얼른 담장 밑으로 가 다시 현수를 업고서 엄마가 들어가 있는 구덩이로 갔다.

"현수야, 엄마가 왜 여기 계셔? 어? 아버지는? 현수야 정신차려봐?"

그 소리를 들은 현수가 손을 들려고 했지만 뜻대로 되지 않는지 흐느끼는 소리만 내고 있다. 울 힘도 없는 현수는 고개마저 형의 등에 기대버린다. 현수가 나직한 소리로 말한다.

"형 엄마는? 엄마 어딨어?"

"엄…마, 돌아가셨어….."

"엄…마 방금전까지 내 옆에 있었는데….."

"일단 빠져나가자 나가서 다시 얘기해 얼른 일어나봐."

무너지는 억장을 간신히 잡아놓고 태수는 현수를 업고서 걸음을 옮기지만 힘이 빠져 축 늘어진 현수를 업고가기가 무척 힘들다. 어디로 빠져나가야 할지 방법도 생각나지 않는다. 조금 있으면 부대 점호가 있을 시간이기 때문에 그전에 탈출해야 한다.

담장을 쭉 따라서 교도소 정문 쪽으로 살금살금 가보니 높은 철문이 닫혀 있다. 몰래 빠져나가기는 불가능해 보인다. 현수 다리의 출혈은 멈췄지만 상태가 너무 안 좋다. 시간이 없다. 걱정을 하고 있는데 밖에서 헤드라이트가 비치면서 정문이 열린다. 2.5톤 군용차량이 들어오고 있는 것이 보인다. 태수는 시체를 가매장하기 위해 싣고 오는 것이라고 직감했다. 시체를 싣고 온 차량이라면 바로 나갈 것이다. 마침 화물칸은 포장으로 덮여 있다. 공수부대 복장 차림의 차량 운전자가 정문에 있던 공수부대원들과 무슨 얘기를 하자 대원들이 어디론가 무전을 치고 나서는 가매장 지역인 담장 쪽을 가리킨다.

태수는 급히 그쪽으로 이동한다. 차량이 멈추고 운전석과 조수석에서 내린 군인 두 명이 화물칸에서 시체 두 구를 끄집어 내린다. 그러고는 다른 시체들이 있는 큰 나무 밑으로 질질 끌고 간다. 나무 밑에서 군인의 목소리가 들린다.

"아, 씨팔, 이 새끼들은 시체를 아직도 매장 안하고 뭐 하는 거야."

"그러게. 에이, 좀 섬뜩하다. 빨리 가자."

그러고는 군인들이 차에 올라타서 시동을 다시 켜고 돌아서 나간다. 정문 쪽으로 간 군용트럭은 아까 인사를 나눈 공수부대원들과 서로 손을 흔들면서 가벼운 작별을 하고는 거대한 철문이 열리자 교도소 문을 빠져나간다.

태수는 현수를 업고 있다가 공수부대원들이 시체를 내리는 틈을 이용해 얼른 트럭 화물칸으로 오른다. 안에는 아무것도 없다. 대신 피비린내가 진동하고, 끈적끈적한 것이 묻어난다. 방금 싣고 온 시체에서 흘러나온 피로 보인다. 차가 무사히 교도소 정문을 빠져나가고 있자 태수는 조금 안심이 됐지만 현수는 아직 정신을 차리지 못하고 있다.

10분 정도 차가 이동하다가 멈추고 사람들의 목소리가 들린다. 군인들 같다. 어느 목진지 앞에 주차된 차는 더 이상 움직이지 않는다. 한 시간 정도 지나자 사방이 조용해지고, 태수는 화물칸에서 얼굴을 조금 내밀고 밖을 내다본다. 주위에 아무도 없는 것 같다. 차는 진지 뒤에 한적한 곳에 주차돼 있고 다른 차량도 함께 주차되어 있다.

태수는 현수를 다시 둘러업고 목진지 뒤편으로 몸을 숨긴다. 숲길을 조금 걸으니 밭길이 나온다. 30여 분을 더 걸으니 숨이 목까지 차온다. 그래도 동생 현수의 체온을 느끼며 힘을 낸다. 동생을 내려놓고 잠시 쉬다가 다시 걸었다. 동네가 나타났고, 개들이 짖어댄다. 첫 번째로 보이는 집의 철제 대문을 두드리자 한참 후 대문 안에서 남자가 나와 두리번거린다.

"도와주세요!"

태수가 그렇게 말하고 비틀거리자 남자는 군복을 입은 모습에 멈칫하더니 현수가 군복 상의를 걸친 것을 확인하고 군인은 아니라는 표정으로 재

빨리 다가와 현수를 부축한다. 현수가 남자의 등에 업히고 태수도 따라서 대문 안으로 들어간다.

*

홍남순 변호사가 늦은 저녁을 먹고 윤 여사와 함께 차를 마시고 있는데 대문 소리가 들리고 빠른 발자국 소리가 들린다. 기섭이가 집안에 불이 켜진 것을 보고 급히 들어오는 것이 아닌가 싶다.

"기섭이냐?"

"엄니? 은제 오셨당가요? 아부지는요?"

기섭이 신발을 채 벗지도 않고서 아버지부터 찾는다.

"아버지도 오셨다."

"고생들 많으셨지라?"

"고생이랄 것도 없었다. 네 엄마가 고생이 많았지."

"언제 출발하셨당가요? 성 하고도 연락이 안돼서 답답했당게요."

"아버지랑 어제 아침에 서울을 출발했는데 이제야 도착했다."

"아따 참말로, 고생 많으셨어라. 지도 엥간이 속이 탔당게요."

"그렇구나. 그건 그렇고 시내 상황이 많이 심각하지?"

"야, 오늘 공수부대들이 외곽으로 철수하기 전까장 도청 앞허구 전대 쪽에서 총을 마구 쏴 대서 수백 명이 죽었어라. 총에 맞아불고 부상당한 사람들도 오백 명이 넘는 당게요. 오후부터는 살기 위해서 싸워야 한다는 생각에 시민들이 총기를 탈취해 무장하기 시작했어라."

그 소리를 들은 홍 변호사가 아무 말도 하지 않고 앉아있다. 고개를 숙이고는 소리 없는 한숨을 내쉰다. 잠시 침묵이 흐른다. 괘종시계 추가 움직이는 소리만이 정적을 깨뜨리고 있다.

"아부지. 들려오는 말로는 군인들이 다시 시내에 진입해불라고 탱크와 장갑차를 준비하고 있다던디. 전방에 있는 부대까정 수천 명이 넘는 군인들도 광주에 와분다고 합니다. 요것이 더 큰일거인디 우짜실랍니까."

기섭의 말에 홍 변호사는 역시 아무 말이 없이 아들의 얼굴만을 바라보고 있다. 기섭이 다시 말을 잇는다.

"시내에는 총이 많이 풀렸어라. 수천자루가 파출소와 예비군 무기고에서 나왔당게요. 계엄군 측에서는 무조건 무기를 회수하라는 요구를 하고 있다고 허던디 어찌 해야 할지 모르것습니다."

홍 변호사는 이제는 눈을 감고 아들의 얘기에 고개만 끄덕거리고 있다. 아버지의 말씀이 없자 기섭이도 잠자코 입을 다문다. 어머니는 기섭의 입과 얼굴을 보면서 기막힌 광주의 현실을 실감하는 듯 몸을 떨고 있다.

홍 변호사는 앞으로가 더 큰 일이라는 아들의 말에 공감했다. 도청을 탈환하겠다는 군인들이 탱크를 몰고 들어온다면 지금까지보다 열배는 더많이 죽고 다칠 것이다. 그야말로 지옥이 되는 셈이다. 눈을 뜨고 아들을 향해서 차분한 눈길을 보낸다.

"기섭아, 김성용 신부를 연락할 방도가 없겠냐?"

"지가 내일 김 신부님을 찾아가 보것습니다. 김 신부님이 계속 아부지한티 전화를 허셨어라, 지가 아부지 서울 가셨다고 혔응께 아마도 여즉 서울에 계신 것으로 알고 있을 거인디."

"그려면 지금 전화 좀 넣어봐라. 아마 김 신부도 사태를 해결해야겠다는 마음에 애태우고 계실게다."

기섭이가 전화를 걸었지만 김 신부님은 전화를 받지 않았다. 아마 시내에 나가계신 모양이다.

5월 22일 공작

　광주 시민 데모가 닷새째인 22일 농성데모 등 시민소요 사태는 인근 인접 시·군으로 번져 곳곳에서 철야데모 농성 등이 산발적으로 전개되고 있습니다. 21일 오후부터 일부과격한 데모군중이 곳곳의 파출소 예비군 무기고를 습격, 탈취한 총기를 들고 21일 밤과 22일 오전 버스, 트럭 등에 나눠탄채 광주 시내 및 나주 등지로 다니며 산발적으로 공포를 쏘자 시민들은 대부분 집으로 돌아갔습니다.

　목포에서는 21일밤 역앞 시민들이 모여 데모, 연동파출소와 경찰차 1대가 불탔습니다. 데모대는 밤늦게 해산하고 무기를 가진 40여명이 시내에서 철야했으며 영광에서는 1천여명이 22일 새벽 3시까지 철야 데모를 벌였습니다.

22일 오전 10시

김성용 신부와 전화연결이 됐다. 서로 반가운 마음에 대충 안부를 묻고는 바로 본론으로 들어간다.

"변호사님, 광주 사람들 다 죽게 생겼습니다. 빨리 손을 써야 하지 않겠습니까?"

"맞는 말씀입니다. 어떻게 해야 할지 서로 의견을 모아봅시다. 내 바로 계시는 곳으로 가겠습니다."

기섭의 친구인 김갑제가 궁동 집으로 찾아왔다. 언제 어디서 어떤 상황이 벌어질지 모르는 판에 갑제와 기섭의 동행으로 홍 변호사는 마음이 든든했다. 곧 남동성당으로 간 홍 변호사 일행은 김성용 신부 외에 조아라 광주 YWCA 회장, 이애신 광주 YWCA 총무, 이성학 장로, 이기홍 변호사, 명노근, 송기숙 전남대 교수와 만나 재야인사 수습위원회를 꾸린다. 이들은 그 길로 바로 도청으로 들어가서 정시채 부지사를 만나 계엄사 측에 제출할 7개 항목을 전달한다.

1. 진압군의 시가지 진입을 일절 금지하라.
2. 공수부대의 과잉진압을 인정하라.
3. 연행자들 전원을 석방하라.
4. 사망자 보상과 부상자 치료대책을 마련하라.
5. 폭도, 불순분자 등의 어휘사용을 금지하라.
6. 사태수습 후에 처벌 및 보복을 금지하라.
7. 이상의 요구가 관철되면 무장을 해제하겠다.

그러나 정시채 부지사는 난색을 표한다. 전달하는 것이 어렵다는 것이다. 재야인사들이 거세게 항의를 하자 도지사가 들어오면 의견을 전달하겠다고 한다. 홍남순 변호사가 재야인사들과 함께 도청 1층으로 내려오면서 조비오 신부를 만난다. 조 신부도 다른 수습위원회를 만들어 시민대표들과 회의를 하고 나오는 길이다.

"홍 변호사님. 제가 여러 번 전화를 드렸는데 연락이 닿지 않았습니다. 언제 오셨습니까?"

"어제서야 광주에 들어왔습니다. 면목이 없습니다."

"아닙니다. 고생 많으셨습니다. 아마 계엄군들이 홍 변호사님을 체포하려고 했을겁니다. 우리에게 따로 제보를 준 사람들이 있습니다. 조심하셔야 합니다."

"네 주의하겠습니다. 그런데 오늘 일정은 어떻습니까?"

"이따 오후 1시쯤에 계엄사가 있는 상무대로 가서 요구 사항을 전달하고 대화를 나눌 예정입니다."

"요구 사항이 무엇인가요?"

홍 변호사가 묻자 조 신부가 종이 쪽지를 건넨다.

"우리 재야인사들이 모여서 결의한 내용과 별반 다르지 않습니다. 좋은 성과가 있기를 바랍니다."

"네, 변호사님. 다녀와서 연락드리겠습니다."

도청에서 나온 홍 변호사는 갑제와 기섭을 앞세우고 전남대 병원을 찾았다. 병원은 지옥이나 다름없다. 병원 복도 여기저기에 널브러져 있는 환자들의 모습은 처참하다. 고통에 겨워 내지르는 신음소리를 따라가 보니 팔이나 다리에 총상을 입은 사람, 머리가 깨지고 얼굴이 뭉개진 사람, 몸 여기저기를 총에 맞아 숨을 헐떡이는 사람들이 가득하다. 의사와 간호사들은 정신없이 뛰어다녔다.

홍 변호사는 응급실 한 구석에서 환자를 돌보고 있던 신재운 박사를 간신히 발견했다. 그러나 선뜻 다가가지 못하고 응급실과 사방에 출혈이 심한 환자들을 돌아보며 참담한 심정으로 돌아본다. 그러자 신 박사가 홍 변호사를 보고 다가온다.

"변호사님, 어찌 여기까지 오셨습니까?"

"그렇게 됐습니다. 아니 이게 다 무슨일 입니까? 이야기는 대충 들었지만 직접 와 보니 들은것 보다도 훨씬 많은 사람들이 상했습니다. 언제부터 이랬습니까?"

"어제 점심 때 도청 앞 집단발포 이후 사상자가 더 많아졌습니다. 병원으로 오는 사람들이 대부분 사망해서 오거나 중상인 경우가 많아서 어떻게 손써 보기도 전에 허망하게 가는 사람들이 많아졌습니다. 그나마 지금은 어제에 비하면 경상 환자들이라고 봐야겠지요. 치료라도 할 수 있으니 말입니다."

"다친 사람들을 직접 보니 참담합니다. 어떻게든 군인놈들하고 결판을 봐야지 이렇게 계속 가다가는 다 죽겠습니다. 그려."

"그런데 변호사님 보시다시피 환자들이 기다려 가봐야 합니다. 혹시 용건이 있으셔서 오신거 아니십니까? 아니면 어디 불편하신데라도?"

"아 그건 아닙니다. 아드님이 아프다고 들었는데 어떻게 차도는 좀 있나 하고 들렀습니다."

홍 변호사의 말을 들은 신 박사가 고개를 떨어뜨린다. 홍 변호사는 불길한 생각이 든다.

"어제 떠났습니다."

"저런…. 죄송합니다. 경황이 없으실 텐데 괜히 제가 마음만 어지럽혀 드렸습니다."

"아닙니다. 타고난 명이 짧아서 그런거겠지요. 좋은 곳으로 갔으리라 생각하고 있습니다. 광주에 제 아들 하나만 잘못된 것도 아니라 슬퍼할 겨를도 없습니다. 다들 자식을 잃거나 아내를 잃거나 남편을 잃은 사람들 뿐이라 처참한 심정 내색하기도 민망합니다."

신 박사의 표정은 의외로 담담하나 눈가에 비치는 이슬은 그의 슬픔을 대변하고 있다. 무슨 단어로 자식을 잃은 부모의 슬픔을 헤아릴 수 있을 것인가. 참으로 슬프고, 부끄럽고, 원통하다.

홍 변호사는 말없이 신 박사의 손을 잡는다. 그 무엇으로 위로를 한단 말인가. 홍 변호사의 가슴도 저려온다. 자식이 죽었는데도 장례를 치를 수도 없는 상황이고, 아버지는 그 아픔 속에서도 환자들을 돌보고 있으니, 이런 망할 놈의 세상이 어디 있다는 말인가?

"신 박사, 힘내시오. 달리 위로할 말이 없습니다. 아드님 일은 정말 유감입니다."

"그보다, 제 아들 얘기는 어디서 들으셨습니까? 아는 사람이 거의 없는데…."

"아, 경황이 없어서 말씀을 못 드렸네요. 사실은 그제부터 서울에서 같이 출발해 어제 광주에 도착할 때까지 이완의 교수라는 서울대 병원 의사 내외분하고 동행했습니다. 이 교수께서 날 먼저 알아보시더군요."

"아 이 교수하고…. 그렇게 됐군요."

"혹시 이 교수 소식은 들으셨습니까? 어제 광주로 들어오는 장성쪽 검문소에서 저희 내외만 먼저 들어왔는데 아무리 기다려도 오지 않았어요. 제 아들을 시켜 알아보고는 있는데, 아무래도 통과를 못한 것 같아 걱정입니다."

홍 변호사의 말이 끝나기도 전인데 신 박사의 눈길이 홍 변호사 너머로 옮겨지고, 신 박사가 손짓을 한다. 홍 변호사가 돌아보니 하얀 가운을 입은 훤칠한 키의 이완의 교수가 이쪽으로 오고 있다. 홍 변호사가 얼른 몸을 돌려서 이 교수 쪽으로 간다.

"아, 이 교수. 잘 들어오셨구려 고생이 많았겠습니다."

"걱정을 끼쳐드려서 죄송합니다. 우여곡절 끝에 겨우 왔습니다. 변호사님은 괜찮으시지요?"

전쟁터나 다름없는 광주에서의 인사는 '괜찮으냐?'가 최고의 인사이다. 그런데 왠지 이 교수의 말에는 힘이 없어 보이고, 얼굴에는 수심이 가득하다.

"변호사님, 저도 저지만 이 교수 사모님과 둘째 아들이 지금 행방불명입니다. 어제 오후에 병원에 도착해서 사모님이 작은 아들하고 중흥동 저희 집에 가신다고 했는데, 집에 전화도 안 받고 아직까지 다른 소식도 없습니다."

"그래요…. 이 교수 사모님은 현명한 분이시니 난리는 피하셨을 겁니다. 상황이 이러니 어디서 모자가 조용히 숨어 있는지도 모르지요."

홍 변호사는 애써 불길한 느낌을 감추고 아들 기섭을 한번 훑어보고는 이 교수에게 말한다.

"아들 녀석이 광주 바닥은 훤히 알고 있으니 한 번 찾아보도록 하라고 이르겠습니다."

"아닙니다. 변호사님. 좀 기다려 보면 연락이 오겠지요."

이 교수가 초조한 마음을 삭이며 말한다.

"여러모로 소식을 알게 되면 좋지요. 신경쓰지 말아요 이 교수. 그러고 보니 바쁘신 분들을 늙은이가 주책없이 시간을 많이 빼앗았구려."

병원을 나서는 홍 변호사는 가슴이 먹먹해진다. 신 박사 자제의 일도 안타깝고, 어제 저녁때 나갔다는 이 교수 부인과 아들이 아직도 돌아오지 않았다면 아마 큰일을 당했을 가능성이 커 보이기 때문이다. 이래저래 심란하고, 울적하다. 세상을 너무 많이 살았나 싶을 정도로 불행하고 어려운 일들이 겹쳐지고 있다. 주름진 눈가로 스르르 눈물이 흘러내린다.

저녁에 조비오 신부로부터 전화가 왔다. 낮에 계엄군을 만나 협상을 벌였는데 별다른 진전을 보지 못했다는 것이다. 홍 변호사는 사태수습이 쉽지 않을 것이라는 불길한 생각에 잠을 이루지 못하고 새벽을 맞는다.

　　　　　　　　　　　　*

　보안사령부 특별상황실에서는 밤 10시가 넘은 시각에 전두환 사령관에게 보고가 이루어지고 있다. 다들 지친 표정이었지만 눈빛에는 살기가 서려있다.

　"사령관님, 현 상황을 보고 드리겠습니다."

　요즘에는 이학봉 처장이 보고를 전담하다시피 하고 있다.

　"어서 해 봐."

　전 사령관이 피곤한 음성으로 대답한다.

　"22일 오후 22시 현재, 광주는 개미 한 마리 빠져나가거나 들어올 수 없도록 외곽을 전면 봉쇄 했습니다. 드나드는 자는 누구를 불문하고 사살하거나 체포하도록 지시했습니다.

　폭도들은 현재 전남도청을 장악하고 있으며, 자체 기동대를 조직하는 한편 계엄군이 포진하고 있는 곳에 맞대응 진지를 구축하고 계엄군의 진입을 막는다는 태세입니다.

　계엄군은 송정리 K57 비행장으로 향하는 길목이라 할 수 있는 광주통합병원을 사이에 두고 광주 폭도들과 대치하고 있습니다. 진압작전 시 이곳으로 전차부대 등이 진입할 것입니다. 폭도들 사이에서는 광주통합병원을 '판문점'이라고 부릅니다."

　"뭐? 판문점?"

　갑자기 전 사령관이 고개를 쳐들고 반문한다.

　"네, 사령관님. 통합병원에서 폭도부상자들을 다수 치료하고 있기 때문에 일부 가족들이 올 수 있도록 하고 있어서 그렇게 부르고 있는 모양입니다."

"미친놈들. 판문점은 무슨…. 아, 광주놈들 쓸어버리는 공작은 잘 진행하고 있는 거야?"

전 사령관이 짜증스러운 소리로 묻는다.

"네. 일정대로 작전 중입니다."

"총기 회수는 어떻게 되고 있나? 거 뭐 시민수습위원회라고 하는 놈들이 나서서 협상을 하자고 한다면서?"

"네. 그 부분을 말씀드리겠습니다. 시민수습위원회가 전남북 계엄분소를 찾아와서 7개항의 요구 사항을 내놓았습니다. 그러면서 회수한 총기도 일부 가지고 왔습니다. 그러나 우리가 받아들일 수 있는 사항이 없습니다. 다만, 연행자 중 선별해서 848명을 석방해 줬습니다. 석방자는 총상 등으로 인한 부상 정도가 심해서 치료가 골치 아픈 폭도와 중·고등학교 학생, 고령자 등이 대부분이며 선별 작업은 우리 505보안부대가 주도했습니다."

여기까지 말한 이학봉 처장이 잠시 숨을 고르더니 다시 보고를 시작한다.

"현재 광주에는 3개의 수습위원회가 있습니다. 홍남순 변호사 등 재야 인사들이 주축으로 하는 수습위원회와 조비오 신부들이 참여하고 있는 수습위원회, 그리고 전남도청이 주도하고 있는 수습위원회가 있습니다. 저희들은 도청이 주도하고 있는 수습위원회 위원 일부를 공작하고 있습니다. 현재 폭도들에게 약 5천정의 무기가 탈취됐는데 이 중 4천 정 이상을 진압작전 실행 직전까지 회수하는 것이 목표입니다."

"다이너마이트도 상당량이 전남도청 지하실에 있다면서?"

"네. 화순 탄광에서 탈취된 것들 입니다."

"진압작전 때 위험하지 않겠나?"

"아닙니다. 그렇지 않아도 뇌관이 없어서 쓰지 못하도록 은밀한 공작을 진행하고 있습니다. 다이너마이트 관리를 하고 있는 사람들을 포섭해서 폭도 지도부 모르게 진행하고 있습니다."

"그것 참 잘됐구먼. 그 공작을 하는 놈이 누군지 몰라도 나중에 훈장을 주도록 해."

"네. 알겠습니다."

"진압작전 때까지 별 상황은 없겠지?"

"네. 지금 상황을 그대로 유지하면서 수습위원회를 설득하고 협박해서 총기 회수 성과를 최대한 올리겠습니다."

"김대중이랑 연계시키는 수사 공작은 잘 되고 있지?"

"네, 그렇습니다. 상당한 성과가 있습니다. 광주 쪽 인사들은 검거 대상 인원을 확정해 놓고 있습니다. 김대중과 연계되는 부분도 이미 기획을 마쳐놓은 상태이니 공작 계획대로 밀고 나가면 됩니다."

"광주 쪽 내란 수괴는 누구로 했나?"

"네. 홍남순 변호사라고 재야인사입니다."

"아, 그 인권 변호사라는 영감 말이야?"

"네. 그렇습니다."

"그 영감 나이가 너무 많은 것 아니야?"

"나이는 69세지만 아직 건강 상태는 양호합니다. 김대중 무료 변론도 여러 차례 한 인물로, 사실상 광주 사람의 정신적 지주 역할을 하고 있습니다."

"그래? 골치 아픈 인사구먼. 잘 다스려봐."

"네. 알겠습니다."

5월 23일 결심

뜬눈으로 밤을 지새운 뒤, 아침에 뜰로 나가 은행나무를 바라보면서 행기를 하던 홍남순 변호사에게 아내의 목소리가 들린다.

"전화 받으세요. 부지사라고 합니다."

홍 변호사가 서둘러 거실로 들어가 수화기를 든다.

"변호사님, 정시채 부지사입니다. 아침부터 전화를 드려 송구합니다."

"아니오. 그런데 무슨 일로?"

"변호사님, 오늘 오전 11시에 도청에서 수습대책위원회를 열기로 했습니다. 여러 갈래인 수습위원회를 하나로 묶어서 대표성을 확보하는 것이 중요할 것 같습니다. 시장님을 비롯해서 광주경찰서장님도 홍 변호사님이 위원장을 맡아서 나서 주시는 것이 좋다는 생각입니다."

"그렇군요. 그런데 내가 위원장을 맡는 것 보다는 좀 더 명망 있는 분이 맡았으면 좋겠어요. 나야 무슨 일이든지 앞장서겠지만 말이오."

"변호사님. 그 문제는 이따 회의를 하면서 논의하시기로 하시지요. 그럼 곧 뵙겠습니다."

도청에서 회의가 열린다. 3개의 각자 다른 수습위원회 사람들이 대표성을 띠고 다시 한 개의 위원회로 만들기 위해 나왔다. 홍 변호사가 추천한 최한영 옹이 의장으로 선출돼 회의를 주재한다. 회의는 처음부터 난상 토론이다. 무기 회수 안건이 나오자 각자의 의견이 너무 다르다. 우선 무기를 회수해서 계엄군과 협상을 하자는 의견도 있었고, 무작정 무기부터 회수하면 말 그대로 계엄군의 의도에 말려서 아무것도 얻지 못하고 사태 수습이 어려워진다는 의견도 있다. 홍 변호사가 나선다.

"지금 불의를 보고 참지 못하는 혈기왕성한 학생과 시민들이 무기를 갖고 있는데 계엄군의 요구만 들어서 무기를 먼저 회수하자고 하면 설득이 안 됩니다. 보복 조치나 처벌이 뒤따르지 않는다는 사후대책 안을 시급히 만들어서 계엄군과 협상해야 합니다. 그래야만 무기를 회수하고 더 이상의 희생을 막을 수 있습니다. 그리고 대학교수들과 학생들을 이 수습위원회에 참여시켜서 그들로 하여금 현장의 목소리를 듣고 또 협상 상황을 전달해 주어야 합니다."

홍 변호사의 발언 후, 명노근, 송기숙 교수와 시민군 대표로 이하선 씨를 참여시키기로 한다.

12시부터 학생 및 시민군 대표까지 도청에 모여서 수습대책위원회 회의가 진행된다. 여기서도 무기를 회수해서 반납하자는 측과 아무런 보장 없이 무기를 반납하면 그동안의 희생과 앞으로의 보복을 무슨 수로 감당할 수 있겠느냐면서 반대하는 측의 대립이 격하다.

계엄군 측에 전달할 요구 사항 8개항을 만들었다. 내용은 지금까지 3개의 수습위원회들이 만들어낸 것과 거의 같다. 대표 몇 명이서 계엄군을 찾아가 요구 사항을 전달했다. 가면서 회수된 총기 2백여 정을 반납하고, 대신 붙잡혀 있던 시민 34명을 석방시켰다.

그러나 근본적인 협상은 진척이 없다. 무슨 이유인지 몰라도 계엄군은 협상 자체를 하지 않으려는 태도이다. 처음부터 무조건 무기를 회수해서 반납하라는 요구뿐이다. 협상을 하자는 것이 아니라 깨자는 목적을 갖고 있는 것 같다. 그러면서 탱크와 장갑차를 동원한 진압을 할 것이라는 협박과 엄포를 계속한다. 수습위원들은 점차 불길한 마음에 휩싸여간다. 대규모의 진압으로 인한 비극이 눈앞에서 어른거렸다.

*

이완의 교수는 응급 환자들을 치료하면서 밤을 새웠다. 총상 환자들은 22일 새벽이 가까워지면서 조금씩 줄어든다. 그러나 응급실은 물론 수술실과 입원실마저 부족해 목숨이 경각에 달리지 않은 부상자들은 응급실 바닥이나 복도 등에 앉거나 누워서 치료를 기다리고 있다.

새벽녘에 이완의 교수를 비롯한 의료진들은 거의 모두 녹초가 되었다. 의대생들까지 지원을 나섰지만 의료진은 턱없이 부족하다. 아침이 되어서 이 교수는 문득 아내가 생각난다. 신 박사 집에서 잘 지내고 있는지 걱정이 된다. 들자 하니 신 박사 집이 있는 전남대 정문 앞에서도 공수부대원들이 시민들에게 무차별 총질을 해서 많은 사람들이 사망하거나 부상을 당했다는 것이다. 그쪽에서 총상을 입고 병원으로 후송돼 온 부상자들의 입을 통해서 전해 들은 얘기다. 이 교수는 은근히 걱정이 돼서 전화를 건다. 받지 않는다. 다시 해 보고 또 해봤지만 역시 받지 않는다. 불안감이 엄습해 온다. 피곤이 오히려 달아날 정도이다.

낮이 되면서 우선 급하게 동네의원을 찾았던 총상 환자들이 대학병원으로 몰려오기 시작한다. 다시 정신없이 바빠진다. 문득 아내의 소식이 궁금했지만 신 박사 집으로 또 전화를 걸 짬조차 없다. 점심을 간단히 때우고 잠시 앉아서 쉬고 있는데 누가 찾는다는 전갈이 왔다. 두근거리는 가슴을 안고 응급실로 들어간다. 혹시 아내와 둘째 아들이 왔을지 모른다는 생각에 서둘러 갔는데, 아내는 없고 이 교수의 눈앞에 아들 둘이 한꺼번에 나타났다.

군에 입대한 큰아들 태수를 보고, 이 교수는 영문을 몰라 한참을 멀뚱거린다. 태수는 짧은 머리를 하고 있지만 군복을 입지 않고 민간인 복장을 하고 있다. 어찌된 일인가? 그러나 이 교수를 더 놀라게 한 것은 둘째 아들 현수의 모습이다. 현수는 무릎에 총을 맞고서 창백한 얼굴로 간신히 목숨을 부지하고 있다. 현수의 상태를 살펴보니 수술이 급하고, 수혈도 필요하다. 우선 현수를 수술실로 데리고 가 정형외과 의사들과 의논한 뒤 이 교수는 밖으로 나온다. 아까부터 아내가 보이지 않고, 불길함이 온몸을 엄습한다.

태수가 수술실 밖에서 기다리고 있다가 아버지를 맞는다. 이 교수가 아무 말도 하지 않는 태수를 바라본다. 이 상황이 어찌된 것인지, 무슨 영문인지를 듣고 싶고, 아내의 안위가 더더욱 궁금하다.

태수가 머리를 떨군다. 눈물을 뚝뚝 흘리면서 울고 있다. 이 교수는 아내에게 무슨 일이 생긴 것을 직감한다. 같이 집으로 간다고 나갔던 둘째 현수가 다리에 총상을 입었으니 동행한 아내에게도 분명 무슨 일이 생겼으리라. 그런데 어찌 군대에 있어야 할 태수가 여기에 와 있는가? 이 교수는 모든 게 혼란스럽다. 태수는 아버지를 보며 힘들게 말문을 연다.

"아버지, 엄마가…. 엄마가 돌아가셨어요."

태수가 울면서 말한다. 아내의 소식을 듣는 순간 이 교수는 눈앞이 노래지고 몸이 기우뚱하면서 휘청거린다. 아내가 죽었다는 말이 마치 꿈속에서 들리는 것처럼 아련하다. 정신이 몽롱해지고, 가슴이 먹먹하다. 끝내 그 자리에서 주저앉고 만다.

태수가 아버지를 부축한다. 어느 틈엔가 신 박사가 이 교수를 살펴보고 있다. 다른 간호사와 의사들이 함께 이 교수를 부축해서 응급실로 데리고 가서 뉘었다.

응급실에서 정신을 차린 이 교수의 눈에서는 눈물이 하염없이 흐르고 있다. 옆에서 안타깝게 지켜보던 신 박사가 이 교수의 손을 꼭 쥐어주고 있다. 한참 후 기운을 차리고 응급실 베드에서 일어난 이 교수가 신 박사와 함께 태수로부터 들은 얘기는 충격적이다. 아내가 어떻게 해서 시신으로 광주교도소로 갔는지는 현수가 수술 중에 있으니 알 수 없었지만 총을 맞고 사망한 것은 확실했다. 팔도 하나가 없다니 어찌 그럴 수 있는가?

그러나 태수의 얘기를 다 들은 이 교수는 더 암담한 마음이다. 공수부대원인 태수가 동료를 죽이고 현수를 살려냈지만 이제 꼼짝없이 동료 살해범과 탈영병이라는 벗을 수 없는 굴레를 쓰고 만 것이다. 이제 태수는 어떻게 된다는 것인가? 한꺼번에 엄청난 불행과 고난이 덮쳐오자 이 교수는 가슴이 터질 것 같다. 광주교도소 담장 구덩이에 죽어 누워있는 아내도 그렇지만 태수의 일은 정말이지 암담하다. 아내가 죽었다는 것도 믿기지 않지만 태수의 상황도 믿기지가 않다. 이게 진정 현실이란 말인가? 이 교수는 머리를 흔들어 본다.

어제까지는 아들의 죽음을 가슴에 묻고 부상자를 치료하던 신 박사를 위로했는데, 이제 이 교수 자신에게도 엄청난 불행이 닥쳐 온 것이다.

"아, 내게 지은 죄가 그리도 많다는 것인가."

이 교수는 화장실 벽에 몸을 기대어 탄식을 하면서 뼛속까지 들어온 슬픔을 이기지 못하고 눈물을 흘린다. 스물세 해를 함께 살아온 아내가 너무 불쌍하다. 피난길에서 부모형제를 모두 잃고 억척스럽게 살아온 아내는 남편이 오로지 의사로서만 최선을 다 할 수 있도록 해 준 든든한 내조자요, 동반자였다. 한국에 홀로 와서 외로운 삶을 꾸려가는 이 교수를 위로하고 감싸준 유일한 사람이다. 이제 아들들도 다 키우고, 좀 편안하게 살아갈 수 있는데 이렇게 허망하게 가 버리다니, 이런 하늘의 처사가 어디에 있다는 말인가. 게다가 아들이 속한 공수부대에게 죽임을 당하고, 아들의 손에 가매장 되려던 것은 그 무슨 연극 같은 운명이라는 말인가.

이 교수는 땅이라도 치면서 울고 싶다. 그러나 전남대 병원 응급실 여기저기서 죽어 나가는 사람이 한 둘이 아니고, 부상당해서 목숨이 경각에 달린 사람도 많다. 실컷 울기라도 했으면 싶었지만 그러지도 못한다. 오히려 형을 만나 기적처럼 살아 돌아온 둘째 아들의 행운을 생각하면 감사하고 또 감사할 일이다. 지금 여기 광주에서는 원통하고 안타까운 죽음이 수백 명에 달하고, 수천 명의 사람들이 심각한 부상과 상처를 입고 통곡하고 있다.

이러고 있을 때가 아니다. 아내는 나중에라도 시신을 찾아 고이 장례를 치러주자. 지금은 목숨이 경각에 달린 환자들을 치료해야 한다. 그는 억지로 힘을 냈다. 현수 수술실 앞에서 기다리고 있는 큰 아들 태수의 어깨를 한 번 두드려 주고는 다른 수술실로 향한다. 수술실에서는 머리에 총상을 입은 환자가 이 교수를 기다리고 있다.

*

현수의 수술실 앞에 쪼그리고 앉은 태수는 며칠 동안의 일들이 마치 수십 년에 걸쳐 일어난 것처럼 장황하고 끔찍하다. 이 세상의 일이 아닌 영화에서나 나올 수 있는 장면들이다. 군인들이 무고한 시민들을 총으로 쏘아서 살상하는 것은 무엇으로도 변명할 수 없는 학살행위다.

태수는 광주교도소 담장 옆 구덩이에 누어있는 엄마의 모습이 떠오르자 슬픔과 막막함에 몸이 뒤틀린다. 엄마의 시신을 묻어드리지도 못하고 그대로 떠나와야 했던 순간이 너무 아쉽고 안타깝다. 엄마의 죽음 앞에서, 엄마의 시신 앞에서 아들은 무슨 소용이 있는가. 무력감이 온몸을 휘감는다.

의사들이 3시간에 걸친 수술을 했지만 현수는 끝내 불구의 신세를 면치 못 할 것 같다. 아버지가 잠깐 다녀가시면서 수술 결과를 말씀해 주셨다. 생명에는 지장이 없지만 왼쪽다리는 제대로 펼 수 없다는 것이다.

태수는 밖으로 나온다. 돌아오지 않고 있는 가족을 찾아 여기저기를 헤매고 다니는 사람들로 병원 안팎이 북적이고 있다. 사람들의 눈은 모두 충혈되어 있고, 초조함과 불길함에 찌들어 있다.

태수는 동네 사람들이 줘서 입은 바지와 셔츠를 그때서야 살펴본다. 허름하긴 하지만 불편하지는 않다. 정말 고마운 분들이다. 그는 호주머니에서 화랑담배를 꺼내어 입에 물었다.

*

"아까 그놈 아무래도 탈영병 같지 않습니까?"

"그런 것 같아. 그런데 어느 부대인지 알 수가 있나."

전남대 병원 응급실 앞 화단 옆에서 날카로운 눈매의 두 남자가 담배를 피우면서 얘기를 나누고 있다. 그들은 홍성률 대령이 지휘하는 보안사의 특수공작대 소속 요원들로서 전남대 병원의 상황과 특이사항을 파악해서 보고하고, 현장에서 공작 활동을 펴는 임무를 맡고 있다.

키 크고 몸매도 좋은 젊은 놈이 몇 시간 전 다리에 총상을 입은 사람을 응급실로 데리고 왔는데 응급실에서 야단이 벌어졌다. 다친 놈과 데리고 온 놈들 모두 의사 아들이란다. 그런데 동생을 데리고 온 놈이 머리를 짧게 깎고 있어서 아무래도 그냥 일반인은 아닌 것 같다. 군인 같았는데 탈영병으로 추정된다.

"선배님, 김 소령에게 보고를 해야 하지 않을까요?"

"그러자. 지금 전화 해 봐."

잠시 후 공중전화에서 통화를 하고 나온 남자가 두리번거리면서 화단 옆에서 기다리고 있는 남자에게 다가와 조용한 소리로 말한다.

"선배님. 김 소령은 현장에서 판단해 공작하라는 지시입니다. 탈영병이 확실해 보이면 프락치로 몰아버리랍니다. 아직까지 탈영병으로 보고된 내용은 없답니다. 위에 보고는 자기가 하겠답니다."

"그렇지. 역시 김 소령이야. 그쪽으로는 머리가 비상해. 나도 그게 좋을 것 같다. 일단 프락치로 의심된다고 몰아붙여서 의심하게 만들고, 사람들이 어떻게 나오는지 살펴보면서 처리하자."

"네, 알겠습니다."

대답한 남자는 병원 정문 밖으로 나갔다. 그러고는 두 팔을 벌려 위로 올리면서 기지개를 켰다. 주먹을 쥐었다 폈다를 세 번 한다.

태수는 응급실에서 서성였다. 현수의 수술이 끝났지만 아직 의식이 없어 면회를 할 수 없는 상황이다. 환자들로 북적이는 응급실에서 무엇이라도 돕고 싶었지만 할 수 있는 일은 없다. 의대 3년 차 다니다 군대를 갔고, 중대 의무병 역할도 했다. 웬만한 응급처치 교육도 받아서 총상 환자가 많은 병원 응급실에서 자신의 역할이 있을 거라는 생각이 들지만 왠지 선뜻 나서기가 어렵다. 분주하게 오가는 의사와 간호사, 환자들의 고통소리와 안타까워하는 가족들의 울음소리, 연락이 두절된 가족을 찾느라 여기저기 누워있는 부상자들을 확인하고 돌아다니면서 울먹이고 있는 사람들로 응급실은 시장통같이 북적이고 어수선하다. 그러나 무대 위의 연극 배우들처럼 응급실에 있는 모든 사람들은 각자의 역할이 있어 보인다. 환자, 치료하는 의사와 간호사, 간병인, 보조 간호사, 환자를 이동시키는 사람들, 하물며 가족을 찾고 다니는 사람들까지 응급실 모습을 구성하는 사람들은 모두 다 각각 존재의 이유가 있다. 태수는 그 속에서 유일하게 역할이 없는 사람이 자신이라는 생각이 든다.

누군가 태수의 어깨를 툭 친다. 고개를 돌려보니 처음 보는 남자들 서너 명이 태수를 에워싼다. 한 사람은 카빈 소총을 들고 있다.

"당신, 공수부대 아냐?"

그중 한 명이 턱없이 큰 소리로 말한다. 사람들이 힐끗 힐끗 쳐다본다.

"아따 그리고 봉께 공수부대가 맞는 것 같구먼 그려."

이번에는 다른 남자가 목소리를 높인다. 갑자기 적개심을 드러내면서 몰려드는 사람들로 인해 태수는 응급실 여기저기를 바라보면서 어쩔 줄 몰라 한다. 아버지도 신 박사님도 안 보여 자신을 변호하고 지켜줄 사람들은 아무도 없다. 옆에 있던 한 남자가 태수의 멱살을 잡는다.

"시방 여그가 어딘줄 알고 왔냐? 니가 죽여분 사람들 구경왔냐?"

정곡을 찌르고 덤벼온다. 태수의 심장이 두근거리면서 등에 식은땀이 흐른다. 뭐라고 해야 하나. 사실 그대로 말하면 믿어줄까? 그러면서 다시 응급실 여기저기를 둘러본다. 역시 아버지가 안 계신다. 태수가 말을 못 하고 있자, 그를 둘러싼 남자가 다시 큰소리로 외친다.

"여러분, 시방 여그 공수부대 놈이 있어라. 이 잡것이 우덜을 염탐하러 온 프락치인거 갑소!"

그러자 응급실이 한 순간 조용해지면서 사람들의 시선이 태수에게 쏠린다. 노려보는 눈길이 따갑게 느껴진다. 태수는 순간 자신도 모르게 외친다.

"아…아닙니다. 저는 탈영했습니다. 아니 탈출했어요."

그의 음성은 떨리고, 다리도 떨린다. 모두가 태수의 얼굴과 입을 바라본다. 잠시 동안 아무도 말하지 않는다. 태수의 입에서 탈영이라는 말이 나오자 사람들은 서로를 바라보면서 놀라는 눈길을 보내고 있다.

"시방 우덜보고 그 말을 믿으란 말이여?"

처음에 시비를 걸었던 일행 중 한 명이 다시 추궁한다. 태수가 그 사람을 보면서 낮은 목소리로 말한다.

"저…저는 광주교도소에 배치 받았다가 탈영, 아니 탈출했습니다."

"아따 요놈보소. 정체가 탄로나니께 탈출했다고 거짓부렁하는거여? 이 잡놈아! 공수부대놈이 탈출했다는게 시방 말이 된당가?"

추궁이 이어진다. 태수는 있는 그대로 말 할 수는 없다. 부상을 입은 동생을 발견해 데리고 탈출하면서 동료 군인을 죽였다는 말은 사람들에게는 소설 같은 믿지 못할 얘기다. 그래도 어느정도 사실을 밝히지 못하면 화를 입을 수 있다.

"광주교도소에 동생을 구출하려고 탈영했습니다. 믿어주십시오."

태수가 하소연 하듯 말한다. 그러자 웅성거림이 잠시 멈춘다. 그러나 멱살잡이를 하고 있는 남자는 태수의 말을 안 믿고 멱살을 더욱 조여 사실이 아니라고 사람들을 설득한다.

"니가 시방 사람들을 현혹혀서 군인놈 프락치인걸 감출라고 그라제?"

태수가 아무리 설명을 해도 그 남자는 믿을 생각이 없어 보인다. 그렇게 실랑이가 계속되고 있다.

이번에는 다른 무리의 총을 맨 시민들 서너 명이 다가온다. 그중에는 머리가 히끗한 중년의 남자가 멱살잡이 하고 있는 남자에게 태수를 놓아 주라고 말한다. 그러자 남자는 태수에게 눈을 부라리더니 던지듯 멱살잡이를 놓는다. 바닥에 털썩 주저앉은 태수를 중년의 남자는 손을 내밀어 일으켜준다.

"사람들이 흥분해서 그러네. 미안하게 됐네. 어서 일어나게!"

태수는 갑작스러운 선처에 어쩔줄 몰라 어리둥절 하며 고개를 떨구고 있다. 그런 태수를 중년의 남자는 어깨를 다독이며 자신의 이름을 밝힌다.

"나는 이하선이라고 하네. 여기 시민들과 지금 공수부대에 항거하고 있다네. 아까 들으니 자네가 탈영했다고 하던데 어디 소속인가?"

"예… 저는 3공수여단 15대대 3중대 의무병 이태수 일병입니다. 광주교도소를 사수하라는 임무를 맡고 있었습니다."

"그렇구만. 그럼 내게 광주교도소의 상황을 들려줄 수 있겠나?"

태수는 어떻게 말해야 할지 몰라 망설이다가 광주교도소의 상황을 이하선에게 말했다. 시체를 매장하는 일과 참혹한 시체들의 상태에 대해 말했다. 그러자 중년의 남자는 어두운 표정으로 묵묵히 태수의 말을 다 듣고는 다시 태수에게 묻는다.

"힘들겠지만 자네가 지휘부에 가서 지금 광주교도소에서 보고 들은 내용을 좀 소상히 설명해 주겠나?"

태수는 주변을 두리번 거렸다. 아버지가 알게되면 분명 못가게 할 것이고 또 현수가 일어나면 자신부터 찾아 엄마의 소식을 다시 물을텐데. 생각이 온통 머리속을 어지럽힌다.

"태수 군이라고 했나? 나에게도 얼마전 군에서 제대한 아들이 있다네. 아마 자네 나이와 비슷할 걸세 그 아이도 나와 함께 도청을 사수하고 있네. 의기로운 일이니 좀 도와주게나."

간곡한 부탁을 하는 이하선의 말에 태수는 결심이 섰는지 고개를 끄덕였다. 그러고는 아버지가 병원 의사로 계시니 아버지께 인사를 드리고 병원 정문 앞에서 보자는 말을 했다.

태수는 현수가 누워있는 병실 문을 조금 열어 아직 힘들어하고 있는 현수의 얼굴을 쳐다봤다. 어릴적부터 유독 형을 잘 따라 동네 아이들이 형 바보라고 놀리는 모습이 떠올랐다. 그때마다 형제는 놀리던 아이들을 쫓아가 혼내주던 모습이 기억이 난다. 누가 뭐라고 해도 둘의 형제애는 다른 형제들 보다 남달랐다. 대학에 가기 전까지 항상 함께였고 좋은 친구였다. 태수의 눈에는 눈물이 흘렀다. 그렇게 사랑하는 동생이 자신 때문에 엄마도 잃고 다리도 잃게 되었다는 자책감이 들었다.

태수는 병실 문을 닫고 아버지가 계신곳으로 향했다. 아마 수술실 인근에 계실것 같아 지나가는 간호사에게 물었더니 응급실에 계신단다. 서둘러 1층 응급실로 내려가 아버지께 말씀을 드렸다.

"태수야? 거기가 어디라고 간다고 그래?"

"아버지 제가 꼭 가야될거 같아요. 현수랑 교도소 빠져나올때 엄마가 눈을 못 감고 돌아가셨어요. 제가 그 눈도 감겨드리지 못하고…."

태수는 울먹이는 목소리로 아버지를 설득하고 있다. 하지만 아버지는 아내를 잃고 난지 얼마 안 되어 큰 아들도 잃어 버릴것만 같은 불길한 예감이 들었다. 큰 아들마저 잘못된다면 죽은 아내에게도 불구가 된 현수에게도 아버지가 지키지 못했다는 책망을 감당하지 못할 것이다.

"태수야. 공수부대가 언제 들이닥칠지 모르는데 도청에 간다는 건 자살 행위나 마찬가지야. 그리고 너는 탈영병인데 자칫 군인들에게 걸리면 어떻게 하려고? 현수하고 아버지도 생각해야지?"

태수는 아버지의 말을 듣고 잠시 생각하다 말 문을 힘겹게 연다.

"아버지 광주에 투입될 때까지는 이런 일인 줄 몰랐어요. 전남대에서 사살 명령이 떨어질 때도 설마 했어요. 내가 총을 쏘면서도 저 속에 우리 식구들은 없겠지! 내가 아는 사람은 없겠지! 조마조마했어요. 그런데 사람들은 죽어가는데 나라는 한심한 놈은 그런 생각이나 하고 있는 거예요.

아버지! 사람이 사람한테 그러면 안 되는 거잖아요! 그래서 엄마하고 현수가 잘못된 거잖아요. 누군가는 바로잡아야 할 거 같아요."

이 교수는 할 말이 없었다. 자신이 했어야 할 행동을 아들이 대신한다는 것에 미안한 것인지 한숨만 내쉴 뿐 태수를 말릴 명분이 없었다. 고개 숙인 아버지를 뒤로하고 태수는 일어나 병원 정문으로 가려다 아버지가 안쓰러웠는지 한마디를 더한다.

"아버지. 저 서재에 아버지 일기장 봤어요! 할아버지가 미우셨겠지만 그만 용서하세요. 우리가 바로잡으면 되잖아요. 아버지는 그만큼 하셨고요. 현수 깨어나기 전에 올게요. 아버지 힘내세요."

5월 24일 행진

"큰일 났습니다. 도청 지하에 화순 탄광에서 가져온 다이너마이트 상당 수가 보관돼 있습니다."

조선대 학생 김종배가 도청 회의실로 급하게 들어오더니 가쁜 숨을 몰아쉬면서 말한다. 순식간에 회의장이 조용해진다. 수습대책위원회가 계엄군에게 보낼 요구 사항을 정리해서 발표한 직후이다. 몸집이 큰 김 군이 말을 잇는다.

"다이너마이트가 폭발하면 도청은 물론 인근 지역이 다 날아갈지도 모릅니다. 대책을 세워야 합니다."

다시 조용해진다. 충격적인 소식에 아무도 쉽게 말을 꺼내지 못하고 있다. 공포와 두려움이 순식간에 회의실을 뒤덮는다.

"우리 시민군들이 지키고 있지만 만약 폭발이라도 된다면 너무 큰 재앙이 될 것이 뻔합니다. 누군가 이를 지켜야 하지 않겠습니까? 저희 학생들만으로는 역부족입니다. 어르신들께서 지켜주셔야 합니다."

김종배를 비롯한 학생들은 절박한 표정으로 도움을 청한다. 그러는 와중에 수습위원들이 하나 둘 회의실을 빠져나가기 시작한다.

홍남순 변호사는 회의실에 앉아서 해결책을 찾는데 골몰하고 있다. 몇 명의 수습위원만이 남았다. 김갑제와 함께 홍 변호사를 그림자처럼 따라다니는 아들 기섭의 나직한 목소리가 들린다.

"아부지, 분위기가 너무 안 좋아라. 시방 다들 도청을 빠져나가는디 어쩌실랍니까?"

홍 변호사가 그런 아들을 쳐다보지도 않고 대꾸한다.

"여기를 팽개치고 어디로 간단 말이냐. 더욱이 위험천만한 다이너마이트를 남겨놓고 나가는 것은 더 위험한 일이 아니냐. 누군가는 지켜야 할 것이야."

홍 변호사는 이미 결심을 한 것이다. 그는 창밖으로 눈길을 돌린다. 첩첩산중이고 설상가상이다. 계엄군과의 협상도 난항이지만 당장 지하실에 있는 엄청난 양의 폭발물도 큰 문제다. 이걸 그냥 모르는 체하고 피해버린다면 비겁을 떠나서 무책임한 짓이다.

"가고 싶은 분들은 모두 돌아가세요. 저는 여기서 떠나지 않겠습니다. 누군가 수습하지 않으면 지금보다 더 많은 피를 흘리게 됩니다."

홍 변호사가 도청에 남고자 하는 뜻을 밝히자 이성학 장로 등 4~5명이 함께 남겠다는 의사를 비춘다. 홍변호사는 이날 도청에서 학생들, 시민군들과 함께 주먹밥으로 저녁을 해결했다.

25일 전남도청에서의 밤은 여러 차례 긴급상황이 발생하면서 불안하고 어수선하다. 시 외곽에서 계엄군의 동태를 살피던 시민군들의 보고에는 계엄군이 탱크를 앞세우고 시내 쪽으로 움직이고 있다는 것이다. 새벽 3시에는 비상벨 소리가 울리면서 도청에 비상이 걸리기도 했다.

광주 시내를 불바다로 만들 수 있는 엄청난 양의 다이너마이트를 지하에 두고 시민군과 함께 밤을 지새운 홍 변호사는 26일 새벽에 계엄군의 탱크가 시내에 출현했다는 소식을 듣는다. 계엄군의 탱크들이 통합병원이 있는 화정동에서 농촌진흥청 앞까지 진입을 했다는 것이다. 시민군들이 경악을 하면서 술렁이기 시작한다. 도청에서 철야를 하다시피 한 수습위원들의 얼굴에도 긴장하는 빛이 역력하다. 탱크를 무슨 수로 막는다는 말인가.

도청에서는 공포 분위기가 엄습하면서 더욱 어수선하다. 이제 막다른 길에 다다른 것이다. 자폭하자는 말부터 모두 죽더라도 맞서 싸우자는 젊은이들의 주장도 나온다. 갑자기 김성용 신부가 무릎을 꿇는다. 그러고는 하나님을 부르며 기도를 한다. 홍남순 변호사, 이성학 장로도 무릎을 꿇고 기도한다. 도청 안에 있던 많은 사람들이 동참한다.

이들의 기도는 한참이나 이어진다. 울면서 기도했다. 죽음을 눈앞에 둔 처절하고도 애절한 기도다. 기도를 마친 수습위원들은 논의를 한다. 시내로 쳐들어오는 탱크를 몸으로라도 막아보자는 의견이 나온다. 김성용 신부가 비장한 어투로 말한다.

"우리 어른들이 총알받이로 나섭시다. 계엄군의 탱크가 오고 있는 화정동, 농성동으로 갑시다. 여기에 있어도 죽을 것이니 차라리 탱크 앞으로 나가서 죽읍시다. 젊은이들은 여기 남아서 도청을 지켜주십시오. 우리 모두 나갑시다."

이른 아침이다. 홍남순 변호사를 비롯한 수습대책위 대표 17명은 도청 상황실을 나온다. 이들은 도청에서 나오기 직전 계엄군과 협상 때 내놓을 '실천 강령'을 마련한다.

1. 앞으로 1시간 이내로 군은 본래의 위치로 철수할 것.
2. 미 철수 시 전 시민의 무장화를 호소하여 강경 대응함.
3. 무력진압 시 게릴라 전으로 끝까지 싸울 것.
4. 최후의 순간에 다이너마이트를 폭발시켜 전원 자폭.

행진에 나선 수습위원회 대표들은 이미 죽음을 넘어섰다. 그들은 시민들이 공수부대의 총탄에 죽어간 도청 앞 광장을 지나서 서서히 걸어간다. 이들 17명의 수습위원 뒤에는 35명의 시민들이 뒤따랐다. 그들은 4줄로 열을 지어서 서로 팔짱을 끼고 계엄군의 총부리를 향해서 걸었다.

두려움이 왜 없을까. 그런데도 그들은 앞으로 나아갔다. 어디선가 노려보고 있을 공수부대 저격병들의 총구에서 금방이라도 총탄이 날아올 것만 같다. 불과 며칠 전에 이곳에서 수많은 시민들이 군인들의 총탄을 맞고 쓰러져 갔다. 그러나 더 이상의 희생을 막아야 한다는 절박한 의지로 출발한 이들의 죽음의 행진은 멈추지 않는다. 아침이 희붐하게 밝아오고, 그들의 눈에 바리케이트를 친 계엄군의 진지가 보인다. 국군통합병원 앞에 이르렀다. 탱크가 커다란 포신을 이쪽으로 드러내 있고, 군인들의 눈에서는 살기가 번득인다.

그들은 계속 나아간다. 흔들림이 없다. 뒤따르는 시민들과 외신기자들은 군인들이 겨누고 있는 총구에서 총알이 튀어나오지 않을까 조마조마한다. 바리케이트 앞에 도착하자 계엄군 장교가 나서서 대화를 시도한다. 죽음의 행진은 여기서 끝났다.

5월 25일 체포

보안사령부에는 광주 505보안부대에서 30분 단위로 보고가 올라온다. 계엄사령부를 통해서도 시민대표들과의 협상내용이 보고된다.

보안사령부에서는 광주시민들이 수습위원회 대표단을 구성해서 계엄군과 협상을 제의했다는 것을 보고 받고 이미 계엄사령부와 505보안부대에 협상 지침을 내려 보냈다.

> 첫째, 폭도들이 무기를 모두 회수해서 계엄군에 반납하기 전에는 어떠한 협상도 불가하다는 원칙을 견지할 것.
>
> 둘째, 폭도들에게 26일 밤 12시까지 시한을 정해서 최후통첩을 할 것.
>
> 셋째, 협상의 와중에도 최대한 무기를 회수하도록 할 것.
>
> 넷째, 보안부대는 '작전 조언권'을 활용해서 협상 현장에서 계엄군의 돌발 발언을 제지할 것.

보안사령부는 처음부터 시민들과의 협상은 불가하다는 원칙을 세워놓고 있었다. 협상을 통해서 사태를 수습하는 것은 '무등산' 공작의 작전내용이 아니기 때문이다. 이로 인해 계엄군은 시민들이 협상을 하자고 해도 형식적이고 원칙적으로 대응만 할 뿐, 협상타결을 하려는 의도나 계획은 전혀 없다. 오히려 시민군에게 유리하게 작용할 수 있는 걸림돌을 제거해 나가면서 당초 계획대로 진압작전을 수행하기 위한 수순을 밟아나갔다.

이학봉 처장은 505보안부대로부터 전남도청 지하실에 다이너마이트가 다량 보관돼 있다는 정보 보고를 받고는 즉각 처리 될 수 있도록 공작을 지시했다. 광주 폭도들이 이를 빌미로 협상을 압박할 수 있다는 점에서 중요한 문제다.

25일 밤 9시 쯤 505보안부대로부터 비밀전문이 도착한다.

25일 오후 1시경까지 전남도청 지하실에 보관돼 있는 다이너마이트는 계엄사 폭발물 처리반을 투입해서 모두 사용 불가하도록 조처함.
다이너마이트 뇌관 3,000여개는 23일부터 차례로 상무대로 반입시킴.
당일 폭발물처리반이 투입돼 다이너마이트 2,100개의 뇌관을 모두 해체함.
이 외 수류탄 신관 279발과 최루탄 신관 170발도 모두 해체함.
폭발물 처리반은 도청 잠입 시 시민군으로 위장했으며 505보안부대 요원이 동행함.

보안사의 공작은 빈틈이 없다.

이런 사정도 모른 채 홍남순 변호사를 비롯한 시민수습대책위 대표들이 죽음의 행진을 거쳐서 전남북계엄분소가 있는 상무대로 들어간다.

26일 오전 10시부터 오후 2시 30분까지 마라톤 협상이 진행되지만 결과는 허탈하다.

"대화를 하겠다면 우선 모든 총기를 회수해서 계엄군에 반납하도록 하세요. 그 이전에는 협상이란 있을 수 없습니다. 30분 안에 회의를 끝내도록 하지요."

계엄군 대표인 김기석 소장은 단호하면서도 원칙적인 말만 하고 있다. 그가 다시 말을 잇는다.

"우리는 분명한 입장을 말씀드렸습니다. 무기를 모두 회수하기 전까지는 대화나 협상은 없습니다."

수습대책위원들은 말문이 막힌다. 여기저기서 한숨소리만 터져 나온다. 군인들은 아예 대화자체를 거부하고 있는 것이나 다름없다.

"군은 작전 명령에 의해 움직입니다. 오늘 밤 12시를 넘기면 우리는 명령에 따라 진격할 수밖에 없습니다."

최후통첩이다.

그 소리에 홍 변호사는 맥이 풀린다. 다른 수습대책위원들도 서로 얼굴을 바라보면서 어쩔 줄 모른다. 상무대 전남북계엄분소를 허탈한 마음으로 나오는 홍 변호사는 다리에 힘이 빠져 비틀거린다. 밤새 잠을 못자고, 새벽부터 걸어서 죽음의 행진을 하고, 이어서 무려 4시간 30분이나 군인들을 설득해보고 하소연도 해보았다. 그러나 요지부동인 군인들의 태도에서 홍 변호사는 절망한다. 몸도 마음처럼 천근만근 무거워진다. 상무대 건물이 보이지 않을 때쯤 홍 변호사가 이성학 장로와 함께 김성용 신부에게 다가가 말한다.

"신부님, 이제 우리 힘으로 사태 수습은 틀린 것 같습니다. 군인들은 공격을 이미 작정하고 있습니다."

"그런 것 같습니다. 어찌해야 할지 막막합니다."

"그래도 이대로 맥을 놓고 있어서는 안 되지요. 마지막으로 할 수 있는 일이라도 해 봅시다. 전두환이가 이 모든 것을 계획하고 이끌어가고 있어요. 그를 설득해야만 합니다. 그 사람을 설득할 분은 김수환 추기경님하고 해위(윤보선) 선생입니다. 김 신부는 김수환 추기경님을 만나 광주 상황을 설명드리고 전두환을 설득해달라고 하세요. 저는 해위 선생을 만나서 부탁 말씀을 드리겠습니다. 해위 선생뿐 아니라 최규하 대통령, 국무총리 등 모든 사람을 다 동원해서라도 막아야 합니다. 광주 사람들을 더 이상 죽이지 말라고 눈물로 호소합시다."

홍 변호사의 눈가는 벌써 눈물로 촉촉이 적셔져 있다. 시민들을 살려보겠다고 몸부림치는 홍 변호사의 모습을 바라보는 김성용 신부의 눈과 마음에서도 눈물이 흘러내린다.

"변호사님, 당연히 그렇게 해야지요. 저도 서울로 가겠습니다."

"신부님. 고맙소이다. 여기 내가 갖고 있는 돈으로 여비를 나눕시다."

홍 변호사는 지갑을 꺼내서 갖고 있던 돈을 김 신부와 절반씩 나누어 가졌다. 홍 변호사가 뒤에 서있는 김갑제를 보고 말한다.

"김 군이 어렵더라도 김 신부님을 서울 명동성당까지 모셔다 주면 좋겠네. 할 수 있겠지?"

"네, 변호사님. 여부가 있것습니까. 지가 다녀오것습니다."

김갑제는 흔쾌히 대답을 했지만 이 길을 떠나면 다시 못 돌아올수도 있겠다는 생각이 들었다. 마침 함께 있던 남동성당 사무장을 길 한편으로 이끌었다.

"사무장님, 제 처가 임신 3개월인디 지금 어머니 병 간호를 허느라 전대병원 11층 입원해 있는디요. 처에게 연락 못헌지가 이틀째인디. 제가 죽지 않고 살아있다고만 전해 주실랍니까? 부탁합니다."

"걱정하지 말게나. 내 꼭 전해 드리겠네."

대답하는 사무장에게 어머니 성함과 입원실 호수를 메모지에 적어 건넸다. 김갑제는 기섭이가 구해온 오토바이 뒷자석에 김성용 신부를 태우고 오후 3시쯤 서울을 향해 떠났다.

홍 변호사도 집으로 돌아가 늦은 점심을 먹고 부인 윤 여사와 함께 길나설 채비를 한다. 윤 여사는 남편과 동행하는데 주저함이 없다. 거기다가 기섭이가 동행을 하고 있어서 홍 변호사는 든든하다.

"아부지, 송정리 역까지만 빠져나가불믄 괜안을 것 같어라. 거기서부터는 서울행 기차를 탈 수 있을것 같은디. 안 되불믄 다른방법을 찾아보것습니다."

"그래, 어서 서두르자."

홍 변호사 내외와 기섭이가 서울을 가기 위해 아는 사람이 운전하는 택시를 타고 궁동 은행나무 집을 떠난다.

어느덧 시내를 벗어나더니 송정리로 진입하는 길목인 극락강교 앞에 택시가 멈춘다. 예상했던 대로 검문소가 설치돼 차량과 사람들을 검문하고 있다. 기섭은 불안하고 초조하다. 열린 택시 창문으로 완전무장한 군인의 목소리가 들려온다.

"실례합니다. 모두 신분증을 꺼내 보여주세요."

기섭이 뒤를 돌아보자 당황하는 아버지 눈과 마주친다. 그러나 신분증을 내줄 수밖에 없다. 안 내놓으면 바로 총구를 들이댈 것이다. 난감한 생각이 홍 변호사의 머릿속에 가득하다.

"빨리 신분증을 주시겠습니까?"

군인의 재촉에 할 수 없이 세 사람 모두 신분증을 꺼낸다. 신분증을 보던 군인이 대뜸 말한다.

"아, 홍남순 변호사님이시군요. 그렇지 않아도 기다리고 있었습니다. 기사 아저씨, 차를 길 옆으로 이동시키세요."

순간 탈이 났다는 생각과 함께 홍 변호사의 얼굴이 일그러진다.

"지금 아내가 아파서 서울로 급히 치료를 받으러 가야 합니다."

궁색한 변명을 해본다. 그러자 차량을 이동하라고 지시하던 군인이 손짓으로 다른 군인을 부르면서 고개를 가로 젓는다.

"안됩니다. 이 차로는 서울까지 못 가십니다. 저희들이 모셔다 드리겠습니다. 내리시지요."

택시 앞을 가로막고 선 군인의 말투는 정중한 듯했지만 단호하다. 그러는 사이 다른 군인이 무전을 치고 있다.

"독수리를 잡았다. 오버"

무전교신이 오고 간 뒤 5분도 채 안 되어 군용 지프가 한 대 달려온다. 군인이 다시 차에서 내릴 것을 종용한다.

"어서 내리시지요."

그러자 홍 변호사가 고집을 낸다.

"죽어도 내릴 수 없소이다. 난 지금 서울을 가야합니다."

부인 윤이정 여사도 남편을 따라 내리지 않겠다면서 택시 안의 손잡이를 꼭 잡고 있다. 장교가 지프에서 내려 다가오더니 소리를 친다.

"야, 뭐해! 끌어내!"

군인들이 택시 문을 강제로 열고 끌어 내린다. 기섭이가 군인들과 실랑이를 벌이다가 정강이를 걷어 채였다.

"이 사람들아. 지금 무슨 짓이야. 우리가 무슨 죄를 지었다고 이런 행패를 부리는 거야. 그리고 나만 데리고 가면되지 왜 가족들까지 이러는 거야?"

강제로 끌려 내린 홍 변호사의 항변도 소용없다. 장교가 앞으로 나서서 엄중한 목소리로 말한다.

"홍남순 변호사, 상부 명령에 의해 당신을 정식으로 체포합니다. 죄의 유무는 수사기관에서 밝혀질 것입니다."

군인들은 세 사람에게 수갑을 채운다. 지프 뒷좌석에 태워진 홍 변호사

가족은 광주시 쌍촌동에 위치한 505보안부대로 끌려갔고, 곧바로 창문도 없는 지하 감방에 따로 따로 갇힌다. 시시각각 다가오는 계엄군의 학살을 막아보고자 했던 홍 변호사의 서울행은 이렇게 좌절된다.

*

김성용 신부 일행은 송정리 입구 검문소를 무사히 통과하고는 신동 성당 정형달 신부의 도움으로 택시를 타고 영광까지 갔다. 영광부터는 영광 성당 신부님이 준비해 준 트럭을 몰고 지방도로를 이용해 전북 고창으로 향했다. 영광의 외국인 신부님이 동행을 해 주셨다. 영광과 고창의 경계 지역에서는 탱크와 장갑차를 세워놓고 검문을 벌이고 있었다.

바리케이트 앞에 차를 세우자 대위 계급장의 장교와 사병 서너 명이 다가와 신분증을 요구하면서 차안을 살펴보며 눈알을 부라린다.

"당신들 행선지가 어디야?"

장교의 말에 모두들 묵묵부답이다. 장교가 허리춤에 손을 얹고 인상을 쓰고 있는데, 영광에서부터 동행하고 계시는 외국인 신부님이 갑자기 영어로 무슨 말인가를 한다. 알아듣지 못해 멀뚱거리고 있는 장교에게 김 갑제는 말한다.

"이 분은 영광 성당의 신부님이신데 교우가 돌아가셔서 고창으로 장례 미사를 드리러 가는 길이라고 말씀을 하십니다."

"옆에 있는 사람은 누구야?"

외국인 신부님은 그렇다 쳐도 김갑제 옆의 한국인으로 보이는 김 신부를 장교가 쳐다보며 의심한다. 일행들은 긴장을 하고 있는데, 갑자기 김 신부님이 영어로 말하면서 외국인 흉내를 내며 장교의 말을 못 알아듣겠다는 표정을 짓는다.

"이 분은 교포이신데 자란 나라가 미국이라 한국말을 못하십니다. 양해 바랍니다."

김갑제의 말을 들은 김 신부는 한국말을 못하는 척 연기를 한다. 깜빡 속은 장교가 고개를 몇 번 갸웃거리더니 한쪽으로 가서는 어디론가 무전을 때리고 있다. 무전통신이 계속되고 있는 동안 김성용 신부 일행은 피가 마르는 것 같다. 어서 빨리 김수환 추기경을 만나서 광주 상황을 설명하고 계엄군의 무력 진압을 멈추도록 해야 했기 때문이다. 약 10여분이 지나고 나서야 바리케이트가 치워지고는 차를 통과시키라는 장교의 지시가 떨어졌다.

안도의 한숨을 내쉬던 일행은 고창으로 들어가 성당 사제관에서 하룻밤을 지새우고는 다음날 가톨릭농민회 등의 도움을 받아서 김수환 추기경이 계신 명동성당으로 달리고 또 달렸다.

5월 26일 전운

이완의 교수는 오후를 초조하게 보낸다. 초저녁부터는 조마조마한 마음으로 밖의 소리에 귀를 기울인다. 계엄군이 진압작전을 개시한다는 날 밤이다.

며칠 전부터 사람들은 계엄군이 다시 시내로 공격해 들어올 것이라는 우려와 공포로 불안한 시간들을 보낸다. 지금까지도 많은 사람들이 죽어나갔는데 광주를 에워싸고 있는 수천 명의 계엄군이 광주 시내를 다시 장악하려 들어온다면 그야말로 큰일이 벌어지는 것이다. 계엄군은 '무기를 버리고 무조건 항복하라'는 최후통첩을 하고, 공격 시간만을 기다리고 있다는 것이다. 탱크와 장갑차들이 서서히 시내로 진격할 태세를 갖추고 있다는 얘기도 들린다.

시민군 본부가 있는 전남도청과 가까운 거리에 있는 전남대 의대 병원의 의료진들은 일손이 잡히지 않고 있다. 또 총상 환자들이 밀어닥쳐 지옥 같은 상황이 연출될 것이다. 사람들이 죽어나가는 모습을 더는 보고 싶지 않다. 의료용품들도 거의 바닥이 들어나고 있다. 부족한 혈액은 시민들의 헌혈로 때우고 있다지만 보유하고 있던 약품들과 수술용구들도 부족하다. 게다가 계엄군들이 광주시 전역을 봉쇄하는 바람에 광주 인근 지방에서 들어오는 채소 등 생필품들마저 품귀현상이 일고 있다. 며칠 동안 계속된 밤샘 진료에 의료진 모두 심신이 지쳐있다. 여러모로 한계상황이 오고 있는데, 또다시 폭풍 전야 같은 밤을 맞고 있는 의료진들은 모두 다 울고 싶다.

이 교수는 더 불안하다. 아들 태수가 시민군으로 들어가서 도청에 있기 때문이다. 태수가 시민군이 된 것은 자의 반 타의 반인 것 같지만 이 교수는 아들의 결정을 담담하게 받아들였다. 자신도 의사만 아니면 총을 들고 나가 싸우고 싶은 심정이다.

저녁 어스름이 깔리고 있는 무렵, 이 교수는 복도 쪽으로 나와 환자 가족용 의자에 앉아 있다. 속으로는 애가 탄다. 지금까지의 군인들 행태로 보아 도청에 있는 시민군들을 그냥 달래고 설득해서 투항하게 하지는 않을 것이라는 생각이 든다. 태수가 무사할 확률은 거의 없어 보인다. 둘째 아들 현수는 이제 일반 병실로 옮겨져 치료를 받고 있다. 다리를 절단하지는 않았어도 평생 왼쪽 다리를 절룩거리면서 살아야 한다.

이 교수는 온 가족이 하루아침에 나락에 빠져버린 일이 꿈만 같다. 제발 꿈이었으면 하지만 엄연한 현실이다. 그는 점차 삶의 의욕이 떨어지는 자신을 발견한다. 수술 도중에도 집중하지 못하고 엉뚱한 생각을 하다가 수술을 그르칠 뻔했다. 긴장을 해야할 수술이지만 이 교수 머리속에는 앞으로 어떻게 살아야 하나? 삶의 근원적인 문제가 더 중요했다. 정신이 혼미해져 잠시 앉아 있는 이 교수를 발견하고 신 박사가 다가온다.

"이 교수, 괜찮나? 뭐라도 먹어야 기운을 차리지. 식당으로 가세."

이 교수는 밥 생각도 없는지 자리에 앉아 멍하니 바닥만 쳐다보고 있다. 그런 이 교수가 안쓰러운지 신 박사는 한마디 더 보탠다.

"이 사람아 자네가 기운차려야 환자들도 힘을 낼거 아닌가."

신 박사는 이 교수를 향해 억지웃음을 지어 보이며 서있다. 그러는 신 박사가 고맙고, 자식을 잃고서도 내색하지 않으려 애쓰면서 진료에만 전념하는 그의 모습이 보기에 애처롭다. 신 박사의 속도 아마 쓰리다 못해 문드러졌을 것이다. 이 교수가 미소를 지어보이며 신 박사를 따라 나선다. 얼른 밥을 먹고 또 수술실로 향해야 한다.

*

밤 12시가 넘어서면서 이 교수의 귀는 더 예민해진다. 혹시 총소리가 들려오는지 쫑긋해서 귀를 기울이고 있다. 밤이 깊어지면서 긴장했던 의료진들 대부분이 졸거나 쪽잠을 청하고 있다. 이 교수도 의자에 앉아 잠깐 졸았다.

무슨 소리가 들린다. 이 교수가 자리에서 벌떡 일어선다. 응급실을 휘돌아보니 몇 사람이 일어서서 이 교수처럼 눈을 동그랗게 뜨고 궁금해 한다. 이번에는 선명하게 들린다. 총소리다. 이 교수는 두근거리는 마음으로 벽에 걸린 시계를 바라본다. 새벽 4시를 넘어가고 있다. 곧이어 난사하는 총소리가 들려온다. 이 교수는 밖으로 뛰어나갔다. 아직 새벽 어둠이 고스란히 남아 있다. 불과 수백 미터 떨어진 도청 쪽에서 수많은 총소리가 어두운 밤하늘을 뚫고 들려온다. 총성 하나가 긴 꼬리를 물고 이어지면서 이 교수의 가슴속에 들어와 박힌다. 이 교수의 입에서 나지막하게 떨리는 소리가 튀어나온다.

"태수…. 태수야!"

광주 시내 전역에서 계엄군의 무자비한 살상으로 인해 많은 시민들이 죽어갔고, 부상자도 늘어만 간다. 계엄군은 시민군의 시체를 모아서 어디론가 실어간다. 총상이 심한 부상자는 내버려 두고 가벼운 부상자들은 모두 끌고 갔다.

전남대 병원 응급실에도 일부 총상 환자들이 들어온다. 신재운 박사는 총상 환자를 상대로 응급처치를 하면서도 가끔씩 의자에 넋을 놓고 앉아 있는 이완의 교수를 바라보았다.

이 교수는 부인을 잃고, 이제는 큰 아들 태수도 잃은 것 같다. 도청에 있는 태수는 계엄군의 진압작전이 끝났는데도 아직 돌아오지 않고 있다. 둘째 아들은 불구가 됐다. 의사로서 소명의식을 갖고 열심히 살고 있던 그를 무엇이 이토록 불행하게 만들었는지 도무지 알 수 없다. 물론 신 박사 자신도 하나밖에 없는 아들을 잃었다. 그러나 지금 광주에서는 너 나 할 것 없이 죽어나가고 있다. 부상자도 수천 명에 이르고 있다. 개인의 불행을 이야기할 수 있는 상황이 못 된다. 그렇더라도 이 교수의 처지는 너무도 가혹하고 처참하다. 신 박사는 이 교수의 불행이 자신 때문이라는 자책감도 든다. 아들 윤호의 수술을 위해 이 교수에게 전화를 한 것이 화근이 된 것 같다. 그렇다고 그에게 미안하다는 말을 할 수도 없다.

며칠 전에는 이 교수가 신 박사를 위로했지만 이제는 신 박사 자신이 이 교수를 위로해줘야 할 형편이다. 그렇지만 무슨 말을 하고 어떻게 위로하고 보살펴야 한다는 말인가. 신 박사는 망연자실하고 있는 이 교수의 모습이 애처롭고 안타까워 가슴이 저려온다.

5월 27일 조작

1980년 5월 27일 새벽 4시.

3공수여단 11대대 소속 77명의 특공대가 전남도청을 향해 전격 기습 공격에 들어갔다. 장교 11명과 사병 66명으로 구성된 군인들은 무차별 총질을 하면서 순식간에 정문을 돌파하고 담을 넘어서 본관을 장악해 나간다.

11공수여단 61대대 소속 37명의 특공대는 전일빌딩과 광주관광호텔을 공격한다. 역시 무차별 총격이다.

7공수여단 33대대 소속 262명의 특공대는 광주 공원을 공격했다.

공수부대 특공대는 전원 방탄조끼를 입고, M16 소총을 난사하면서 시민군을 학살한다. 1시간동안 이루어진 공수부대 특공대의 공격으로 전남도청에서만 16명의 시민군이 현장에서 숨지고, 수십 명의 시민군이 총상을 입고 체포된다.

20사단은 장교 284명, 사병 4,482명이 투입해 광주시 전역을 저인망식으로 압박하면서 시민군들을 소탕하고 체포하는 작전을 벌인다.

새벽 4시부터 시작된 계엄군의 상무충정작전은 수십 명의 학생과 시민을 죽이고, 수백 명의 시민을 체포하고는 아침 6시 30분쯤 공수특전대가 전남도청을 완전 점령하면서 끝이 난다.

작전이 끝나갈 무렵인 아침 6시부터 전남도청 앞 금남로에는 탱크와 장갑차들이 진주했고, 여러 대의 헬리콥터들이 상공을 돌면서 시위를 벌인다. 헬기에 장착된 고성능 확성기에서는 '무기를 버리고 투항하지 않으면 사살한다.'라면서 주택가로 도망간 시위대에게 경고를 하고 있다. 시내 곳곳에서는 계엄군의 탱크와 장갑차 수십 대가 무력시위를 벌이면서 시민들에게 공포감을 안겨주고 있다.

학살 작전이 끝났다. 그런데 해괴한 일이 벌어졌다.

전남도청 앞 분수대 주변에 도열한 공수부대 특공대들이 몸을 좌우로 흔들어대는 반동을 넣으면서 '특전가'를 목청껏 부르고 있다. 그들 바로 옆에는 자신들의 총에 맞아 죽은 시민들의 시체가 아직도 피가 굳지 않은 채 피비린내를 풍기면서 아무렇게나 널브러져 있었다.

"보아라, 장한모습 검은 베레모. 무쇠 같은 우리와 누가 맞서랴~"

"안되면 되게 하라~ 특전부대 용사들~!"

열흘 동안 수백 명의 광주 시민을 죽이고, 수천 명의 부상자를 만들어 낸 살인집단 공수부대원들이 부르는 군가소리가 통한의 광주 하늘에 울려 퍼진다.

공수부대가 시민들을 학살하고 난 뒤 부르는 '피의 찬가'는 이른 아침부터 광주 시민들의 가슴속을 쥐어 뜯어놓고 있었다.

＊

충성작전이라는 이름의 도청 진압 작전이 끝난 며칠 후 광주 505보안부
대 서희남 수사과장은 보안사령부 차수일 중령으로부터 긴급 전문을 받
았다.

제목 : 대공 용의자 검거 및 수사 지시
가) 용의자 : 서울대 의과대학 신경외과 이완의 교수(1930년생)
나) 혐의 내용 : 상기 자는 재일교포 출신으로서, 북괴 조총련의 지령
을 받고 국가의 주요 기밀을 불상의 다른 고정간첩들에게 전달해 주는
이적 및 간첩행위를 해 온 것으로 의심 됨.
이에 상기 자를 즉시 체포해 조사를 벌여서 범죄혐의를 밝혀내기
바람. 조사 결과는 즉시 보고 할 것.
다) 참고사항 : 상기 자는 5월 21일 서울을 출발, 광주 시내로 잠입
해서 전남대학교 병원으로 향했다는 보고임. 전남대 병원에서는
당 병원 신재운 박사(심장내과)와 접선이 있을 것으로 보임.
광주에 북괴공작원을 비롯한 불순분자들이 많이 잠입해 폭동을 일으키
고 있는 상황에서 이제 신분을 노출하면서 기 간첩들과 연대해 활동
하려는 의도가 있는 것으로 판단됨.

- 끝 -

서 과장은 차 중령에게서 온 수사지시 문건을 부대장에게 보고를 하고

는 누구에게 수사를 시킬지 고민하다 허장환 수사관을 부른다. 피 한 방울 안 나게 생긴 단단한 얼굴의 허 수사관이 방으로 들어온다.

"허 수사관, 이거 수사 좀 해 봐."

"무신 내용입니까?"

서 과장의 지시에 허장환이 대뜸 묻는다. 역시 건방지기는 으뜸이다. 물론 수사도 으뜸이다. 속으로는 심사가 뒤틀렸지만 업무지시를 해야 한다.

"응, 사령부 차수일 과장 특별지시야. 재일교포 간첩단 사건 같아."

서 과장의 말에 허장환이 의아하다는 얼굴로 서 과장을 바라본다.

"네? 재일교포 간첩단이요? 아니 광주에 무신 재일교포들이 있다고 간첩단 수사입니까?"

어이가 없다는 투로 되묻는다.

"난들 아나? 사령부 지시이니 까라면 까야지. 그리고 설마 꼬투리가 없는데 수사 지시를 하겠어?"

서 과장이 짜증스러운 의중을 내비치자 허장환은 자신의 앞으로 내밀어진 문건을 읽어본다. 사령부의 수사 지시는 맞는데 보통의 수사 지시하고는 좀 다르다. 구체적인 범죄 혐의나 의문점이 특정돼 적시되지 않고, 혐의 내용이 일반적이고 막연하다. 이런 수사 지시는 통상 무조건 잡아다가 족치라는 얘기나 다름없는 것이다. 조금 꼬투리가 나오면 그때 보고를 하고, 상부의 지시를 받아서 간첩으로 엮든 아니면 그냥 석방하든 그것은 나중 일이다.

허장환은 순간 짜증이 밀려온다. 지금 광주는 비상 상황인데 이런 막연한 수사를 지시하고 있다니 한심하다는 생각이 든다. 게다가 자기는 도청 진압작전이 종료된 후 생포한 시민군 지도부에 대한 수사와 수배해서 잡아들이고 있는 광주지역 재야 및 종교계 인사들에 대한 수사도 진행해야 하는 판국이다. 일은 몽땅 맡겨놓고 말도 되지 않은 일거리를 던져주고 있다.

"아니, 과장님. 지금 이런 허접한 수사를 하고 있을 때가 아닙니다. 내가 맡은 일이 얼마나 많은데 이 일을 주십니까? 상부에서 저를 합동수사단 특명 반장으로 임명했는데 이런 일이나 하라는 겁니까?"

허장환이 성질을 참지 못하고 들이받는다. 서 과장이 잠시 멈칫하더니 얼굴에 정색을 하고 말한다.

"이봐 허 수사관. 차수일 중령의 특별지시야. 차 중령이 누구야? 이학봉 처장님 직속 부하잖아. 차 중령의 지시가 결국 이 처장님 지시라는 걸 왜 몰라?"

이 처장의 얘기가 나오자 허장환이 주춤한다. 이 처장의 지시라면 해야 하는 일이다. 그러나 자신에게 맡겨진 일이 많아서 지금도 과부하다.

"과장님, 그래도 그렇지 이 상황에 이런 수사를 지금 해야 합니까?"

허장환의 말투가 조금 누그러진다. 때를 놓치지 않고 서 과장이 밀어붙인다.

"허 수사관. 어쨌든 사령부 특별지시잖아. 아, 당신이 못하겠으면 유능한 다른 수사관을 추천해서 맡기도록 해. 알겠지?"

서 과장은 사실 허 수사관이 많은 역할을 하고 있어서 그에게 이 일을 맡긴다는 것이 맘에 걸린다. 일을 깔끔하고 명쾌하게 잘 처리해서 맡기려는데 생각해 보니 무리인 것 같다. 보아하니 위에서는 공작이라도 해서 처리하라는 것 같은데, 수틀리면 덤벼드는 허 수사관에게 일을 맡기는 것이 좋지 않겠다는 생각도 든다.

"그럼 과장님. 말씀대로 다른 수사관을 지정해서 넘겨주겠습니다. 그 수사관에게서 직접 보고 받으세요. 저는 나가 보겠습니다."

허 수사관이 서류를 들고 밖으로 나가자 서 과장은 사령부의 특별 지시가 떠올라 마음이 심란하다. 광주 현지에서 폭도들 틈에 끼어들어 있는 간첩과 불순분자들을 색출해서 잡아내라는데 아직까지 그런 용의자는 보이지 않는다는 보고다. 정보과나 수사과 요원들에게 특별 지시를 내려놓았지만 간첩의 '간' 자도 찾아보기 힘들다는 것이다. 조바심이 일고 있는 판에 사령부에서 좋은 건을 던져준 것이다. 이번 서울대 교수 건은 잘 만들어가야 할 것 같다. 그것도 광주와 연관이 지어지는 것으로 하면 좋은 성과로 인정받을 수도 있다.

*

"서울대학교 신경외과 교수 이완의. 맞습니까?"

이 교수는 고개를 돌려 자신의 이름을 말하는 사람을 쳐다본다. 가슴이 철렁 내려앉는 것 같다. 혹시 태수가 죽었다는 소식을 전하는 것인가. 도청을 마지막까지 사수하던 사람들 대부분이 죽거나 다쳤다는 말을 들었지만 아직 태수의 소식은 듣지 못했다. 가 볼 수도 없고, 이미 시체들은 계엄군들이 가져가버려서 확인할 수도 없다. 신 박사의 강권에 못 이겨 밥을 몇 술 뜨고 겨우 기운을 차려 응급실에서 환자를 돌보고 있는데 체격이 건장한 사람 둘이서 자신을 찾아온 것이다. 그런데 서울대 교수인 걸 어떻게 알고 찾아왔는지 의구심이 든다.

"예 제가 이완의 입니다만."

이 교수가 불안하고 떨리는 목소리로 대답한다.

그러자 상대방 중 한 명이 갑자기 이 교수의 오른손을 낚아채더니 팔을 뒤로 꺾어 돌리고 나머지 왼손을 잡아서 뒤로 돌려 수갑을 채운다. 순식간의 일이다. 이 교수는 멍청한 표정으로 잠자코 있다.

등을 떠밀려 응급실 밖으로 나오는데 뒤에서 의사와 간호사들, 환자들이 수군거리며 바라보고 있다. 복도에 나오자 신 박사가 뒤로 수갑을 찬 채로 붙잡혀 있다. 두 사람은 서로를 바라보면서 눈길이 마주친다. 불안한 빛이 역력하다. '도대체 이건 또 무슨 일인가?' 묻고 싶다.

방안에는 창문이 없고 습기가 가득한 음산한 공기가 퍼지고 있다. 바닥 곳곳에 피가 얼룩져 응고된 흔적도 보이고 구토한 흔적이 있는지 오물들도 군데군데 있다. 방 중앙의 탁자 위 불빛을 제외하고는 어떤 빛도 들지 않는 답답한 방이다. 간간이 반사되어 비치는 빛으로 보아 한편에 욕조가 있고 반대편에는 침대 높이의 긴 탁자가 있다. 이 교수는 잔뜩 겁을 먹고 의자에 손이 뒤로 묶인 채 덜덜 떨고 있다.

"교수님, 묻는 말에 네, 아니오로 답하고 지장 찍으면 편안하게 해줄테니까 빨리 끝냅시다."

취조하는 수사관은 오랜 경험이 있어서인지 이 교수를 낮추어 보는 것인지 금방 끝내자는 말을 반복해서 말한다. 이 교수는 어떤 영문인지 몰랐지만 빨리 끝내자는 말이 조금 안심이 되는 듯하다.

"한국 이름 이완의, 그리고 일본 이름 요시다 다로 맞습니까?"

"전 23년 전에 귀화했습니다. 일본 이름은 없어요."

갑자기 번개가 치는 듯 이 교수의 얼굴로 주먹이 날아온다. 의자에 묶인 손 때문에 뒤로 의자와 같이 넘어지자 발길질이 날아온다. 실컷 얻어맞은 이 교수가 겨우 정신을 차리자 수사관이 다시 묻는다.

"이름?"

"이…완의"

다시 야차 같은 수사관은 이 교수의 턱을 가격하며 으르렁거린다. 이완의 교수는 더는 맞을 자신이 없어 자포자기 심정이다.

"이름?"

"…."

손을 치켜 올리려다 수사관은 갑자기 멈춘다. 그러고는 다음 질문으로 넘어갔다가 다시 물어볼테니 그때는 잘 생각해서 대답하라고 이 교수에게 으름장을 놓는다.

"한국에서 접선한 사람 누구야? 어떤 빨갱이랑 접선했냐고!"

"그럼, 내가 간첩이란 말이오?"

"이 새끼가 의사라고 해서 봐줬더니 안 되겠네 야 담가!"

옆에 있던 다른 수사관 2명이 의자에 앉아 있는 이 교수의 밧줄을 풀더니 아까 보이던 욕조로 끌고가 머리를 담금질 한다. 한 번은 참을 수 있지만 얻어 맞은 가슴이 답답해 숨을 오래 참기가 힘들다. 두 번째에는 정신을 잃었다. 그러자 수사관들은 이 교수 뺨을 정신이 차릴 때가지 때린다. 이 교수가 다시 정신이 들자 또 담금질을 한다. 수차례 반복하고 나자 다시 이 교수를 의자에 앉히고 묻는다. 질문은 같다.

갑자기 붙잡혀 와 간첩으로 몰고 있다. 자신들이 정해놓은 답이 아니면 느닷없이 주먹으로 마구 때리거나, 몽둥이찜질 신세다. 이 교수는 어디서부터 잘못된 것인지 정신을 차릴 수가 없다. 뭘 알아야 대답을 할 텐데, 이 사람들은 무조건 국내 접선자가 누구냐고만 추궁한다. 내가 간첩이라고 몰고 가고 있으니 답답한 노릇이다.

갑자기 다시 뺨이 얼얼할 정도로 얼굴을 호되게 얻어맞았다. 솥뚜껑만 한 손으로 뺨을 때리는데 머릿속까지 흔들릴 정도다. 충격이 좀 가시자 이 교수는 눈을 감아버린다. 그러자 이번에는 반대편 뺨에서 불이 난다.

"이 빨갱이 새끼가 빨리 끝내자니까 아직도 정신을 못 차렸구먼. 야, 조 수사관, 이 새끼 고춧가루 맛 좀 보여줘!"

때리던 수사관이 씩씩거리면서 다른 사람에게 뭔가를 지시한다.

잠시 후 이 교수가 반대편에 있던 침대 높이의 탁자에 반드시 뉘어진다. 묶인 두 손이 등 쪽에 있어서 손이 아프다. 두 발은 묶여서 움직일 수 없다. 얼굴에 천 같은 것이 쓰이고, 그 위에 매운 냄새가 나는 것이 뿌려진다. 곧이어 물이 졸졸 얼굴에 부어진다. 매운 고춧가루가 코로 들어와 숨을 막는다. 입을 열자 고춧가루가 물과 함께 들어오면서 역시 숨을 쉴 수가 없다. '컥' '컥' 거리면서 얼굴을 흔들었다. 목과 코가 얼얼하고 숨이 막힌다. 온몸을 요동치면서 허리를 들었더니 몽둥이가 가슴을 내려친다. '헉'소리를 내면서 침상에 가라앉는다. 숨이 끊어질 것 같다. 내장이 끌려 올라오는 것 같은 고통이 목구멍과 가슴에서 일어난다. '이대로 죽는구나'라는 생각이 들면서 몸에 힘이 빠져나가는데 얼굴을 가린 천이 들춰진다. 한꺼번에 숨을 들이쉬려니 상체가 들린다. '캑' '캑' 거리는 기침소리를 내면서 이 교수가 숨을 쉬었다. 숨소리가 겨우 안정을 찾아가는데 아까 그 사내놈의 목소리가 또 들린다.

"이 새끼 잘 버티는데…. 훈련을 잘 받은 모양이야. 야, 한 번 더 돌려."

이 교수 얼굴에 다시 천이 덮이었다. 자기도 모르게 얼굴을 흔들어대자 주먹이 명치를 강타한다. 숨이 헉 막힌다. 다시 물이 부어지고 고춧가루가 코와 입을 통해 밀려들어온다. 폐 속으로 들어간 고춧가루 물이 기침과 함께 밀려 나오려다 다시 들어가다를 반복하다 가슴이 터질 것 같은 통증이 몰려온다. 숨이 끊어질 듯 경각에 달하고 멀리서 아스라한 지평선이 보이는 듯 정신이 혼미해진다. 천이 걷혀지고 숨을 몰아쉬던 이 교수의 몸뚱아리가 힘없이 늘어진다. 고춧가루 물을 붓던 사내가 이 교수의 가슴에 귀를 대보고는 씨익 웃으면서 물주전자를 내려놓는다.

*

"아니, 이 교수 이게 뭔 일입니까?"

이완의 교수의 겨우 떠진 눈앞으로 낯익은 얼굴이 들어온다. 이 교수는 바닥에 누운 채로 누구인지를 살피다가 이내 몸을 일으키려 한다. 그러나 마음뿐 몸이 말을 듣지 않는지 일어나지는 못한다.

"이 교수. 그냥 누워계십시오. 아니 이 분이 뭘 잘못을 했다고 이 모양을 만들어 놓았나. 나쁜 놈들!"

홍남순 변호사는 505보안대로 끌려와 지하 감방 벽을 사이에 두고 아들과, 부인 각각 독방에 갇혔다. 광주에서 내란음모를 주동했다는 혐의로 조사를 받는 중인 홍 변호사는 보안대 수사관들의 짜여진 각본에 혀를 내둘렀다. 이미 홍 변호사는 광주에서 내란음모를 주동한 수괴로 만들어졌으며, 이는 변할 수 없는 것으로 정해져 있다. 이미 공작이 다 돼 있는 것이다. 홍 변호사는 며칠째 잠 한숨 자지 못했다. 보안대 놈들은 다섯 놈이 교대로 조사를 하는 방법으로 잠을 재우지 않고 고문을 하고 있다. 어제도 독방에서 밤샘조사를 받고, 오늘도 오전부터 자신들의 물음에 '네'라고 대답하라고 으르렁거리는 수사관들에게 시달리다 기력이 떨어질 무렵 감방으로 돌려보내졌다. 여태 지하실 독방에만 갇혀있었는데 오늘은 지하실에 있는 큰방이다. 비틀거리며 독방으로 들어왔는데, 기신을 못하고 누워있는 사람이 있어서 홍 변호사는 기어가서 살펴보았다. 그런데 어디서 많이 본 얼굴이고, 이내 그가 이완의 교수라는 것을 알아본다. 며칠 전 전남대 병원 응급실에서 만났을 때는 부인과 둘째 아들의 소식이 없어서 애태우고 있었는데, 악명 높은 보안대에는 무슨 일로 붙잡혀 왔다는 말인가? 홍 변호사는 추측조차 할 수 없다.

"이 교수. 정신 차려보시오."

홍 변호사가 안타까운 목소리로 말하면서 이 교수의 손을 어루만진다. 이 교수의 얼굴에는 생채기가 나 있고, 이마도 터져 피가 얼룩져 있다. 윗 도리께 앞섶에는 피인지 고춧가루인지 빨간색이 물들어있다. 아마도 보 안대 놈들이 고문을 한 모양이다. 이 교수의 손에 힘이 조금 들어간다. 홍 변호사가 이 교수의 눈을 들여다보면서 고개를 끄덕여 준다.

"이 교수. 정신이 좀 드시오? 무슨 일인지 차차 말씀하시고 우선 정신을 차려 보시오."

홍 변호사가 안쓰러운 얼굴로 이 교수를 위로한다. 이 교수가 고개를 조 금 흔들면서 응한다.

"네. 변호사님. 고맙습니다."

밤이 되자 여기저기서 고통에 울부짖는 소리들이 들려왔다. 옆의 지하 감방에서 고문을 하거나 몽둥이로 때리는 일이 벌어지고 있는 것이다.

누워있던 이 교수가 정신이 좀 드는지 조금 움직인다. 홍 변호사가 이 교수의 어깨를 붙잡고 일으켜 앉힌다. 머리를 쓸어 올리며 몸가짐을 단정 히 하려는 이 교수를 홍 변호사가 바라보다가 보안대 수사관들이 감방 안 으로 들여보내 준 저녁밥을 당겨온다.

"이 교수. 이거라도 드시고 기운을 차립시다. 여기서는 우선 몸을 보존 하는 것이 상책입니다. 고통은 한 순간이고 짧습니다만 그것을 이겨내려 면 세월의 힘을 믿어야 합니다. 이 늙은이가 칠십이 되도록 살아보니 좋 은 것이든 나쁜 것이든 세월에 다 무너집디다."

그러고는 숟가락을 이 교수의 오른손에 쥐여준다. 이 교수가 밥을 떠 억지로 입에 가져간다. 조그만 밥덩이가 바닥에 떨어지자 그것을 주워서 입으로 가져가려다 홍 변호사를 보고는 슬그머니 밥그릇 옆에 놓는다. 홍 변호사는 어찌 저런 사람을 이런 흉악한 곳까지 와서 고초를 겪게 하는지 하늘의 처사가 야속하고, 마음이 쓰리다. 이 교수가 밥그릇을 반이나 비운다. 홍 변호사가 옆에 지켜 앉아서 떠먹여 주다시피 한 덕분이다.

"변호사님, 감사합니다. 여기까지 와서 폐를 끼치게 됩니다. 그런데 변호사님은 어쩌다가 이곳에…?"

이 교수가 나직한 소리로 말한다.

"군인 놈들이 재야인사다 뭐다 해서 내란으로 엮을라고 나를 잡아 넣은 것 같소. 근데 병원에 있어야 될 이 교수가 어쩌다 이곳에 오셨소."

홍 변호사가 잡아두고 있는 궁금증을 터트린다. 이 교수가 홍 변호사를 한 번 바라보더니 한숨을 내쉰다.

"어르신 저보고 간첩이랍니다."

"예? 간첩이요?"

홍 변호사가 놀래서 이 교수의 팔을 잡고는 반문한다.

"네. 제가 제일교포 출신이라고 저더러 간첩이랍니다. 간첩질 한 것을 말하라고 하는데, 이게 뭔 영문인지 모르겠습니다. 그리고 신 박사도 저하고 같이 잡혀왔습니다."

이 교수가 어쩌나 답답한지 오른손으로 자신의 가슴을 두드리는 시늉을 한다. 홍 변호사는 이 교수를 빤히 바라본다. 얼굴에 구김이 없어 보이는 이 교수의 차분한 인상이 어느덧 많이 상해 있다. 지금 보안대에서 간첩 혐의로 붙잡아서 고문까지 하는 것을 보면 이 교수에게 꼬투리가 될 만한 무엇이 있는 것이다. 홍 변호사가 조심스레 말한다.

"이 교수. 내가 이래 봬도 명색이 변호사지 않습니까. 지난 얘기를 좀 해보시오. 그러면 지금 상황을 조금이라도 정확하게 판단할 수 있지 않겠습니까?"

이 교수의 눈이 조금 크게 떠지면서 홍 변호사를 향한다. 조금 망설이는 것 같더니 이내 나직한 소리로 누구에게도 말하지 않았던 삶의 족적을 털어놓는다.

"사실 저에겐 사연이 있습니다. 저는 스물일곱에 일본에서 왔습니다. 동경대 의대를 졸업하고 의사생활을 하다가 한국에 온 것입니다. 저는 원래 조선, 아니 한국에서 살았습니다. 해방이 되던 해, 제가 열다섯 살 때 아버지와 남동생하고 같이 일본으로 건너가 일본인으로 귀화를 해서 살았습니다."

흥미로운 얘기에 홍 변호사의 귀가 크게 열린다. 마른 침을 한 번 삼킨 이 교수가 고개를 숙이면서 말한다.

"사실 제 아버지가 친일파였습니다."

그 말에 힘이 없다. 어깨는 축 늘어지고, 고문과 폭행에 시달려서인지 허리는 구부정해 있다. 홍 변호사는 말을 듣는 순간 흠칫했지만 곧 손을 들어 이 교수의 어깨를 어루만지면서 토닥여 준다. 부친이 친일파라는 것을 고백하는 이 교수의 마음을 당장 헤아릴 길이 없지만 그것은 용기 있는 행동이다. 비록 부친이 친일파지만 자식으로서 마음속 깊이 수치스러움을 갖고 있다는 것이리라.

"저는 부끄럽고 수치스러운 부친의 친일행각을 조금이라도 참회하는 심정으로 한국으로 귀화했습니다. 저로서는 열심히 동포들을 치료한다면 제 부친의 죗값이 다소나마 가벼워지리라는 생각을 했습니다. 그런데 저를 잡아다가 간첩이라면서 자백을 하라니 도무지 뭐가 뭔지 알 수가 없습니다. 수사관들은 제가 간첩인 것처럼 말합니다. 어르신 이게 도대체 무슨 영문인지 아시겠습니까?"

억울하고 황당함을 토해놓은 이 교수가 홍 변호사를 쳐다보면서 눈물을 글썽인다. 고문 때 맞은 가슴이 울리는지 고통스러운 표정을 지으며 손으로 명치를 누르고 있다.

다음날 아침, 날이 밝아오자 홍 변호사가 벌써 일어나 앉아있는 이완의 교수에게로 다가간다.

"이 교수. 오늘 또 조사를 받으러 갈 터인데, 버티는 것만이 능사가 아닙니다. 버티면 몸만 축납니다. 어젯밤 나눈 이야기를 잘 새기십시오."

홍 변호사가 다독이듯이 의미 있는 말을 하자 잠자코 듣고 있던 이 교수가 고개를 들고서 홍 변호사에게 묻는다.

"어르신. 아무래도 제가 빠져나오기 힘든 것이지요?"

홍 변호사가 가만히 고개를 끄덕인다. 이 교수가 눈길을 아래로 떨구었다가 심호흡을 한 번 하고는 다시 홍 변호사를 쳐다본다. 이 교수의 눈에 애처로움이 가득하다.

"이 교수. 저놈들은 이미 각본을 다 짜놓고 있을 겁니다. 미리 작성해 놓은 조서 내용에 서명을 하라고 할 거예요. 아니라고 하면 이 교수에게 돌아오는 것은 저놈들의 폭행과 고문뿐입니다."

"그런 것 같습니다. 저들이 말하는 사람들은 제가 일면식도 없을뿐더러 이름조차 모르는 사람들입니다. 대면을 해 달라고 했더니 대든다고 마구 때리기만 할 뿐입니다."

"혹시 그 동안 일본에 있는 가족들과 연락은 자주 하셨소?"

"아닙니다. 일본 NHK 기자로 있는 동생과 가끔 전화 통화를 한 것 외에는 일본의 그 누구하고도 연락을 한 적이 없습니다."

"그럼 최근에 어떤 이상한 일은 없었습니까? 가령 이 교수를 사찰한다든가 하는 그런 거 말입니다."

"그런 일은 없었습니다. 제가 일본에서 온 후 10년 동안은 경찰서에서 담당 형사라는 사람이 가끔 찾아와서 별일 없었냐고 묻고 가긴 했는데, 나중에 그것이 제가 일본에서 살다 온 사람이라서 사찰을 당하는 것이라는 사실을 알았습니다. 최근에는 그런 일이 없었습니다."

그렇게 말한 이 교수는 무언가 생각이 났는지 고개를 갸웃하면서 홍 변호사를 바라본다.

"그런데 한 가지 걸리는 게…. 광주에 오기 전에 보안사령부에서 근무한다는 군인을 만났습니다. 계급이 중령이고 무슨 보안사 과장이라고 하던데…."

"보안사 중령을요?"

"네. 차수일 중령이라고 보안사에 있다고 했습니다. 우리 큰 아이 배치 부대도 그 사람이 알려줬습니다."

"그 사람을 어떻게 만났습니까?"

"제 아내가 차 중령의 부인과 서로 아는 사이입니다. 그래서 큰 아이 배치 부대를 알아봐 달라고 부탁을 한 적이 있었는데, 갑자기 광주에 와야 해서 그 사람 집을 찾아가 광주 가는 방법을 가르쳐 달라고 부탁한 일이 있었습니다."

홍 변호사의 눈이 빛난다.

"그럼, 그때 보안사 중령이라는 사람의 태도나 말투가 이상하지는 않았나요?"

"별다른 것은 느끼지 못했습니다. 아 참, 그러고 보니 그 사람 집에서 나오기 전에 제가 일본에서 왔다는 말을 했습니다. 자세하게는 말 안 하고 그냥 일본에서 유학하고 왔다고만 했습니다."

"광주를 가는 이유를 묻지 않았소?"

"물었습니다. 그래서 신 박사 아들 얘기를 했습니다. 다친 사람이 있어서 수술을 하러 가야 한다고요."

이 교수의 말에 홍 변호사가 고개를 끄덕이며 입맛을 다신다.

"이 교수. 내가 보기에 그 보안사 중령이라는 사람이 아마도 수사를 시킨 것 같습니다. 보안사라는 곳이 한 번 찍어 수사를 시작하면 반드시 결과를 만들어 냅니다. 특히 이 교수가 광주에 가려는 것이 그들의 눈에는 이상하게 보였을 겁니다. 군인들이 봉쇄하고 있는 광주를 가겠다는 것은 특별한 이유가 있다고 생각했을 거고요. 그리고 이 교수를 내사해 본 결과 한국에 아무런 친인척이 없는 것을 알고서 '재일교포 간첩'으로 공작을 시작한 것으로 보이네요. 저놈들이 한두 번 하는 공작이 아닙니다."

설명을 들은 이 교수가 어이가 없다는 표정을 짓고 있다가 홍 변호사에게 묻는다. 목소리에 힘이 하나도 없다.

"그럼, 앞으로 저는 어떻게 될까요?"

"여기서 조사를 한 뒤 구속시킬 것입니다. 지금은 계엄하이기 때문에 군사 법정에서 재판을 받게 될 거예요. 보안사에서 구형과 선고 형량도 미리 정해 놓고, 재판도 형식적일 겁니다."

"그럼 제가 집으로 돌아갈 확률은 거의 없다는 말씀이신가요?"

"네. 유감입니다만 그럴 것으로 생각됩니다. 나도 광주에서 내란음모를 주도했다는 죄목으로 조사를 받고 있어요. 아니, 내가 국가를 전복하기 위해 광주에서 내란을 일으킨 수괴라고 합니다. 허, 참."

홍 변호사도 자신의 일이 어이가 없는지 혀를 차고 있다. 이 교수의 마음은 천길 낭떠러지지로 곤두박질쳐지는 느낌이다.

"그런데 이 교수, 일전에 연락이 안 된다던 부인하고 애들은요?"

홍 변호사의 물음에 이 교수는 정신이 번쩍 든다. 절망의 구렁텅이에 빠져 있으면서 아이들 생각은 못했다. 아내는 죽었고, 큰 아들 태수는 어떻게 되었는지 살았는지 죽었는지 확인할 겨를도 없이 끌려왔다. 다급해진 이 교수는 홍 변호사의 물음에 다시 도리어 묻는다.

"도청에 있던 사람들은요? 그 사람들은 어떻게 되었답니까?"

"갑자기 도청은 왜요? 나도 전날 잡혀왔으니 직접 보진 못했소만 여기 끌려온 사람들 말이 공수부대가 진압해서 도청 지키던 시민들 대부분이 죽었다고 합니다."

이 교수는 억장이 무너졌다. 간다고 하는 아들을 끝까지 말리지 않은 자신이 죽도록 미웠다. 홍 변호사 말이 사실이라면 태수는 죽은 게 확실하다. 이 교수는 쉰소리로 하염없이 울었다. 갑작스러운 이 교수의 울음에 홍 변호사는 영문을 몰랐지만 지금 상황이라면 어떤 연유가 있으려니 했다.

"왜 그러시오? 이 교수 혹시 둘째 아드님이 도청 있었소?"

이 교수는 홍 변호사가 찾아온 다음 날부터 있었던 일들을 이야기 했다. 간간이 울음을 삼키는 이 교수를 지켜보는 홍 변호사의 마음은 더욱 아팠다. 이제는 살아남은 아이들을 지켜야 한다. 현수는 병원에 입원해 있고 딸 신애는 서울에서 애타게 부모를 걱정하고 있을 것이다.

"아내가 그렇게 가고 난지 얼마 안되었는데 변호사님 말씀대로라면 큰 아들도 무사하지는 못했을 거라는 생각이 듭니다. 작은 애는 총상으로 불구가 되어서…. 암담합니다."

말을 채 잇지 못한다. 그러다가 다시 말을 잇는다.

"서울 집에는 막내 딸이 혼자 있습니다. 고등학생인데 한국에 인척이 아무도 없습니다. 아내도 전쟁고아 출신이고…."

이 교수가 다시 한숨을 푹 쉬면서 고개를 수그린다. 그러다 문득 고개를 들어서 홍 변호사에게 부탁을 한다.

"변호사님, 혹시 일본으로 연락을 취할 방법이 없을까요?"

"일본에 있는 동생에게요?"

"네. 일본 NHK에 기자로 있는 동생에게 연락해서 도움을 받아야 할 것 같습니다. 아이들을 보살펴 달라 해야겠습니다."

"음, 방법을 찾아보겠습니다. 제 안사람이나 자식들에게 부탁해 보살펴 드리고 싶지만 저 뿐 아니라 아내와 아들 기섭이도 지금 붙잡혀서 여기 지하 감방에 갇혀 있습니다."

"변호사님도 지금 다른 사람 걱정하실 처지가 아니신데 면목이 없습니다."

"어쨌든 일본 동생분에게 연락할 방도를 찾아보겠습니다. 연락처나 연락할 방법을 알고 있는 지인이 있으신가요?"

"동생은 NHK 국제부에 근무하고 있습니다. 전화번호는 기억을 못하지만 아마 회사로 전화를 하면 연결이 될 것입니다. 이름은 이완준, 아니, 일본 이름으로 요시다 타시가입니다."

"뭐라고 전해야 할까요?"

"지금 상황을 설명해 주시면 아마 동생이 계획을 세울 겁니다. 서울 집 전화번호를 알고 있으니 딸아이에게 전화를 하겠지요."

"알겠습니다. 하지만 금방 어떻게 연락을 취할 수 있다고 장담은 못 하겠습니다. 아내나 기섭이라도 풀려나면 면회할 때 얘기를 해 줄 수는 있는데 지금은 어쩔지 모르겠습니다."

"변호사님. 지금 의지할 곳은 변호사님 밖에 없습니다. 제가 이감되거나 다른 상황이 발생한다 하더라도 연락만 해 주시면 됩니다. 딸아이는

지 엄마를 닮아 부지런하고 야무진 아이입니다. 연락만 되면 잘 헤쳐나갈 겁니다. 지금쯤 걱정이 이만저만이 아닐 겁니다. 애석하지만 안 좋은 소식도 저 대신 알려주시길 부탁드립니다."

"별 말씀을요. 어떻게 해 봐야지요. 그리고 아까 제가 말씀드린 것 잘 생각하셔야 합니다. 저놈들에게 부인해봐야 아무 소용없습니다. 재판에 회부돼서 공판 할 때 애를 써 봅시다. 광주에도 훌륭한 인권 변호사들이 몇 분이 계십니다."

홍 변호사의 얘기를 듣고 난 이 교수는 마음이 좀 차분해진다. 일단 딸 신애는 일본 동생이 와서 돌봐줄 것이고, 현수도 어떤 식으로든 조처를 취해 줄 것이라는 생각이 든다. 막연하지만 동생이 결코 조카들을 그냥 내버려 두지 않을 것이다.

조금 있으니 시래기죽으로 아침밥이 나왔다. 이 교수가 몇 술 뜨다 말고 앉아 있으니 감방 문이 열리고 누가 고개를 들이밀고서 이 교수를 부르는 소리가 들린다.

"이완의 나와!"

어제 이 교수를 마구 때리고 고문을 했던 주근깨 얼굴의 수사관이다. 이 교수가 앓는 소리로 일어나 문께로 걸어간다. 뒤를 돌아보니 홍 변호사가 걱정스런 눈초리로 바라보고 있다. 홍 변호사가 입술이 굳게 닫힌 얼굴을 하고서 고개를 주억거린다. 이 교수도 고개를 마주 끄덕여 주고는 문 앞에서 기다리는 사내의 뒤를 따라 나선다.

*

허장환 특명 반장은 시내에 있는 광주관광호텔로 나갔다. 아내의 성화에 못 이겨 만날 사람이 있어서이다. 진압작전이 끝나자 국가보위비상대책위원회(국보위)가 바로 설치되고, 허장환은 국보위 특명 반장으로 임명돼 광주에서의 중요 공작 수사를 맡고 있다. 그는 사령부 이학봉 처장으로부터도 직접 지시를 받는 일이 많다.

"여보! 여기에요."

호텔 커피숍에 들어서니 아내가 일어나 손을 흔든다. 아내 옆에 앉아있던 여자도 일어나 허장환을 건너다보고 있다.

"여보, 제가 말씀드린 사촌 이모예요."

"처음 뵙겠습니다."

"안녕하세요? 말씀 많이 들었어요. 바쁘신데 만나자고 해서 미안해요."

"아닙니다. 진즉 찾아뵈었어야 했는데 이렇게 됐습니다. 죄송합니다. 이모님."

고개를 숙이는 처 사촌 이모의 인사에 허장환은 어색해서 눈길을 둘 곳이 없다. 호텔 직원이 주문을 받아가고 나자 아내가 본론을 꺼낸다.

"여보, 지금 당신 부대에 잡혀가 계시는 분이 이모네 시아주버님랍니다. 어떻게 좀 도와주실 수 없어요?"

아내는 직설적이다. 그런 아내를 바라보던 허장환은 '철없는 여편네'라는 생각과 함께 속으로 혀를 차면서 처 사촌 이모를 바라본다. 그러고는 정중하게 여쭙는다.

"누가 저희 부대에 잡혀 있습니까?"

"홍남순 변호사님이십니다."

"홍남순 변호사? 그럼 그분이 시아주버님이 되시는가요?"

"네. 그렇습니다."

대답을 들은 허장환이 고개를 끄덕인다. 사실 홍남순 변호사는 이번 광주사태 수사에서 매우 중요한 인물이다. 27일 새벽 전남도청 진압작전이 끝나면서 보안사의 다음 공작 계획이 진행되고 있다. 계엄사 합동수사단이 꾸려지고, 수사는 두 갈래로 진행된다. 하나는 광주사태 기간 동안 시위에 가담하다가 체포된 사람들과 총을 들고 마지막 항거를 하다가 붙잡힌 사람들을 조사해서 처벌하는 일이다. 이 부분에 대한 수사는 헌병대와 경찰을 동원시켜 수사하고 있다.

다른 하나는 폭동을 일으켜 국가를 전복하려는 행위를 한 사람들을 조사하는 일이다. 이 수사는 모두 보안사에서 맡아서 직접하고 있다.

중요한 수사는 사실 후자쪽이다. 보안사령부의 각본에 따라 505보안부대가 중심이 돼서 수사를 하는 것이다. 이학봉 처장도 계엄사 합동수사단장의 자격으로 광주에 다녀갔다. 광주사태는 김대중과 그를 추종하는 광주사람들이 폭동을 일으켜서 권력을 쥐려한 내란 및 소요사태고, 그 배후에는 북괴가 있다는 것으로 이미 밑그림이 그려져 있다. 거기에 맞춰서 등장인물을 배치하고, 그들을 체포해서 내란죄 등의 죄목으로 처벌하는 것이다. 조사 때 받아낼 진술 시나리오는 이미 만들어져 있고, 심지어 앞으로 있을 군 검찰의 구형량과 재판부의 선고 형량까지도 미리 정해놓고 있다.

홍남순 변호사는 내란 수괴 혐의로 조사를 받고 있다. 우습지만 이미 죄가 정해져 있다. 사형으로 확정되어 공작하고 있고, 선고 공판만 사형이나 무기징역이냐 결정만 남았다. 며칠 동안 잠을 재우지 않는 방법으로 고문을 하고 있는데도 아직도 자백을 하지 않고 버티고 있단다.

사령부의 지시대로 공작 수사를 지휘하고 있는 서의남 과장은 수사관들에게 고문을 해서라도 홍 변호사를 굴복시키라고 종용하고 있다. 홍 변호사의 몰골은 말이 아니다. 칠순의 노인을 며칠째 잠을 안 재우는 방법으로 고문하는 것도 모자라 옷을 모두 벗긴 채 지하실 감방에 가두어 놓고 있으니 가혹하기 그지없다. 홍 변호사는 자신에게 뒤집어 씌워진 내란 음모를 인정하면 관련자들까지 모두 사형을 당하는 참상이 벌어질 것을 우려해서 버티고 있는 것이다.

허장환은 홍 변호사를 속으로 흠모하고 있다. 정치권력에는 관심을 두지 않고 오로지 인권과 민주주의를 위해서 헌신하고 있는 광주의 큰 어른이다. 그러나 사령부의 지엄한 명령은 거역할 수 없으며, 지금 상황에서는 홍 변호사의 처지가 안타까울 뿐이다.

"그분은 지금 매우 어려운 상황에 놓여 있습니다."

"네, 저도 압니다. 그런데 듣자 하니 고문을 많이 당하시고 식사도 제대로 못하신다는 말을 들었습니다. 죄는 받더라도 당장 고초라도 좀 덜었으면 합니다."

그러면서 눈물을 짓는다. 그녀는 시아주버님이기보다는 어려운 사람을 위해서 살아오신 인권 변호사 홍남순을 존경하는 이유가 더 크다는 말을 덧붙인다.

허장환은 그동안 홍 변호사를 다른 반에서 맡아 수사를 하는 것을 바라볼 수밖에 없었다. 워낙 중요 인물이고, 각본에 따라 한 치의 어긋남이 있어서는 안 되기 때문에 과장들까지 조사에 참여하고 있다.

허장환은 처이모의 부탁을 받고서 소극적인 자신의 태도가 부끄러웠다. 각본대로 수사를 하고 있는 판을 뒤집지는 못한다 하더라도 몸이라도 좀 편하게 해 주는 것이 도리라는 생각이 든다. 고문을 덜 받게 하고, 식사라도 제때 챙겨주는 일이라도 하겠다는 결심을 한다.

"알겠습니다. 제가 알아보고 말씀드리겠습니다."

허장환은 담담하게 말한다. 옆에서 지켜보던 아내가 허 반장과 눈길이 마주치자 눈을 곱게 뜨고 고개를 끄덕인다.

"그럼 저는 바빠서 이만 들어가 보겠습니다. 여보, 난 가 볼 테니 이모님 잘 모셔다 드려요."

허장환이 인사를 하고는 차 값을 지불한 뒤 호텔 밖으로 나온다. 차를 몰고 귀대하는 그의 마음은 죄를 짓고 후회를 하는 죄수의 심정이다. 광주에서 피 냄새가 나기 시작한 5월 18일부터 열흘 동안 수백 명의 사람들이 죽고, 수천 명이 다쳤다. 그뿐만 아니라 6월 초인 지금까지 천명이 넘는 사람들이 체포돼서 조사를 받았다. 이 모든 행위가 보안사령부의 주도로 이루어지고, 지금도 진행되고 있다. 그 속에 자신이 있는 것이다. 처음에는 설마설마했던 것들이 모두 실제 계획된 공작이고, 지금 수사도 공작이다. 속이 울렁거린다.

며칠 전에는 서울대 교수인 이완의라는 사람을 간첩 혐의로 군 검찰에

송치했다. 처음에는 고문을 받으면서도 완강하게 버티더니 하룻밤을 자고 나서는 무슨 일인지 고분고분해지고 미리 만들어 놓은 진술조서에도 순순히 지장을 찍더라는 것이다. 그러고 다음날, 3공수 대원으로 있다가 탈영한 아들이 죽었다는 소식을 듣고는 머리를 땅에 찧으며 대성통곡을 했다는 것이다. 광주교도소에서 고참 하사관을 죽이고 탈영한 공수대원이 그 사람의 아들이었던 것이다. 보안사의 공작에 걸려든 그 사람의 운명도 참 기구하다.

자신도 지금 공작 수사를 하고 있다. 505보안부대 서희남 과장으로부터 "시민군편에서 가두방송을 하고 다니던 여자 전옥주를 간첩으로 엮어서 김대중과 연계시키라"는 공작지시를 받았다. 전옥주는 지난 5월 22일 시내에서 가두방송을 하고 다니다 홍성률 대령이 지휘하던 특수공작대의 공작으로 체포됐다. 시민군으로 위장한 특수공작대 애들이 가두방송을 하고 있던 전옥주를 '간첩이다'라고 소리치면서 시민들이 붙들어서 계엄군에 넘겨준 것이다. 웃지 못 할 일이다. 그러나 조사를 해보니 간첩으로 엮는 게 만만치 않아 보였다. 그 여자 아버지가 경찰관 출신으로 신원이 확실했기 때문이다. 어쨌든 상부의 명령이니 공작수사를 하고는 있지만 갈수록 자괴감이 더해지고 있다.

허장환은 부대로 복귀하자마자 홍남순 변호사를 조사하고 있는 고종순 반장을 만났다. 잘 따르는 후배라서 말하기가 편하다. 들어보니 홍 변호사가 자신에 대한 부분은 쉽게 인정하고 지장을 찍는데 제3자가 연루된 부분은 끝까지 시인을 하지 않는다고 한다. 열흘이 가깝도록 잠도 안 재우고 옷을 모두 벗겨서 고문도 했지만 고집을 꺾지 않고 있단다.

허장환은 자기가 좀 설득해 볼 테니 앞으로 가혹행위는 하지 말아 달라고 부탁을 하고는 지하 감방으로 내려갔다. 지하 감방은 큰 방이 하나이고, 나머지 7개는 작았다. 천정도 낮았고 음침하다. 홍 변호사는 맨 안쪽 작은 감방에 있다. 허리를 숙이고 방으로 들어가니 두 사람이 누워있는 것이 보인다. 문 옆에 누워있는 사람에게 다가가 얼굴을 살펴보는데 아닌 것 같다. 그런데 어디서 똥 냄새가 진동한다. 코를 막고 가만히 살펴보니 바로 앞에 누워있는 사람이 옷을 입은 채 대변을 본 것 같았다. 기력이 없는 이 사람이 참지 못하고 옷에 싸버린 것이다. 손으로 어깨를 툭툭 건드려 보니 움직임이 거의 없다. 뒤척거리긴 하는데 눈을 뜰 생각은 하지 않는다. 아마도 고문과 폭행으로 인해 삶의 의욕을 잃어버린 것 같다.

그러는 사이 저쪽 편에 누워있던 사람이 일어나 앉으면서 이쪽을 바라본다. 허장환이 바라보니 백발의 노인이다. 그런데 옷을 다 벗겨놓아서 팬티만 입고 있다. 그가 다가가서 묻는다.

"홍남순 변호사이십니까?"

노인이 눈을 멀뚱멀뚱 뜨고서 바라보다가 고개를 끄덕인다.

"변호사님, 어디 불편하신 곳은 없습니까?"

허장환은 그렇게 물으면서도 양심의 가책을 느낀다. 칠순 노인인 홍 변호사가 이미 견딜 수 없는 고통의 고문을 당하고 있다는 사실을 알고 있기 때문이다. 게다가 옷을 모두 벗겨 속옷만 입고 있으니 아무리 여름으로 접어드는 계절이라고 하지만 지하실 냉기는 추웠다. 열흘 전 쯤 붙잡혀 들어 올 때는 반백이었는데 어느새 백발이 되어 있다.

"난 괜찮소. 그런데, 저기 저 사람이나 병원으로 좀 데려가야 하지 않겠소?"

목소리는 작았지만 또렷하다.

"네, 어르신. 춥지 않으십니까? 제가 모포라도 갖다 드리겠습니다."

"나야 살만큼 살았으니 춥고 아프더라도 그만이오. 하지만 젊은 사람들이 이렇게 많이 상해서야 원, 이게 사람 사는 세상이라 할 수 있겠소…."

혀를 차면서 허장환을 바라보는데 희미한 전등에 비치는 눈빛이 마치 꾸짖는 것 같다.

"어르신, 제가 밖의 부탁을 받고 어르신을 살피러 왔습니다."

"그래요? 당신이 누구신데 그런 말씀을 하시오?"

"저는 여기 보안대 수사관 허장환 특명반장입니다."

"그러시구만. 난 또 날 붙들어가서 못된 짓을 시키려고 그러나 생각했소이다."

"아닙니다. 어찌 식사라도 하셨습니까?"

"식사는 무슨 식삽니까? 사람들이 고문 받고 매타작 받는 소리가 들리는데 밥이 넘어가겠소?"

그 말에 얼굴을 자세히 보니 눈이 쏙 들어가서 퀭한 얼굴이다. 파리하고 수척한 얼굴을 대하니 맘이 썩 좋지 않다.

"어르신, 여기 계시는 동안 앞으로는 힘들지 않게 해보겠습니다. 조금이라도 잠을 주무시도록 해 보시지요. 혹시 불편한 사항이 있으면 제가 따로 챙겨 보겠습니다."

"나보고 얼른 시인하고 지장 찍으라는 그런 말이요?"

"그게 아닙니다. 어르신, 솔직히 결과는 이미 나와 있다는 것을 아시지 않습니까?"

"허 허, 그 양반 참 별난 사람일세. 이보시오. 그래도 내 문제는 그렇다 쳐도 나 때문에 다른 사람들이 다치는 것은 용납이 안 됩니다."

어느새 카랑카랑한 목소리로 변한다.

"어르신, 오해는 하지 마십시오. 제가 오늘 변호사님의 제수씨 된다는 분을 만났습니다. 제 처의 사촌 이모라고 합니다. 그분께서 어르신 몸이 많이 상하지 않도록 돌봐 달라는 부탁이 있었습니다."

"제수씨가? 여러 사람이 애를 쓰고 다니는 모양이구만. 그러고 보니 당신과 내가 먼 사돈이 되는 것 같구려. 이렇게 맘을 써주니 고맙소이다."

"아닙니다, 어르신. 제가 뭐라도 도와드릴 일이 있으면 말씀해 주세요."

그렇게 말을 하자 홍 변호사는 무슨 생각을 하는지 혼자 고개를 끄덕이다가 허장환의 얼굴을 빤히 바라본다. 그러더니 무슨 말을 하려다 망설이는 것 같다. 눈치 빠른 허장환이 안색을 살피면서 얼른 묻는다.

"어르신, 무슨 하실 말씀이라도 있으신가요?"

그래도 홍 변호사의 얼굴에 주저함이 있는 것 같다. 잠자코 기다렸더니 이내 말씀을 하신다.

"내가 당신에게, 아니 허 반장이라고 했지요? 내가 긴히 부탁할 일이 있는데, 어찌, 들어 주시겠소?"

"아, 말씀하십시오. 할 수 있는 일이면 뭐든지 하겠습니다."

"이것은 내 일이 아닙니다만, 혹시 며칠 전 간첩혐의로 조사를 받고 기소가 됐다는 의사 교수 사건을 알고 계시오?"

"네 알고 있습니다."

"그 양반 참, 불쌍한 사람입니다. 안타까워요. 결국 큰 아들도 죽은 것으로 확인됐다면서요?"

"네. 그렇게 알고 있습니다."

허장환은 무심한 듯 대답한다.

"내가 그 교수 부탁을 받았어요. 자기는 어차피 죽거나 감옥살이를 할 판인데, 부인과 큰 아들은 여기서 죽어버렸지만 둘째 아들은 총상으로 불구가 됐고, 딸이 하나 서울 집에 있답니다. 그런데 한국에 친척이 하나도 없어서 남은 자식들 걱정에 애가 탄다고 부탁을 하나 합디다."

홍 변호사가 숨을 몰아쉬더니 다시 말을 잇는다.

"일본에 동생이 살고 있는데 연락을 해 달라고 합니다."

"아, 그래요? 어떻게 연락을 합니까? 연락처는 있나요?"

"네. 일본 동경에 있는 NHK에 전화를 해서 국제부의 요시다 타시가 기자를 찾으면 된답니다. 전화가 연결되어서 이 상황을 설명해주면 아마 한국에 와서 조카들을 돌보아 줄 거라고 합디다. 어찌 좀 도와주시겠소?"

홍 변호사가 허장환의 얼굴을 빤히 쳐다보면서 응답을 재촉한다. 허장환이 순간 망설이자 홍 변호사가 고개를 돌리면서 혼잣말을 한다.

"역시 간첩으로 잡아넣은 사람 일이라 좀 껄쩍지근헌 모양이구려."

그 소리를 듣는 순간 허장환의 가슴속이 찌르르하면서 양심이 들고일어난다. 그렇지 않아도 보안사령부 요원 본연의 임무가 아닌, 사람을 죽이는 못된 공작을 수행하면서 일고 있는 자괴감으로 괴로운데, 홍 변호사의 일침이 가슴을 아프게 한다. 게다가 절망의 수렁 속에 빠져있는 자신의 안위보다는 다른 사람을 더 챙기고 있는 홍 변호사의 마음 씀씀이가 듣던 대로 역시 대인답다. 허장환의 입에서 시원한 말이 나왔다.

"어르신, 한번 힘써 보겠습니다. 그런데 제가 일본 말을 못 하는데 어떻게 좋은 방법이 없겠습니까?"

"정말이오? 내 꼭 신세 갚으리다. 일본말…. 이렇게 하면 어떻겠소? 홍기섭이라고, 우리 셋째아들이 있는데, 여기에 내 내자하고 같이 잡혀왔다가 오늘 석방이 됐어요. 그 녀석에게 이 내용을 좀 전해주면 되겠습니다. 그 후엔 아들이 알아서 할 거요."

"네, 그렇게 하겠습니다."

허장환은 주머니에서 수첩을 꺼내 홍 변호사의 부탁 내용과 전화번호를 적는다. 그러고는 감방 문을 나서는데 뒤에서 홍 변호사의 말소리가 들린다.

"내 오늘 이 은혜는 잊지 않겠소이다. 꼭 좀 부탁합니다."

허장환이 발걸음을 멈추고는 뒤돌아서서 하얀 이를 드러내며 씨익 웃으면서 고개를 숙여 보인다. 진정으로 존경하는 눈빛이다. 조금 있다가 감방을 담당하는 군인 두 사람이 들것과 모포를 가지고 들어와서는 웅크리고 누워있는 홍 변호사에게 모포 두 장을 덮어주고, 문가 쪽에 누워서 꼼짝 안하고 있는 사람은 들것에 싣고 나갔다.

1983년 10월 출소

교도소 문이 열린다.

이른 아침 찬 공기가 온몸을 휘감는다. 이완의는 몸이 으스스 떨리는 느낌을 받자 옷깃을 여민다. 늦가을이지만 그는 낡은 봄옷을 입고 있다. 어느새 먼동이 터오고 있고, 교도소 문을 나오는 사람들을 마중 나온 사람들이 저마다의 인연을 찾으면서 서둘러 다가오고 있다. '아버지'를 부르는 사람도 있고, '여보'라는 소리도 들리고, 친구나 자식의 이름을 부르는 사람도 있다. 이완의의 귀에는 모두 낯선 목소리들이다. 이완의는 그들 사이를 빠져 나와 큰 도로 쪽으로 난 길을 따라 천천히 걷는다. 길 양 옆에는 은행나무들이 줄지어 있고, 노란 단풍들이 소소한 바람에 날리며 하나 둘 떨어지고 있다. 쓸쓸하다. 그의 오른손에는 작은 가방이 하나 들려 있을 뿐이다.

특별사면으로 3년 5개월 만에 세상으로 나왔다.

교도소에 있는 동안 봄 만 되면 멀쩡했던 몸이 아프고 잠을 이루지 못했다. 시도 때도 없이 울음보가 터진 것처럼 하염없는 눈물이 흐른다. 동료 재소자들은 그런 이완의를 못 본 척 내버려 둔다. 연례행사처럼 봄 만 되면 찾아오는 그 고통의 연유를 알기 때문이다.

그는 걸음을 멈추고 고개를 돌려 교도소 정문을 바라본다. 성문처럼 생긴 큰 문과 높다란 담장이 마치 요새처럼 서 있다. 그가 갇혀서 3년여 살았던 곳이지만 밖으로 나와서 그곳을 바라보니 별 느낌이 없다. 그저 회색빛 건물일 뿐이다. 그 안에서의 세월은 시간과의 처절한 싸움의 연속이었지만 담장 밖의 공간에서 바라보며 느끼는 감정은 그저 무덤덤하다. 담장 안과 밖에서 느끼는 시공간이 이렇게 차이가 있을 수 있는가. 그에게 있어 담장 안과 밖은 그저 종이 한 장으로 확정됐다. 인간이 만든 집단과 그 집단이 만든 제도와 제도를 악용한 못 된 자들로 인해 그의 시공간이 결정된 것이다.

그는 죽음도 다른 차원일 뿐 결국은 다른 시공간일 것이라고 생각했다. 앞으로 어떤 시공간을 가질 것인가? 이곳으로 들어갔다가 나오기까지는 타의에 의해 결정됐다. 그러나 이제 스스로 시공간을 선택할 수 있다. 그는 오랫동안 다짐해 왔던 생각이 떠오르자 자기도 모르게 주먹을 불끈 쥔다. 더 가늘어진 그의 몸도 함께 떨고 있다.

"아버지!"

그가 고개를 돌리자 현수가 서 있다. 몸이 기울어진 모습이다.

"현수야!"

너무나 뜻밖이어서 너무 놀랐다. 이제는 아무도 없다. 그저 아들 현수가 있을 뿐이다. 자기가 감형을 받고 특사로 출소한다는 것을 안다고 해도 이 새벽에 마중 나올 사람은 아무도 없다. 어떻게 왔을까?

아들의 모습을 보니 눈물부터 나온다. 그런데 뒤에 두 사람의 모습이 더 보인다. 허연 머리를 한 노인이다. 자세히 보니 홍남순 변호사이다. 그 옆에는 크고 잘생긴 젊은이가 서 있다.

"변호사님!"

이완의는 먼저 홍 변호사를 부르면서 다가간다. 홍 변호사도 마주 걸어와서는 손을 덥석 잡고 인사를 건넨다.

"이 교수. 우리가 좀 늦었지요? 그간 고생 많으셨습니다."

"변호사님께서 어떻게 여기까지…."

이완의는 말을 잇지 못한다. 기어이 눈물이 터져 나온다. 홍 변호사의 따뜻한 손길이 어깨를 어루만져 준다. 울다가 고개를 들어서 현수를 바라보니 그도 울고 있다.

"아부지, 이제 그만 차에 타시지라. 날씨가 제법 쌀쌀헙니다."

굵은 음성이 들린다. 이완의는 고개를 들어서 그 청년을 바라본다.

"제 셋째 아들입니다. 전에 일본에 있는 동생분에게 이 교수 소식을 전해달라고 하던 일 생각나지요? 이 녀석이 그때 일본으로 연락을 해서 동생분하고 통화를 했더랍니다. 기섭아 인사드려라."

"아, 그렇군요. 이제야 인사를 드립니다. 신세가 많았습니다."

이완의가 고개를 살짝 숙이며 얼른 인사를 한다. 기섭은 지나간 일로 인사를 받은 것이 쑥스러워서인지 멋쩍은 웃음과 함께 마주 인사를 한다.

"이 교수. 원래 교도소에서 나오면 두부를 먹는답니다. 그래야 다시 이 곳에 오지 않는다든가 한다는데, 이 교수야 억울한 몸이니까 그런 일은 필요 없겠다 싶어서 그냥 왔습니다. 우선 읍내로 들어가서 뜨끈한 국밥으로 속을 좀 데웁시다."

홍 변호사를 따라 일행은 승용차에 올라탄다. 이완의 교수를 마중 나오기 위해 빌려 온 차다. 기섭은 아버지의 말씀에 따라 서울 이 교수 집을 찾아가 현수를 만났다. 홍 변호사가 면회를 온 기섭에게 이 교수의 아들을 돌봐주라는 부탁을 하였던 것이다. 현수는 어제 광주에 내려와 홍 변호사 부자와 함께 홍성 읍내에서 하룻밤을 자고 새벽에 나온 것이다.

들에는 가을걷이가 거의 끝나가고 있다. 이완의는 교도소에 있으면서 생전 처음 농사일을 해 보았다. 재소자들은 채소를 기르는 일도 한다. 차창 밖으로 내다보이는 들녘은 고통 속에서 사는 사람들의 마음과는 달리 평화롭고 고즈넉하다. 어떤 논에서는 연기가 피어오르고 있다. 몇 년 전 이 길을 통해 교도소에 들어갈 때가 엊그제 같다는 생각을 한다.

*

이완의는 1980년 10월 광주 계엄보통군법회의에서 간첩죄로 사형을 선고 받는다. 보안대의 조사 과정에서 신재운 박사가 연루됐다는 부분은 끝까지 부인했다. 다른 것은 다 시인 할 테니 그 사람은 빼 달라고 했다. 그렇게 수사가 일단락되고 재판에 회부됐다. 그해 말, 2심인 계엄고등군법회의에서 무기징역으로 감형되고, 대법원에서 상고를 기각해 징역형이 확정되었다. 재판과정에서 관선 변호인들이 있었지만 제대로 된 변론은 없었다. 모든 피의사실을 순순히 인정하고 사형을 면해 보자고 했다. 오히려 홍 변호사님의 부탁을 받은 광주의 인권 변호사들이 애를 썼다. 대법원에서 무기징역이 확정되면서 안양 교도소에서 홍성 교도소로 이감되었다.

교도소에서의 생활은 지옥이나 다름없었다. 아무런 희망이 없는 삶이 무슨 의미가 있겠느냐는 생각에 자살도 수도 없이 생각했다. 죽는 방법을 여러모로 궁리도 해보았다. 그러나 다리를 절뚝거리는 둘째 현수의 모습이 눈앞에 어른거린다. 녀석이 앞으로 어떻게 살아 갈 수 있을지, 현수만 생각하면 눈앞이 캄캄했다. 막내 딸 신애는 홍 변호사님의 도움으로 다행히 연락이 된 동생이 일본으로 데려갔다. 고맙게도 일본인 어머니가 함께 오셔서 한동안 집에 머무르며 병원에서 퇴원한 현수까지 돌봐주셨단다. 그러나 현수는 끝까지 일본행을 거부했다. 한국에 살면서 할 일이 있다는 것이다.

동생은 NHK 서울 특파원 자격으로 한국에 왔다. 면회를 올 때마다 아이들 소식을 전해주면서 일본 대사관 등을 통해 알아낸 중요한 내용을 얘기해 줬다. 예상했던 대로 이 교수의 간첩조작사건은 차수일 중령의 공작이다. 동생과 면회를 하면서 일본말을 썼기 때문에 교도관의 감시를 잠시나마 피할 수 있었다.

이완의에게는 예기치 않은 힘이 생긴다. 홍남순 변호사는 '내란 중요업무종사 죄'로 고등군법회의에서 무기징역을 선고받고는 홍성 교도소로 들어오셨다. 광주 보안대 지하 감방에서 헤어진 뒤 거의 1년여 만에 다시 만난 것이다. 두 사람은 부둥켜안고 울었다. 홍 변호사는 그를 감싸 안으면서 함께 눈물을 흘리며 위로했다. 홍 변호사의 존재 자체가 그에게는 큰 위로가 됐다.

천성이 차분하고 말이 없는 이완의는 교도소 내 다른 재소자들로부터 괴롭힘도 많이 받았었다. 그러나 그가 서울대 의대 신경외과 교수 출신이라는 것과 광주에서 억울하게 간첩죄로 옮아매졌다는 얘기가 나돌고부터는 다른 재소자들이 앞 다투어 의료 상담을 받으러 찾아왔다. 워낙 의료 기술이 뛰어난 이완의는 죄수들로부터 신망이 두터워 졌다. 나중에는 재소자들 중 아픈 사람들이 의무실보다는 이완의에게 먼저 찾아가 상담을 받기도 하고 교도관들 조차도 자신이나 가족들의 진료 상담을 위해 이완의에게 부탁하기도 했다. 교도소 내 의무실에는 의사가 일주일에 한두 번 정도 진료하기 때문에 몸이 아픈 사람들은 제때 진단을 받기 어려운 형편이었다.

홍 변호사가 오면서부터는 현수도 가끔 면회를 왔다. 처음 1년 동안은 면회가 안 되었다. 그런 것을 변호사님이 나서 교도소장과 면담도 하고, 밖으로 연락을 취해 면회를 하게 해 준 것이다. 그렇게 의지하던 홍 변호사는 홍성 교도소에 오신 뒤 감형을 받고 8개월 만에 성탄절 특사로 풀려났다. 그 무렵 이완의도 무기징역에서 징역 15년으로 감형이 됐다. 홍 변호사가 홍성 교도소를 떠나기 전 날, 교도소장의 배려로 이완의를 만나 다독여 주셨다.

"이 늙은이가 먼저 나가고 이 교수가 여기에 있으니 발걸음이 떨어지지 않습니다. 곧 좋은 소식이 있을 거니 절대 낙심하지 마세요."

고개를 숙이고 있는데 홍 변호사님의 나직한 말씀이 더 들린다.

"여기서 낙담하고 포기하면 저 무자비한 군인 놈들한테 지는 것입니다. 끝까지 싸워서 이겨야지요."

귀에 박혔다. 홍 변호사와 동생의 구명활동이 큰 힘이 됐다. 그는 그때부터 밖에 나가 꼭 해야 할 일을 다짐하면서 담담하게 재소자의 삶을 살아왔다.

어느덧 세월이 흘렀고, 예기치 않게 이제 그도 세상 속으로 다시 나오게 되었다. 그동안의 고난과 고통은 그에게 좋은 사람과의 새로운 인연을 선물했지만 그는 자신에게 아무런 이유 없이 고통의 멍에를 씌운 나쁜 인연을 생각하면서 아랫입술을 깨물었다.

*

이완의는 광주로 가자는 홍 변호사의 권유를 정중하게 사양하고서는 대전에서 헤어져 서울행 기차를 탔다. 옆자리에 앉은 현수와는 아직도 별다른 대화를 못했다.

의외로 현수는 씩씩해 보인다. 비록 몸은 불편하고 표정은 우울해 보였지만 사나이들의 얼굴에서나 볼 수 있는 든든함이 엿보인다. 이제 어리광을 부리던 어린 아이가 아니다. 고난의 세월을 보내면서 어느덧 청년으로 커 버린 것이다.

"현수야, 그동안 고생 많았지?"

이완의가 측은한 마음과 미안함을 담아서 아들에게 말한다.

"아버지가 겪으신 것에 비하면 아무것도 아닙니다."

"그래도 그렇지. 불편한 몸으로 얼마나 힘들었겠니?"

"이제 익숙해졌어요. 이만한 것도 다 돌아가신 엄마 덕분이인데요. 엄마가 저를 감싸 안아주지 않았다면…."

현수는 더 이상 말을 잇지 못한다. 엄마만 생각하면 가슴이 터질 것 같기 때문이다. 엄마는 아들을 살리기 위해 총을 대신 맞고 돌아가셨다. 그것만으로도 평생의 한이 되고도 남는데, 어머니의 시신은 아직도 찾지 못하고 있다. 광주교도소 담장 밑 구덩이에 분명히 계셨는데 나중에 발굴하는 사람들이 갔을 때는 감쪽같이 없어졌다는 것이다. 다리가 좀 나아서 견딜만하면서부터 엄마 유해라도 찾으러 다녔지만 아직도 오리무중이다.

엄마처럼 시신은 커녕 유해나 유품조차 찾지 못한 사람들이 백 명이 넘는다고 한다. 광주사람들 사이에서는 당시 군인들이 시신들을 암매장하거나 일부는 화장을 해 바다에 버렸다는 얘기들이 떠돌고 있다. 그러나 그 일을 직접 한 사람들이 증언을 해주지 않고, 그와 관련된 증거들을 찾지 못하고 있어 의구심만 갖고 있다. 게다가 그런 말을 입에 담으면 '빨갱이'이라는 낙인이 찍혀 바로 감옥행이다. 대한민국의 그 누구도 1980년 5월 광주에서의 비극을 말하면 쥐도 새도 모르게 잡아가 버린다. 그러니 계엄군, 아니 공수부대 군인들에 의해 억울하게 죽은 사람들과 그 가족, 그리고 죽은 가족의 시신조차 찾지 못한 사람들의 원한과 원통함은 분출할 곳이 어디에도 없고, 그 슬픔과 분함은 억눌려져서 가슴속에 한으로 응어리져 있다.

현수의 손에 따뜻한 감촉이 느껴진다. 아버지가 현수의 손을 가만히 잡고 계신다. 현수는 자신의 슬픔과 아픔보다는 아버지의 그것이 훨씬 더 크고 고통스러우리라는 것을 절절히 알고 있다.

*

현수가 전남대 병원에서 수술이 끝나고 치료를 받고 있은지 보름쯤 됐는데 어떤 중년 신사분이 병실로 찾아왔다. 키 크고 잘생긴 젊은 청년이 데리고 왔는데 중년 신사도 아버지와 외모가 비슷하고 아버지보다 키는 조금 더 컸다. 의아한 눈빛으로 현수가 쳐다보니 중년의 신사는 자신이 삼촌이라고 했다.

일본에서 오셨다는데 한국말도 꽤 잘하셨다. 아버지가 일본에서 살다 오신 것은 알고 있었지만 한 번도 가족에 대해서는 말씀을 해 주시지 않았다. 지금껏 모르고 살았던 삼촌이 나타난 것이다. 삼촌의 얘기로는 일본에 할아버지도 계신다는 것이다. 연로하시지만 아직 정정한 편이고, 일본인 할머니도 계신다고 한다. 동생 신애는 삼촌과 같이 한국에 오신 일본인 할머니가 벌써 일본으로 데리고 가셨단다.

현수는 그동안 아버지가 병실에 오지 않아 무척이나 궁금했다. 신 박사님도 오지 않다가 일주일 만에 나타나 아버지가 갑자기 서울로 가셨으니 곧 오실 거라는 말씀만 했다. 어딘가 석연치 않은 말씀이었지만 다리가 불구가 됐다는 사실만 가지고도 머리가 혼란스럽고, 엄마가 돌아가셨다는 사실, 형 태수도 보이지 않아서 불안한 마음에 질정이 없어서 더는 묻지 않았다.

그러던 차에 찾아오신 삼촌으로부터 모든 정황을 알게 되었다. 아버지가 구속됐고, 형은 죽었는데 시체는 공수부대들이 가져가 버렸고, 엄마 시신은 찾지 못했다는 것이다.

현수는 한동안 모든 것이 엉클어진 혼란을 감당하지 못해 어찌할지 몰랐다. 침대에서 벌떡 일어나 밖으로 달려 나가려다 넘어져 구르기도 했고, 한밤중에도 잠을 이룰 수 없어서 고함을 질러대기도 했다. 같은 병실 사람들은 정신 이상자라고 수근 대기도 했다.

이후 삼촌을 데리고 오셨던 키 큰 형이 자주 병실을 찾아오고, 그 형으로 인해 현수의 마음은 조금씩 차분해지기 시작했다. 상처가 아물자 병원에서 퇴원할 날이 다가왔다. 서울 집으로 갈수도 신 박사님 댁으로 갈수 없는 나를 키 큰 형은 홍 변호사님 댁에서 보름간 머무르게 했다. 잘생긴 형은 홍 변호사님 셋째 아들 기섭이 형이었다. 이후 삼촌을 따라서 서울 집으로 왔다. 혼자서 생활하는 것은 문제가 없었다. 일본 할머니가 다시 오셔서 얼마동안 집에 같이 계셔주었고, 삼촌이 한국에서 근무하게 됐다면서 가정부 아주머니를 들이셨다.

그러던 어느 날, 전두환이가 대통령이 됐다는 뉴스를 들었다. 삼촌의 얘기로는 그 사람이 대통령이 되려고 공수부대를 동원해 광주에서 수많은 사람들을 죽였다는 것이다. 현수도 병원 생활을 하는 동안, 그리고 기섭이 형 집에서 지내는 동안 많은 것을 알게 됐다. 아버지가 간첩으로 누명을 쓰게 조작해 감옥살이를 하게 하고 있다는 사실을 알게 되면서 군인들, 아니 전두환이에 대한 분노에 치를 떨었다.

서울 집에 있으면서 복수를 해야겠다고 생각했지만 불편한 몸으로는 방법이 없었다. 먹먹한 현실에 가슴을 치면서 울기도 했다. 그러다가 밤 중에 도시 한복판 건물 벽 여기저기 페인트로 '전두환 살인마'라는 글씨를 써 갈겨 놓기도 했다. 분이 풀리지는 않았지만 그런 행동을 하고나면 며칠은 그런대로 견디었다. 나중에 그런 사실을 안 삼촌이 타일렀다. 그런 행동은 복수도 아니고 화풀이에 불과하다고 어리석은 짓이라고 말씀하셨다.

아버지가 홍성 교도소로 이감되어 홍 변호사님 도움으로 면회를 하면서부터는 점차 이성을 되찾았다. 분노의 감정만으로는 세상을 살아갈 수 없고, 무언가 뜻을 이루기 위한 절치부심이 필요하다는 생각을 했다. 삼촌이 일본으로 돌아가시면서 함께 가자고 하셨지만 아무도 면회 갈 사람이 없는 아버지를 혼자 남겨두고 갈 수는 없었다. 의학도였지만 현수는 대학 교정으로 돌아가고 싶지 않았다. 더욱이 한이 서려있는 광주에서 살 용기가 없었다. 엄마와 형을 잃고, 형제 같은 친구 윤호도 잃었다.

그는 광주에 있는 기섭이 형과는 전화나 편지로 소통을 하면서 세상 돌아가는 것을 배웠다. 그동안 가까이 하지 않았던 사회과학 서적을 탐독하기도 했다. 생활비는 일본에서 삼촌, 아니 할아버지가 보내주셔서 넉넉했다. 거기다가 엄마가 숨겨 놓은 통장에는 꽤 많은 돈이 들어있었다. 억척스러운 엄마가 남긴 것이다. 삼촌이 일본에서 들어와 서울 집에 찾아가니 집안은 난장판이었다는 것이다. 신애 혼자 있는 집에 사람들이 들이닥쳐 집안을 다 뒤지고, 안방 장롱에서 돈까지 꺼내서 가져가 버렸다는 것이다. 통장과 도장은 엄마가 광주에 갈 때 '무슨 일이 생기더라도 잘 간수하라'는 엄마의 당부가 있어 신애가 몰래 갖고 있던 것이다.

현수는 한 달 전 쯤 기섭이 형으로부터 아버지가 조만간 풀려날 것이라는 말을 들었다. 홍 변호사님을 비롯해서 많은 인권변호사분들이 애를 쓰고 계신다는 얘기도 들렸다.

막상 아버지가 풀려나온다는 소식을 듣자 반가운 마음이 앞섰지만 속에서는 그동안 표출하지 않으려고 했던 전두환에 대한 분노가 꿈틀거린다. 그러나 현실은 아직 어쩔 수 없다. 참고 참으면서 준비를 해야 한다. 현수는 자신이 할 일을 결정했다. 가족의 복수를 위해서도 그렇고, 대한민국의 역사를 바로잡기 위해서라도 짓밟힌 광주의 5월, 그 진실을 만천하에 밝혀야 한다. 전두환이가 대통령을 하면서 무소불위의 권력을 휘두르고 있지만 언젠가는 그 악마의 얼굴을 드러나도록 지금 하고 있는 일을 더 열성적으로 해야겠다고 다짐했다.

오늘 아버지가 출소하셨지만 현수는 자신보다 오히려 아버지가 걱정이다. 대학교에서는 아버지를 받아주지 않을 것이고, 이제는 '간첩'이라는 꼬리표가 붙어 평생 아버지를 괴롭힐 것이다. 기섭이 형 말대로라면 보안사나 경찰이 미행을 계속 하면서 일거수일투족을 살피는 이른바 사찰을 계속할 거란다. 아버지도 자신이 살아갈 수 있는 공간이 제한돼 있다는 것을 알고 나면 무척이나 혼란스러울 것이리라. 이제부터는 자신이 아버지에게 힘이 되어야겠다는 결심을 했다.

고개를 슬쩍 돌려 아버지를 바라보니 눈을 감고 계신다. 머리가 꼿꼿하니 주무시는 것이 아니라 무슨 생각을 하고 계시는 것일 게다. 아버지의 머리도 이제 제법 흰머리가 만연해졌다. 아버지가 다른생각 말고 '희망'이라는 것을 생각했으면 하고 자신도 눈을 감았다.

*

지프차에서 내린 차수일 대령은 운전병이 받쳐주는 우산 밑으로 재빠르게 들어간다. 겨울을 재촉하는 비가 추적추적 내리면서 골목길 가로등 불빛은 자욱한 물안개로 희미하게 비추고 있다.

차 대령은 오늘도 산더미처럼 많은 일을 처리하느라 보안사령부 구내식당에서 끼니를 해결했다. 작년에 대령으로 승진한 그는 보안사에서도 요직인 대공처장을 맡고 있다.

대문 앞에서 벨을 누르려던 찰나 어디선가 기침소리가 희미하게 들려오는 인기척을 느꼈다. 숨을 죽이고 있는 누군가의 여음이다. 그는 기침소리가 났던 방향으로 고개를 돌렸지만 물안개가 가득한 골목만이 보일 뿐이다. 언제부턴가 대문으로 들어서기 전 주변을 둘러보는 습관이 생겼다. 빗속에서 들리는 작은 소리지만 오늘따라 유난히 신경이 쓰인다.

"당신이에요?. 비 많이 오죠? 겨울이 다됐는데 웬 비가 이리 온담…."

대문을 열어주면서 들리는 아내 목소리다.

현관을 들어서니 아들 연수가 손을 비비면서 인사를 한다. 올해 고등학교 3학년인 연수는 며칠 전 학력고사를 봤다.

"그동안 공부하느라 고생은 했다만 집에서 놀지만 말고 책도 좀 많이 읽고 운동도 하면서 유익하게 보내거라 알겠니?"

연수는 외탁을 해서 그런지 또래 아이들보다 키도 작고 왜소해 보인다. 차 대령은 안방으로 향하면서 허전한 느낌을 지울 수 없다. 몇 년째 앓아오시던 어머니가 지난 봄에 세상을 떠나셨다. 중풍을 제때 알아차리지 못한 것이 화근이 되어 결국 쓰러져 3년 가까이 방안에 누워계시다 돌아가셨다. 어머니 생각이 날 때면 함께 떠오르는 사람이 있다. 자신의 지시에 따라 광주 505보안부대에서 간첩으로 엮어 1심에서 사형을 언도받은 사람이다. 감형되어 사형은 면했다. 당시 수사관들이 이 교수의 서울 집과 대학 교수실을 압수수색 했지만 간첩이라는 증거는 안 나왔다. 일본 돈 몇 푼과 현금이 꽤 많이 나와 의심스러웠지만 일본 돈은 이 교수가 일본에서 한국으로 오면서 쓰다 남은 돈이고, 현금은 부인이 억척스럽게 모은 것으로 밝혀졌다.

그때 이 교수는 광주에 다녀와 어머니를 자신이 맡아 치료해 주겠다고 했다. 그런 그가 광주에서 빠져나오지 못하고, 차 중령 본인이 그를 내사한 끝에 간첩으로 몰았다. 광주 505에서 얼마나 가혹하게 했는지 몰라도 손쉽게 자백을 받아냈다고 한다. 나중에 수사 전말을 보고받았는데, 고문을 받자 며칠 못 가서 자백을 하더라는 것이다. 그 공로는 당시 차 중령의 몫으로 돌아왔다. 광주를 반란의 도시, 폭동의 도시로 만들려는 보안사의 공작에 비추어 광주로 들어간 이완의 교수를 재일교포 출신 간첩으로 몰기 좋았다.

"저녁은 대충 먹었으니까 술상이나 좀 차려와. 간단히 한잔하고 일찍 자야겠어."

차 대령이 양복 윗저고리를 받아 거는 아내에게 말한다. 보료방석에 앉은 차 대령은 오늘 하루가 참 힘들었다는 생각을 한다. 아니 오늘만이 아니라 벌써 횟수로 2년째 하는 일이다. 보안사령부는 전 대통령의 취임과 함께 청와대에 들어간 이학봉 민정수석비서관의 지시에 따라 광주사태 때 벌였던 군 작전에 대해 대대적인 은폐와 위조, 변조작업을 진행하고 있다. 특히 당시 전두환 보안사령관의 행적에 대해서는 관련 자료를 추적해서 모두 폐기하거나 삭제하는 공작을 하고 있다.

육군과 공군에서 유능한 장교들을 파견 받아 작업을 하고 있다. 아울러 광주사태 관련 군 자료는 누구도 볼 수 없도록 특별보안조치를 해놓고 있다. 그러나 작업을 하면서 예기치 않은 자료들이 많이 나오고 있어 과연 완벽한 공작이 될지는 미지수이다. 그래도 전 대통령께서 87년까지 재임하시고, 이후에도 계속 정권 연장을 해 나가면 누가 이 판도라의 상자를 열수 있단 말인가. 10년, 20년 후에 열린다 해도 이미 많은 위조와 변조 및 삭제 작업을 해서 사실을 파헤치기가 어려울 것이리라.

차 대령은 불현 듯 아까 대문 앞에서 들었던 기침소리가 다시 떠오른다. 빗소리에 묻혀서 희미하게 들리기는 했지만 멀지않은 거리여서 신경이 거슬린다. 감히 누가 나를 미행하는 것은 아닐 테고, 그렇다면 누가 나를 지켜보고 있다는 것인가? 그런 생각이 막 드는데 방문이 열리고 아내가 상을 들고 온다.

"당신이 좋아하는 동태탕을 끓였는데 이걸로 안주하세요. 술은 조금만 드시고요."

그러면서 장롱을 열더니 담근 술을 꺼내와 뚜껑을 연다. 커다란 인삼 서 너 뿌리가 길쭉하고 통통한 유리병에 통째로 들어가 있다.

"당신이 한잔 따라봐."

차 대령이 웃으면서 아내에게 술잔을 내민다.

*

서울역 앞에 있는 후암동을 다녀 온 이완의는 들어오자마자 안방 서랍 에서 아스피린을 꺼낸다. 두통이 있으면서 몸이 으슬으슬 춥고 기침이 좀 나오는 것이 감기 초기증상 같다.

그는 따듯한 물을 마시기 위해 부엌으로 향하다가 현수의 방문을 두들 겼다. 반응이 없어 문을 열어보니 아직 들어오지 않았다. 하기야 아버지 가 들어오는 기척이 있으면 방문을 열고 나왔을 것이다.

현수는 요즘 무슨 일을 하고 다니는지 대부분 오후에 나갔다가 밤늦게 돌아오곤 한다. 피곤해 보이는데 물어볼 수가 없다. 이완의는 서재로 갔 다. 그는 집안에 있을 때는 안방에 들어서지 않고 서재에 틀어박혀 있다.

교도소에서 나온 날 안방에 들어갔는데 아내와 태수의 숨결이 느껴졌 다. 거의 매일 밤마다 계속됐고, 지독한 악몽이 반복되었다. 아내와 태수 의 영혼이 이승을 떠나지 못하고 있다는 생각이 들었다.

집에 돌아온 지 일주일 만에 현수와 함께 가까운 절을 찾았다. 천도제를 지내면서 아내와 태수의 극락왕생을 빌고 또 빌었다. 그래도 집에만 들어 오면 아내와 태수 생각이 나서 견딜 수 없다. 날이 가면서 차츰 나아졌지만 지금도 허전한 안방에 홀로 있기가 힘들다.

이완의는 서재에 들어와 문을 잠갔다. 그러고는 책상 밑에서 둘둘 말려진 도화지를 꺼내 펼쳤다. 거기에는 단층으로 돼 있는 집 도면이 그려져 있고, 창문과 대문의 위치, 담 높이 등이 표시되어 있다.

이완의는 차 대령의 집을 다시 확인한다. 몇 년 전 찾아갔던 그 집에 아직 그대로 살고 있다. 오늘까지 열흘째 귀가하는 그 사람의 얼굴을 확인했다. 비가 내려서 골목길은 어두웠지만 희미한 가로등에 비친 얼굴은 분명 그 사람이다. 골목에 숨어서 지켜보는데 갑자기 기침이 나와 당황했지만 차 대령은 주위를 한번 둘러보고는 그냥 들어갔다.

대낮에도 여러 차례 그 집을 찾아가 주변을 살펴봤다. 담장은 사람이 올라 넘을 수 있어 보인다. 하루 종일 드나드는 사람은 차 대령 부부와 아들뿐이다. 얼마 전 대입학력고사가 있던 날은 오전에 담장을 넘어 대문을 열고 열쇠장이를 불러 웃돈을 얹어주고 열쇠를 복사했다. 집안으로 들어가 방문을 열어보고 부엌의 위치와 필요한 것들을 눈여겨 보아두었다. 마침 차 대령 부인이 일찍 집을 나서는 것을 보고 뒤따라 갔더니 불공을 드리러 가는 것을 확인할 수 있었다.

마지막으로 차 대령이 집에 돌아오는 시각을 알기 위해 열흘간 집 앞 골목에서 기다렸고, 평일에는 밤 9시 쯤, 토요일은 오후 5시쯤 귀가한다는 것을 파악했다. 모든 준비를 마쳤다. 날짜를 잡기로 했다. 그는 도화지속에 밤 11시를 써 넣었다.

　그 시각, 현수는 경찰에 쫓기고 있다. 전철을 타려고 부천 원미동에서 부천역으로 걸어가고 있는데 함께 걷고 있는 동료가 앞을 바라보면서 천연덕스럽게 말한다.

　"현수 씨, 누군가 뒤를 밟고 있는 것 같아. 아무래도 형사 같은데 저 앞에 있는 건물로 일단 들어갔다가 뒷문을 통해 빠져나갑시다. 뒤돌아보지 말고 천천히 자연스럽게 걸어가요."

　현수는 긴장감이 몰려온다. 이제 시작인데 잡히면 안 된다. 80년 5월 광주에서 있었던 학살의 진상을 만천하에 알려 악마 전두환의 얼굴을 드러나게 해야 한다. 아랫입술을 깨물면서 부천역 북부광장 앞 사거리에 있는 큰 건물로 천천히 들어간다. 긴장을 하니 불편한 다리가 더 힘들다.

　전동열차가 유난히 덜컹거리면서 현수의 몸도 함께 흔들린다. 늦은 시각이라 그런지 서울역행 전동차는 한산하다. 자리에 앉자마자 여기저기를 훑어보면서 이상한 사람이 없는지 살펴본다. 대부분 대학생 같은 젊은이들 뿐이다. 저절로 안도의 한숨이 나오면서 눈이 스르르 잠긴다.

　오늘은 경기도 부천에 있는 전자제품회사의 노동조합 간부들을 모아놓고 광주사태 비디오를 틀어줬다. 예닐곱 명의 노조간부들은 노조사무실 커튼을 내리고 숨을 죽이며 비디오 상영을 했다.

　비디오는 광주사태 당시 외국인 선교사와 외국 방송사 기자들이 찍은 것인데 공수부대원들이 광주시민들을 붙잡아 놓고 옷을 모두 벗긴 뒤 몽둥이와 개머리판으로 짓이기는 모습이 담겨있다. 자욱한 최루탄 연기 속에서 공수부대원들이 시민들을 추격해 살상하는 모습도 있다. 시민들의 시신이 즐비하게 누워있는 옆에서 공수부대원들이 살아있는 사람의 머리채를 잡고 질질 끌고 가는 장면도 있다. 부상을 당해 붙잡힌 시민들을 군용트럭 뒤에 실으면서 몽둥이로 때리는 모습도 있다. 한번 보여주고 다시 틀어 보여줬다. 긴장한 눈으로 영상을 보던 사람들 사이에서 분노의 한숨이 터져 나온다. 어떤 여성은 울음을 터트린다.

"여러분! 이 장면은 당시 광주 현장에 있던 외국인들이 촬영한 것을 한국의 신부님들이 외국에서 입수한 것입니다. 당시 공수부대의 만행이 생생합니다. 지금부터 보시는 것은 당시 사진들입니다."

현수는 가방에서 사진들을 꺼내서 사람들에게 보여준다. 공수부대원들에 의해 죽고 다친 처참하고 참혹한 광주사람들의 모습이 흑백으로 나타나 있다. 돌려가면서 사진을 보던 사람들의 손이 떨리기도 한다.

현수가 나직한 목소리로 말한다.

"전두환 정권은 아직도 광주사태가 북괴의 지원을 받은 간첩과 불순분자들이 일으킨 폭동으로 규정하고 있습니다. 억울하게 죽은 수백 명의 광주시민들과 수천 명의 부상자들을 무장폭도로 몰았습니다. 이는 전혀 사실이 아닙니다. 전두환은 평화롭게 시위를 하던 시민들을 공수부대를 동원해 무력으로 진압하고, 이에 항거하는 시민들을 총칼로 무자비하게 죽였습니다. 심지어는 탱크와 헬기까지 동원해서 살상했습니다. 저는 그 현장에 있었습니다. 제 어머니도 그들의 총에 맞아 돌아가셨습니다. 저도 다리에 총을 맞고 이렇게 불구가 됐습니다. 우리는 그냥 길을 가던 중이었습니다."

현수의 말이 계속된다.

"여러분, 우리는 진실을 알아야 합니다. 광주의 한 많은 영혼과 그 피해자들을 위해서도 그렇고, 무엇보다도 민주주의를 파괴하고 있는 전두환 독재정권을 무너뜨려야 하기 때문입니다. 여기 제가 비디오 복사본 1개를 놓고 가겠습니다. 여러분께서도 광주의 진실을 알리는데 앞장서 주십시오. 고맙습니다."

말이 끝나자 숨소리 하나 내지 않고 있던 사람들이 모두 고개를 끄덕이면서 다짐을 하는 모습이다. 박수는 밖에서 소리가 날까봐 치지 않는다.

한 사람이 조용한 목소리로 말한다. 경상도 말투다.

"내는 지금까지도 광주에 북한 무장공비와 간첩들이 침투해가 폭동을 일으킨 줄로만 알고 있었십니더. 일 년 전에 전남 순천이 고향인 제 친구가 광주사태는 군인들이 죄 없는 사람들을 죽인기라는 얘기를 했지만서도 그때는 믿기지가 않았거든에. 오늘에서야 진실을 알게 되었십니더."

여기저기서 사람들이 고개를 끄덕이며 이구동성이다.

현수는 보람을 느낀다. 오늘이 스무 번째다. 광주의 기섭이 형이 소개해 준 사람을 서울에서 만나, 이처럼 광주의 진실을 알리는 일을 하고 있다. 물론 잡히면 유언비어 유포와 국가보안법으로 처벌된다. 그래도 이 일은 해야만 한다. 그것이 엄마와 형의 원수를 갚는 일이고, 나아가서는 전두환의 독재정권을 무너뜨리고 이 나라에 민주주의를 바로 세우는 일이 될 것이다.

"다음 정차 역은 서울역, 서울역입니다. 내리실 문은 왼쪽입니다."

전동차 승무원의 졸린 것 같은 정차 안내 목소리에 현수가 고개를 들고 자리에서 일어난다. 힘겹고 어려운 현수의 하루가 지나가고 있다.

복수

하늘은 먹구름이 잔뜩 끼어있다. 뭐라도 내릴 모양이지만 날씨가 춥지 않은 걸 보니 비가 올 모양이다. 음력으로는 11월 6일이니 아직 달도 없을 것이다. 하늘을 바라보던 이완의 눈에 힘이 들어가고 입술은 꼭 다문다.

이완의는 저녁 9시가 넘어서 작은 가방을 들고 집을 나서며 아들 현수에게 편지를 남겼다.

현수 보거라

처음으로 아들에게 보내는 편지가 아버지의 마지막 편지가 되어 면목이 없구나. 청운의 꿈을 꾸면서 열심히 공부해야 할 자식에게 이렇듯 참담한 글을 남기니 아버지 마음이 아프구나.

광주에서 엄마가 죽은 것도, 형이 죽은 것도, 그리고 네가 불구가 된 것도, 모두 아비가 못나 가족을 지키지 못해 일어난 일인거 같은 생각이 자꾸만 드는구나

거기다가 남은 너와 신애라도 지켜줘야 했는데 내가 간첩으로 몰

려 옥바라지까지 하게 했으니 참으로 못난 애비로구나

　아버지는 하루도 너와 신애를 잊어버린적이 없단다. 매일 죽어간 엄마와 형을 기리고 슬픔에 잠겨있을 너희들을 생각하면서 아버지도 작은 용기를 내어 하루하루 살아왔단다.

　수감생활을 하는 동안 우리 가족을 이렇게 만든 사람이 누군지 찾다가 결국 알아냈단다. 그는 인두껍을 쓴 악마나 다름이 없는 자였다. 보안사령관인 전두환을 대통령으로 만들기 위해 광주를 피로 물들일 계획을 세운 인물이기도 하다. 그가 전두환을 위해 세운 계획은 우리 가족을 파멸시킨 것 뿐 아니라 수많은 사람들을 죽이고 다치게 했다. 이는 사람이라면 응당 해서는 안될 짓이다.

　비록 아버지가 사람을 해하여 본 적은 없다만 그 사람 만큼은 기필코 이 세상과의 인연은 끊게 하겠다고 오래전부터 마음을 먹고 있었단다. 살아서 진실을 밝히는 일도 있으나 그것은 너를 비롯해 이 땅의 양심을 가진 사람들의 몫으로 남긴다.

　오늘 아비는 사람을 살리는 칼 대신 복수의 칼을 들지만 너는 살아남아 진실을 밝히고 규명하는 일에 앞장서 복수를 해다오.

　얼마 전 너의 가방을 슬쩍 열어보았다. 네가 무슨 일을 하고 다니는지 알고는 아버지보다 낫다는 생각이 들었다. 출세하고 배불리 먹는 것보다 아프고 약한 자를 돕고 살아라. 나는 벌써부터 부당한 권력에 맞서 싸우는 내 아들이 자랑스러워 흐뭇했단다. 아버지도 당당하게 가야 할 길을 갈 것이다.

　다만 땅을 치며 슬퍼할 것 같은 내 아들과 딸의 모습이 밟혀서 발길이 더딜 뿐이란다. 부디 당당하게 세상과 마주하며 살거라

　현수야 신애야 사랑한다.

1983년 12월, 아버지가.

이완의는 아들에게 쓰는 처음이자 마지막 편지를 봉투에 넣어 아들의 방 책상에 놓는다. 왜 일본에서 가족들과 헤어져 한국에 왔고, 왜 형이 갑자기 자원입대를 했는지에 대한 연유를 편지에 쓰려다 그만두었다. 이제 친일후손의 업보는 자신과 큰 아들에게서 끝내는 것으로 족하다는 생각이 들었다. 아들의 방을 나서려니 눈물이 뺨을 타고 흘러내렸지만 이를 악물면서 주먹으로 눈물을 훔친다.

*

비가 내리는 칠흑 같은 어둠속에서 누군가 차수일 대령의 집 현관문을 열쇠로 열고 있다. 안으로 들어온 그 사람은 발소리를 죽여가면서 손전등을 비추며 부엌으로 갔다. LP 가스 밸브를 찾아 칼로 자른다. '쉬익' 하는 소리와 함께 마늘 썩는 냄새가 돌기 시작한다.

그는 미리 눈여겨보았던 아이의 방 문으로 들어간다. 곤히 자는 듯 고른 숨소리와 함께 활개를 펴고 있는 소년의 모습이 보인다. 손전등을 옆에 놓고 미리 준비한 헝겊 끈으로 소년의 손을 조심스럽게 묶는다. 손이 묶이자 아이가 꿈틀거리며 일어나려 한다. 얼른 입에다가 헝겊을 물린다. 아이를 데리고 거실로 나와 전등불을 켠다. 아이는 아직도 잠이 덜 깬 것인지 어안이 벙벙한 것인지 모르게 눈만 멀뚱거린다.

거실 바닥을 발로 쿵쿵 거리며 여러 번 발소리가 나자 안방에서 인기척 소리가 들리는가 싶더니 차 대령의 아내가 잠옷 바람으로 눈을 비비면서 나온다. 환한 불빛 아래 웬 사람이 아들 손을 묶어 세워놓고 시퍼런 칼을 목에 대고 있다. 놀라서 소리를 지른다.

"여보! 연수아빠! 얼른 나와 봐요. 여보!"

비명에 가까운 소리다. 조금 있으니 차 대령도 잠옷 바람으로 후다닥 거실로 나온다.

"뭐야? 무슨 일이야?"

차 대령이 눈을 크게 뜨고 순간 상황을 파악한다. 강도가 들었나 하고 생각하는데 마늘 썩는 냄새가 진동한다. 가스가 새고 있다. 묶여 있는 자신의 아들과 아들 뒤의 검은 그림자를 번갈아 바라보는데 나직하면서도 차분한 음성이 들린다.

"차 중령, 아니 차 대령이지. 나를 알아보겠소?"

차 대령은 어디서 들었던 음성 같아서 그를 자세히 훑어본다. 머리는 단정한 모습인데 눈에는 불이 이글거린다. 낯익은 얼굴이다.

"아직도 나를 못 알아보겠는가?"

창밖에 번개가 치더니 천둥소리가 들린다. 빗소리가 굵어지는지 밖에서는 후드득 거리는 소리도 들려온다. 차 대령은 망치에 머리를 얻어맞는 느낌이다. 그가 누구인지 알아차렸다. 그러는 사이 차 대령의 아내도 발을 동동구르며 남편을 바라본다.

"그래, 이제 내가 누군지 기억이 났소?"

"당신이 여기를 어떻게….'

말문을 잇지 못하는 차 대령과는 달리 차 대령 아내는 아들 곁으로 내달리려 한다.

"잠깐! 그대로 계시오. 움직이면 아들 목을 그어 버릴겁니다."

차 대령 아내는 아들 곁으로 달려가다 말고 얼어붙은 듯 그대로 주저앉는다.

"내가 여기 왜 왔는지 짐작 하겠나?"

"…."

차 대령이 아무 말도 못하고 그냥 멀거니 바라보고만 있다. 차 대령 아내도 허탈한 표정으로 그냥 물끄러미 바라볼 뿐이다. 그러다가 무언가 생각이 났는지 애타는 눈으로 아들과 이완의를 쳐다본다.

"그래. 당신의 간계로 간첩으로 몰려 감옥살이를 한 이완의이지. 그리고 당신들 공작으로 광주에서 내 아내와 큰 아들이 죽고 둘째 아들은 불구가 돼버렸지. 그뿐 아니라 당신들은 광주의 수많은 사람들을 죽고 다치게 하여 지금도 원통한 세월을 보내고 있는 사람들이 많은 건 알고 있나?"

차분하고 조곤조곤한 말이 비수가 되어 차 대령의 가슴에 꽂힌다. 차 대령이 고개를 숙였다가는 이내 쳐들고 이완의를 비라본다.

"무슨 말을 하는지 모르겠소…. 우선 아이나 풀어주고 우리 말로 합시다. 내가 무슨 도울 일이라도 있는지 말이오."

차 대령이 말을 더듬으며 이완의를 설득한다. 그러는 사이 퀘퀘한 냄새가 거실을 가득 매어온다.

"섭섭하오. 당신에게 복수를 하러 온 사람에게 한 일 조차 기억하지 못하다니. 당신의 공작으로 광주에서 죽은 사람들의 한이 하늘을 찌르고 있소. 오늘은 비록 당신을 향하고 있는 것처럼 보이지만 이제부터 전두환과 신군부 집단은 역사의 복수와 심판을 받을 것이오."

말을 마치면서 이완의가 호주머니에서 라이터를 꺼낸다. 순간 차 대령 아내가 무릎을 꿇고 애원한다.

"교수님, 교수님, 살려주세요. 그 라이터를 켜면 다 죽습니다. 교수님도 우리 연수도 죽습니다. 살려 주세요. 우리 아들은 죄가 없잖아요."

차 대령은 어찌해야 할지 몰라 애가 탄다. 그러면서 이완의와 아들이 서 있는 곳까지의 거리를 가늠해본다. 일곱 걸음 정도이다. 그러나 여차하면 불꽃이 일면서 집이 폭발할 것이다. 가슴이 쿵쾅거린다.

아이가 사태를 알아차렸는지 겁에 질린 눈으로 엄마와 아빠를 바라본 다. 그러고는 이완의를 바라보면서 애원하는 눈빛을 보내며 천이 틀어박 힌 입으로 무슨 말인가를 웅얼거린다. 다시 번갯불이 번쩍하면서 천둥이 친다. 소나기가 쏟아지는지 아까보다 빗소리가 더 크게 들린다.

잠시 숨을 고르던 이완의가 아이를 데리고 현관 쪽으로 천천히 이동한 다. 차 대령의 몸이 움찔하면서 움직일 기미가 보이자 이완의가 라이터를 치켜든다. 현관문에 다다른 이완의가 순식간에 문을 열어 아이를 밖으로 밀어내고는 문을 닫는다. 순간 차수일 대령이 이완의가 있는 쪽으로 달려 든다. 그러자 이완의의 손에 있던 라이터에서 불꽃이 인다. 곧이어 큰 폭 발음이 들리고 차수일 대령의 집은 순식간에 화염에 휩싸인다.

다음날, 전두환 정부는 주택가에서 가스폭발 사고로 3명이 숨졌다고 간 단하게 발표했지만 사망자의 신원은 '일체 불상'이라면서 끝내 밝히지 않 는다. 사고를 조사한 경찰서에는 보안사 직원들이 상주하면서 언론과의 접촉을 차단한다. 그 해 1월 초 청량리 미주아파트 가스폭발사고로 1명이 숨지고 16명이 중경상을 입은 이래 10여 개월 만에 가장 큰 가스폭발사고지만 정부는 폭발사고 수사 내용을 모두 숨겨버린다.

*

현수는 아버지가 보안사 차수일 대령의 집에서 가스 폭발로 돌아가신 뒤, 일본에서 급히 오신 삼촌과 홍 변호사님과 기섭 형, 명동성당 청년단체연합회(명청)의 도움으로 장례를 치렀다. 보안사는 아버지의 시신을 수습해 유골 상태로 겨우 돌려주면서 시끄럽게 하지 말고 조용히 장례를 치르라고 엄포를 놓았다.

화장을 해 강에 뿌리고, 위패는 어머니와 형이 모셔져 있는 절에 모셨다. 슬픔보다는 아버지의 분노가 어땠을까를 생각하니 아버지에 대한 연민으로 마음이 너무 아팠다. 그러나 현수는 울기보다는 아버지가 남겨 놓은 편지를 읽고 또 읽으면서 아버지의 유언대로 살기를 다짐했다. 진짜 복수는 우선 진상 규명을 하는 것이고, 그 다음에는 죄의 댓가를 치르게 하는 것이다. 아버지의 말씀대로 그것이 궁극적으로는 이 땅에 민주주의의 꽃을 피우는 것이리라.

그런 마음으로 현수는 장례를 담담히 치르고 며칠 있다가 자신이 해 오던 일을 계속한다. 명동성당의 청년단체인 '명청' 사람들과 광주의 진상을 알리는 일을 계속했다.

아버지가 돌아가신지 벌써 6개월이 넘는다. 현수는 기섭이 형의 전화를 받고는 광주에 내려왔다. 그렇지 않아도 꼬리가 밟힐 듯해서 잠시 광주 항쟁 비디오 상영 활동을 멈추어야 할 것 같았다.

홍 변호사님을 뵙고 인사를 드렸다. 변호사님은 칠순이 훨씬 넘은 연세에도 광주 5·18 구속자협의회 회장을 맡아서 광주 항쟁의 진상 규명과 전두환 독재정권에 맞서 싸우는 일에 앞장 서고 계신다.

홍 변호사는 기섭 형으로부터 현수에 대한 얘기를 들으셨던 모양이다. 재차 복학해서 아버님과 같은 의학도의 길을 가라고 설득하신다. 대답을 못하고 있는 현수에게 다시 말씀을 하신다.

"현수군, 아프고 어려운 사람들을 돕고 살라는 아버님 말씀이 편지에도 있지 않은가? 아마도 의학 공부를 계속했으면 하는 아버님의 생각일 것이네. 다시 복학해서 공부를 계속 하는것은 어떤가."

홍 변호사의 말은 현수를 생각한 말이다. 아마 이완의 교수가 살아 있었어도 똑같이 말했을 것이다. 그러나 현수는 의학도의 길보다는 아버지와 어머니 형이 왜 그렇게 죽었는지를 알리는 일이 더 중요하다고 생각한다.

"아버지는 제 소신대로 살길 원하셨어요. 저는 제가 원하는 길을 가려고 합니다. 나중에 생각이 바뀌면 다시 생각해 보겠습니다."

현수는 홍 변호사에게 인사를 꾸벅하고는 신 박사가 계시는 윤호의 집에 들러 인사를 하겠다며 자리를 일어섰다. 불편한 다리로 일어서는 모습을 홍 변호사는 안쓰러운 모습으로 기섭에게 부축하라고 눈치를 줬지만 기섭은 손을 내밀지 않았다. 남의 손으로 일어설 현수가 아니다.

현수는 윤호 집을 찾아 신 박사님 내외에게 인사를 드렸다. 윤호가 없으

니 이제 현수가 아들이나 마찬가지라는 신 박사 사모님의 말을 듣고 눈시
울이 붉어졌지만 윤호 부모님 앞에서는 울 수는 없다. 자신이 울면 그들
의 눈에서도 눈물이 흐르기 때문이다. 인사를 마치고 나오는데 윤호 부모
님이 대문 밖까지 나와 현수를 배웅한다. 현수는 멀어지는 윤호 부모님을
뒤로하고 무거운 걸음을 내딛는다. 매일 윤호와 지나던 골목길인데 오늘
은 유난히 무거운 한쪽 다리에 윤호가 매달려 가지 말라고 하는 것 같이
느껴진다. 목발을 짚고 있었지만 짧은 거리의 골목길이 왠지 더 길고 무
겁게 느껴진다.

*

서울로 올라온 현수는 여느때와 마찬가지로 비디오 테잎과 광주의 진
상을 알리는 사진들 그리고 벽보를 붙일 전단지를 허리춤에 매고 길을 나
선다. 겨울인데도 유난히 비가 많이 오는 날씨다. 비가오면 불편한 다리
는 왠지 더 저려오는 것 같다. 오늘은 동인천역 근방 대학생들 자취방에
서 광주항쟁 비디오를 상영하기로 한 날이다. 겨울비가 질척거리며 내리
고 있는데, 서울 시내에는 경찰들이 쫙 깔려서 불심검문을 하고 있다. 현
수는 허리춤에 비디오테이프와 유인물을 감추고서는 다리를 절룩거리며
그들 앞으로 나섰다. 불쌍해 보이도록 허름한 옷차림을 하고 목발을 짚은
현수를 본 경찰들은 아예 검문도 하지 않는다.

인천역에 다다르자 비가 제법 쏟아진다. 우선 전단지를 벽에 붙일 시간
이다. 비가 더 오면 전단지가 벽에 붙지 않는다. 현수는 허리춤에서 전단

지를 꺼내 미리 만들어 놓은 풀을 바르기 시작한다. 4장쯤 붙이는데 목발이 버텨주지 않는다. 목발 손잡이의 나사는 빠져서 어디로 갔는지 보이지가 않는다. 현수는 하는 수 없이 목발을 벽에 걸쳐 놓고 한발을 끌면서 계속 전단지를 붙인다. 멀리서 호각을 울리는 소리가 들렸다. 현수는 빠르게 전단지와 장비를 챙겨 이동하려고 움직인다. 그러나 불편한 다리는 잘 움직여지지 않았고, 현수는 그만 땅바닥으로 쓰러지고 만다. 얼굴에 흙이 잔뜩 묻고 몸은 이미 겨울비로 다 젖었다. 다시 일어서려 안간힘을 쓴다. 한두 번으로는 자세를 고쳐 잡기가 힘들다. 하늘을 보니 자신보다 더 큰 눈물을 흘리는 것 같다. 말없이 흐느낄 뿐이다.

"학생 이런 곳에서 불법 선전물 붙이다 걸리면 잡혀간다고 학교에서 안 가르쳐 주던가?"

사람이 쓰러졌는데 핀잔만 늘어놓는 것을 보니 전두환 정권의 옹호자인 듯하다. 현수는 말하는 사람을 쳐다보지도 않고 알아들었으니 갈 길을 가라고 한다. 그리고는 목발을 가지러 기어가는데 누군가 우산을 받쳐 비를 멈추게 한다. 올려다보니 어두운 그림자에 아버지의 얼굴이 보인다. 현수는 아버지라고 할 뻔했지만 자세히 보니 삼촌이었다.

"삼촌…. 언제 오셨어요? 여기는 또 어떻게 알고요."

"이 녀석아 비 올 때는 사진만 가지고 다니라고 했잖아 비디오 테잎은 비 맞으면 못 쓴다고 인마."

"집에서 나올 때는 비가 많이 안 왔는데…."

"그리고 목발 손잡이 나사는 꽉 조여야 안 풀어진다고 삼촌이 몇 번을 말해야 알겠냐? 너는 아무튼…."

삼촌은 현수의 목발을 쥐여주면서 걱정된다는 말을 돌려 말한다. 현수는 손잡이를 고정시키는 삼촌을 꼭 안아주면서 고맙다고 한다. 목발을 짚자 중심이 생겼는지 벌떡 일어난다. 그러고는 삼촌에게 기다려 달라 부탁을 한다. 벽에 전단지를 모두 붙이기 위해서이다.

"현수야! 마음은 알겠는데 이러다 잡히면 진짜 감옥 간다. 신애 생각도 해야지. 할머니랑 할아버지도 너 많이 보고 싶어 하셔."

현수는 우산도 없이 하염없이 내리는 빗속에서 벽보를 붙이고 있다. 삼촌의 핀잔에도 행동은 멈추지 않다가 신애의 이야기가 나오자 고개를 조금 뒤로 하고 삼촌에게 묻는다.

"신애는 잘 지내고 있어요? 안본지 오래돼서 물어보기도 민망하네요."

"너무 잘 있어서 탈이다. 요즘 연애한다고 집에도 늦게 들어온데. 할머니가 걱정이 많으시다. 이번에 대학도 가니까 다 컸지 뭐. 그래서 말인데 현수야 이참에 삼촌하고 일본으로 가는게 어떠니?"

일본으로 가자는 삼촌의 말에 지나간 옛 기억이 떠오르는지 현수는 표정이 어두워졌다. 잠시동안 침묵이 흐르다 현수가 먼저 말을 꺼낸다.

"삼촌, 그거 알아요? 떠나버리거나 잊어버리면 끝나는 일도 있지만 누군가 기억해야 하고 기록해야만 하는 일이 있다는 것. 내가 훌쩍 떠나버리면 끝일 수도 있겠지만 그러면 여기서 일어난 일들은 아무것도 아닌게 되버릴 수 있잖아요. 그 많은 사람들이 학살을 당했던 만행들이 잊어져 버리는 것이도 하고 그러면 나중에 엄마와 형, 아버지가 섭섭해 하실거 같아요. 기억하고 잊지 않게 사람들에게 전하는 일이 제가 살아있는 이유이자 살아갈 이유인것 같아요. "

"그래, 현수야! 네 마음은 알겠어. 근데 너도 미래가 있잖아. 그러니 삼촌 말 들으면 안될까? 일본에 가서도 지금 하고 있는 일 계속 할 수 있는 기회가 있을거야."

"삼촌! 엄마가 돌아가실 때 제가 총 맞을까봐 뒤에서 저를 감싸 안아주셨어요. 너무 꼭 조이듯 세게 안아서 숨이 막혔어요. 그리곤 잠시 기절했었나봐요. 나중에 병원에서 일어나보니 저희랑 같이 있었던 형이 말해준 건데 엄마가 날 너무 세게 안고 있어서 떨어지지 않았나봐요. 그래서…. 공수부대 놈들이…. 엄마 팔을 잘라서 저하고 분리시켰데요."

현수는 묵었던 감정이 폭발했는지 하염없이 눈물을 흘리고 있다.

"삼촌이라면 아직 시신도 못 찾은 엄마를 두고 떠날 수 있겠어요? 삼촌은 본적이 없지만 우리 형 시신도 아직도 못 찾고 있어요. 아버지 말로는 도청에서 죽었을거라든데 여러번 광주에 내려갔지만 사상자 명단에 이름도 없었어요. 그런데 어떻게 떠나라는 거예요!"

삼촌에게 소리치며 울고 있었지만 자신에게 비겁자라고 비겁하다고 마음속으로 외치는 소리였다. 잠자코 현수의 말을 듣고 있던 삼촌은 감정을 주체하지 못한 현수가 자리에 주저앉자, 들고 있던 우산을 내려놓고는 현수가 가지고 있던 전단지와 풀을 가로 채면서 벽보를 대신 붙이고 있다. 현수는 삼촌의 모습에 의아한 눈길로 쳐다보고 있다.

"그럼 삼촌이 너 대신 할게. 하고 싶은거 삼촌이 다 할게. 너는 뒤에서 가만히 보고만 있어. 삼촌은 외국인이라 이런거 해도 추방이면 끝이야. 그런데 너는 아니니까 그냥 삼촌한테 시켜."

그런 삼촌의 모습을 보는 현수는 하염없이 울었다. 억울하고 힘이 없어서 이런 것 밖에 할 수 없는 자신이 한탄스러운데 이 마저도 삼촌의 손을 빌릴 수 밖에 없는 자신이 미웠다. 쓸쓸한 겨울비가 삼촌의 어깨에 내리자 흐트러지는 빗방울이 흰색 와이셔츠에 몽글거렸다. 왠지 삼촌의 뒷 모습은 의사 가운을 곱게 입으신 아버지 같이 느껴진다.

*

1987년 6월, 서울역 광장에는 전두환 물러가라를 외치는 군중들이 대거 모여 가두시위를 펼치고 있다. 반대편 전투경찰들은 시위대가 점점 다가오자 방패로 벽을 만들고 곤봉을 허리에 차고 있다. 뒤로는 최루탄을 쏘는 차들이 대기하고 있다. 그중 무리속 다리가 불편해 보이는 한 남자가 절뚝거리면서 한발 한발 힘겹게 내딛고 있다. 그러고는 확성기를 들고연단에 오른다.

"국민 여러분 전두환이는 살인마 입니다. 그는 수많은 광주사람들을 잡아가두고 고문하고 죽여서 대통령이 되었습니다. 이제 우리는 광주 학살의 진상을 밝히고 직선제 개헌이라는 민주주의를 수호하여 군부독재정치를 타도해야 합니다!"

피를 토할 것 같은 절규는 서울역 광장 앞 수만의 시민들 가슴속을 파고 또 파고 들었다.

장편소설

1980년 5월 18일
민주시민 편

| 초판 1쇄 인쇄일 | ㅣ 2020년 12월 29일 |
| 초판 1쇄 발행일 | ㅣ 2021년 01월 18일 |

지은이	ㅣ 송금호
펴낸이	ㅣ 한선희
사진자료	ㅣ 5 · 18 기록관
편집/디자인	ㅣ 우정민 우민지
마케팅	ㅣ 정찬용 김보선
영업관리	ㅣ 정진이
책임편집	ㅣ 정구형
인쇄처	ㅣ 국학인쇄
펴낸곳	ㅣ 국학자료원 새미(주)

등록일 2005 03 15 제251002005000008호
경기도 고양시 일산동구 중앙로 1261번길 79 하이베라스 405호
Tel 02 442 4623 Fax 02 6499 3082
www.kookhak.co.kr
kookhak2001@hanmail.net

ISBN	ㅣ 979-11-91255-78-2 *04810
	ㅣ 979-11-91255-76-8 *04810(set)
가격	ㅣ 14,500원